俄語能力檢定

模擬試題+攻略・基礎級A2

張慶國／編著

推薦序

　　21世紀將會是一個澈底國際化的世紀，每個人都不能置身於這股洪流之外。放眼天下，人與人的距離越來越短，尤其隨著社群網站席捲全世界各個年齡層的使用者，彷彿世界不再有距離！人們透過網路彼此交流、瞭解，整個地球村就像在我們的手掌中，一目了然。所以，人們賴以溝通的工具——「語言」，它的角色就顯得異常重要，如何使用正確的語言則是一門科學，而「外語」更是為了達成國際往來與溝通的一項不可或缺之技能。

　　本人在擔任淡江大學外語學院院長職務時，深知擴大外語學習對年輕學子的重要性，所以除了本院本身英、西、法、德、日、俄的各項外語學習之外，我們積極開發其他外語的設置，讓有興趣的學生就近學習。經過多年的努力，我們順利地開設了義大利語、拉丁語、阿拉伯語、泰語、波蘭語、越南語等10餘種數位外語入門課程，好讓年輕人輕鬆學習，進而擴大他們的國際視野、也深化彼此跨文化的交流。

　　近年來我國教育部推行畢業生核心能力「門檻制度」，要求每位系所的學生在畢業之前就自己的專業考取具有公正、客觀，且為國際認證的證照。所以我院的每一外語學系皆訂有相關門檻。俄文系的門檻為通過俄國語文能力檢定（TORFL）的第一級（B1）考試。這個等級是外國人就讀俄羅斯大學的最低入學門檻。在我看來，俄文系這個等級的設置相當務實。本書作者張慶國教授在擔任我院俄國語文學系系主任時，於2011年自俄羅斯引進該檢定考試，每年在淡江大學舉辦兩次考試，嘉惠我校及社會各階層的俄語學習者，使得應考時不需要再忍受舟車勞頓之苦。

本書《俄語能力檢定模擬試題＋攻略‧基礎級A2》不但對俄語檢定考試制度有著詳盡的說明，並針對所有測驗擬定了填答技巧，內容詳實、完整。除了可協助考生通過檢定考試外，對於學習俄語者俄語能力的提升亦有相當之助益，可說一舉數得，是一本非常適合俄語學習者閱讀的工具書，特撰文舉薦之。

淡江大學

法國語文學系　教授

吳錫德

2015年12月10日

前言

　　21世紀的台灣，大學的窄門已經大大敞開，高學歷日漸普及，企業選才的標準早就以證照為考量，學歷已不再是唯一標準，而在大學求學階段考取證照的學生越來越多，他們未來在就業市場將更具競爭力。

　　根據近年來相關人力銀行所做的「企業聘僱社會新鮮人調查」，企業對於社會新鮮人的選才標準，第一點是社會新鮮人必須具備認真負責的態度；第二點是社會新鮮人應取得職務所需的專業相關證照，另外，有相當多的企業，會讓擁有證照的人優先面試。所以，我們可以說，證照在未來就業及企業選才上皆具有影響力。

　　在台灣，俄語從來就不是一個熱門的外語，但是自90年代初期台、俄雙方開始在經貿、體育、教育以及文化的往來頻繁，雙方政府互設代表處，關係逐漸密切，學習俄語漸漸受到重視。20世紀末、21世紀初俄羅斯經濟突飛猛進，台俄雙邊貿易額大增，台商到俄羅斯經商的人數漸多，俄語人才需求明顯增加。在現有三所大學中，即政治大學斯拉夫語文學系、中國文化大學俄國語文學系及淡江大學俄國語文學系，每年培養大約180名以俄語為專業的人才，雖然不是每位畢業生的工作與俄語相關，但是他們在各行各業默默地努力，為國家奉獻，值得肯定；而畢業後從事與俄語相關工作的人士，不管在政府單位或是民間企業，近年來的卓越表現，更是為各界所讚賞，也總算是為俄語學習者爭了一口氣。除了傳統的俄文系學生之外，近年來，在若干大學也設有俄語選修課程，另外對俄語有興趣而自學人士的數量也逐年成長。為了要呈現並檢視學習成果，報考並取得俄語檢定證書自然是最公正、客觀的方式，而取得俄語檢定證書，對於在強化未來就業市場的競爭力，更有助益。

近年來，由於學校的很多政策，如大三出國、小班教學等優化學生學習的措施推波助瀾之下，很多學生已經不再以取得第一級證書為目標，而是要通過更高級的檢定考試，相對來說，報考俄國語文能力測驗並取得第一級檢定證書已經是每一個以俄語為專業學生最低的自我要求。另外，有些低年級的學生，例如二年級生或是很多非俄文系修習俄語學分的在校生及自學者，對於報考俄國語文能力測驗也有很大的興趣，但是由於學習背景與時數不同，所以會選擇報考較低的檢定考試等級，例如「初級」（A1）或是「基礎級」（A2），做為檢視自我學習俄語的成果。

　　俄國語文能力測驗的各級考試項目都是一樣的，共有5項科目，分別是「詞彙、語法」、「閱讀」、「聽力」、「寫作」及「口說」。依據俄羅斯聖彼得堡大學語言學系的「俄語暨文化學院」所設計的課程，學員程度從零開始，需接收全方位的俄語學習時數約為420小時，方能通過「基礎級」的考試，而對於以俄語為專業的學生來說，依照近年來的經驗，一般大多是2年級下學期的時候報考，只要稍加努力，大多可以順利通過考試。

　　與其他等級的考試一樣，「基礎級」的各項測驗中以「詞彙、語法」與「閱讀」2科考試最簡單，要通過這兩項測驗並不是件難事，但是「寫作」與「口說」則對於程度相對較不足的學生來說，挑戰性較高，而對於非俄文系的自學者來說，要通過該科測驗，更需要多下功夫才行。有鑑於此，筆者為了幫助學習者能夠更有效地準備考試，特別採用由俄羅斯聖彼得堡「Златоуст」出版社發行，並由俄羅斯聯邦教育科學部外國公民俄語測驗專家委員會所推薦的模擬題本：「Типовой тест по русскому языку как иностранному. Базовый уровень. Общее владение. Варианты, 3-е издание, 2013, Санкт-Петербург, «Златоуст»」，經該出版社授權，針對每一項目的考試，用最淺顯易懂的文字說明，將所有題目做了最深刻且詳盡的解析，期望每位使用者看過後能夠一目了然、心領神會，透過模擬試題能掌握實際試題的出題及解題方式，進而在真正考試的時

候，利用本書的解題技巧及方式，所有問題都迎刃而解，通過考試、取得證書。

　　本書共有三個題本，所有測驗項目的解題技巧僅在第一題本中詳列並逐一說明，而在第二與第三題本中，則不再重複。本書依照模擬試題的順序，就各科測驗，全面分析、講解、提供解題技巧。除了基本的解題之外，更提供了一些補充資料，使讀者能夠掌握相關俄語知識、提升讀者俄語能力。至於在「寫作」及「口說」單元，更提供了多元化的解答範本，以供讀者參考，且可以讓程度不一的讀者有多元的思考，選擇適合自己程度的選項。筆者在此要特別感謝淡江大學俄國語文學系律可娃柳博芙（Любовь Алексеевна Рыкова）兼任講師在「寫作」與「口說」兩個單元中提供了俄語答案校稿與修正的協助。另外還要感謝淡江大學歐洲研究所的陳雅鴻同學以及俄文系的陳芃慈同學協助本書的校稿工作。

　　親愛的讀者們！不管您是不是以俄語為專業的學生，或是俄語自學者，只要您對俄語學習充滿熱誠、只要您對俄語檢定考試充滿信心，通過「基礎級」的俄語檢定考試絕對是一件輕而易舉的事情，只要掌握解題技巧，證書保證到手。現在就讓我們來學習解題技巧吧。

編者

張慶國

台北 2015.12.10

目次
CONTENTS

俄國語文能力測驗簡介

（Тестирование по русскому языку как иностранному, ТРКИ）
（Test of Russian as a Foreign Language, TORFL）

俄國語文能力測驗TORFL（Test of Russian as a Foreign Language）自1998年開始實施，是俄羅斯聯邦教育科學部外國公民俄語測驗主辦中心為外國公民所舉辦的一項國際認證考試，也是外國學生進入俄羅斯各大學就讀之前必須參加的一項俄語能力檢定考試[1]。

俄羅斯目前共有60多所大學或語文中心為外國學生舉辦這項考試，國外也有47所以上大學由俄羅斯聯邦教育科學部外國公民俄語測驗主辦中心正式授權，在當地國家舉辦測驗。在台灣由中國文化大學與該中心簽約，於2005年首度引進並於當年12月舉辦了全國的「第一屆俄語能力測驗」。爾後政治大學亦舉辦過該項考試，深獲各界好評。淡江大學於2011年與俄羅斯國立聖彼得堡大學俄國語文能力測驗中心（The Russian Language and Culture Institute - RLCI）正式簽約，取得授權承辦測驗，並於同年舉辦「淡江大學2011第一屆俄國語文能力測驗」。目前常態性舉辦之國內學校為中國文化大學與淡江大學。

---

[1] 本簡介參考資料為：中國文化大學俄國語文學系網站http://torfl.pccu.edu.tw/，以及Типовой тест по русскому языку как иностранному. Первый сертификационный уровень. Общее владение. Второй вариант, 6-е издание, 2013, Москва – Санкт-Петербург, ЦМО МГУ – «Златоуст».

此項測驗共分六個等級：

初級（ТЭУ）：Тест по русскому языку как иностранному. Элементарный уровень.

基礎級（ТБУ）：Тест по русскому языку как иностранному. Базовый уровень.

第一級（ТРКИ-1）：Тест по русскому языку как иностранному. Первый уровень. Общее владение.

第二級（ТРКИ-2）：Тест по русскому языку как иностранному. Второй уровень. Общее владение

第三級（ТРКИ-3）：Тест по русскому языку как иностранному. Третий уровень. Общее владение.

第四級（ТРКИ-4）：Тест по русскому языку как иностранному. Четвёртый уровень. Общее владение.

　　學習者可依自己的程度參加不同的級數測驗，通過考試者由俄羅斯聯邦教育科學部外國公民俄國語文能力測驗主辦中心統一頒發國際認證的合格證書及成績單。之前若是參加過考試但是有未通過的科目（至多兩科）亦可參加重考，已經獲有證書的考生可以參加更高等級的測驗，檢測自己的俄語能力。

基礎級測驗（ТБУ）簡介

通過基礎級測驗的考生將獲得證書。本證書證明學員已經擁有俄語更上一層樓的基礎能力。

在俄語檢定考試中，「基本詞彙量」（Лексический минимум）是考生俄語程度的一個重要指標。初級的詞彙量約為780字，基礎級約為1300字，一級為2300字，二級為5000字，而三級則達到11000字[1]。

如前述，基礎級的基本詞彙量約為1300字，而這1300的詞彙量可使學員從容解決下列語言交際的問題：

■ 閱讀

1. 有關日常生活、社會文化性質的文章。文章篇幅約為600到700字。
2. 各式各樣在地圖或是指標中街道、廣場、城市的名稱，以及各機關團體中的標示牌或是公告訊息。
3. 商店中的招牌、劇場節目單、旅遊及各式文化休閒活動廣告。

■ 聽懂

1. 對話（篇幅約為10句對答）。
2. 大約300到400字獨白式的一段話（可聽2次）。
3. 在機場或其他大眾運輸交通上的廣播。

■ 開始一個對話，或是正確地回答對談人的問題，並且了解對談人的語言交際意圖。

---

[1] 請參閱Лексический минимум по русскому языку как иностранному, базовый уровень, общее владение, Санкт-Петербург, «Златоуст», 2011，第4頁。

- 根據閱讀過後的文章（篇幅約為400字），學員可用獨白式的話語詮釋文章內容，並且就文章主角、事件表達自己的感想。

- 根據主題口述一篇15個句子以上相互連貫的敘述。

- 根據主題創作一篇12個句子以上的敘述。

- 根據閱讀後的文章（篇幅約為400字），創作一篇摘要性的敘述。

　　根據俄羅斯聯邦制訂的《俄語為外語的國家標準》，具有基礎級程度的外國人應該在語言交際的範疇中，掌握與初級程度相較下更為廣泛議題，例如：「自我介紹」、「我的朋友、家人」、「工作」、「學業」、「外語學習」、「工作的一天」、「故鄉」、「空閒時間」、「休閒」、「家庭」、「天氣」、「健康議題」。另外，這些基本詞彙足以在言語交際中與人閒聊一些寫實的話題，例如：「飲食」、「交通」、「旅遊」、「購物」、「城市」、「問路」、「節日」。

　　與初級的基本詞彙相較之下，基礎級的基本詞彙數量要更多了，其中有一些詞彙的運用更廣泛，例如運動動詞（或稱移動動詞 бежать, вести）、加上前綴的運動動詞входить - войти, приезжать - приехать、一些及物動詞，如включить, организовать、表職業的名詞，如режиссёр, продавец、城市中或是國家性質的機關、單位，如булочная, посольство、日常生活用品，如вилка, носки、食品，如конфета, лимон，以及其他各類單詞。

　　掌握基本詞彙本是展現俄語程度的最低門檻，欲報考基礎級的

學員不妨參考坊間現有的基本詞彙書籍（如13頁之註解1），以詞彙為起點，進而強化自身語言其他層面的能力。

基礎級測驗共有5個項目：

項目一：詞彙、語法
項目二：閱讀
項目三：聽力
項目四：寫作
項目五：口說

俄羅斯俄國語文能力測驗（ТРКИ）與歐洲語言檢定對照表[2]

歐洲語言檢定系統					
A1	A2	B1	B2	C1	C2
俄羅斯俄國語文能力測驗系統					
初級（ТЭУ）	基礎級（ТБУ）	第一級（ТРКИ-1）	第二級（ТРКИ-2）	第三級（ТРКИ-3）	第四級（ТРКИ-4）

---

[2] 請參閱：Типовой тест по русскому языку как иностранному. Первый сертификационный уровень. Общее владение. Второй вариант, 6-е издание, 2013, Москва – Санкт-Петербург, ЦМО МГУ – «Златоуст»，第6頁。

考生須知

● 概論

　　通過基礎級測驗的考生將獲得證書。本證書證明學員已經擁有俄語更上一層樓的基礎能力。

● 報考

　　在俄羅斯可於任何一所語言測驗中心報考，考試前一週必須完成報考程序。報考時必須填寫申請表，然後由考試中心核發准考證。證書及成績單亦由考試中心核發。

　　在台灣，目前由中國文化大學俄國語文學系及淡江大學俄國語文學系承辦考試，中國文化大學於每年6月舉辦，而淡江大學於每年6月及12月舉辦，對考生來說，舉辦的次數及時間是非常方便的。報考程序兩校大致相同，大約在考試舉行前2個月公告考試時間及報考方式，請考生逕自上網查閱相關訊息。

● 準備考試

　　建議考生及早參閱測驗模擬考題「Типовой тест по русскому языку как иностранному. Базовый уровень. Общее владение. Варианты, 3-е издание, 2013, Санкт-Петербург, «Златоуст»」，並預先了解每一項考試的規則。

　　中國文化大學俄國語文學系及淡江大學俄國語文學系舉辦考試之前通常會舉行小型的模擬考試或是說明會，考生可報名參加，透過預先得知相關考試規則及測驗題型，以減緩考試當天的緊張情緒。

● 考試日程

　　檢定考試通常為期兩天。在俄羅斯的語言測驗中心第一天通常安排「詞彙、語法」、「閱讀」及「聽力」測驗，第二天則進行「寫作」與「口說」測驗。考試前10分鐘需要到考場報到，考試開始後遲到的考生則喪失考試資格。

　　在台灣的考試通常也是規劃兩天進行，但是考試科目並沒有固定分配，端視舉辦考試單位的安排。值得一提的是，文化大學為紓解「口試」的人潮，通常會安排考生提前應考，非常有彈性；而淡江大學為服務考生，偶有「客製化」的考試日程安排，非常貼心。

　　依照考試規定，考生不得將俄語課本、收錄音機、照相機、筆記本、紙張攜入考場[1]。在考試之前一定要專心聆聽考場監試人員的考試說明，必要時可提問，但是在考試進行當中不得提問。考試時間結束，考生必須立即停止作答，並將試卷及選項卷交給監試人員。

● 考試總分及通過門檻

　　依照得分，本項檢定考試區分為2個等級：「通過」與「不通過」（請參閱下表）[2]。

考試項目	得分	
	通過	不通過
「詞彙、語法」	66%-100%	低於66%
「閱讀」	66%-100%	低於66%
「聽力」	66%-100%	低於66%
「寫作」	66%-100%	低於66%
「口說」	66%-100%	低於66%

---

[1]　通常具有上網及照相功能的智慧型手機也不得攜入考場。

[2]　請參閱Типовой тест по русскому языку как иностранному. Первый сертификационный уровень. Общее владение. Второй вариант, 6-е издание, 2013, Москва – Санкт-Петербург, ЦМО МГУ – «Златоуст»，第9頁。

1. 各科考試得分高於或等於66%，即為通過；低於或等於65%，則為不通過。
2. 如有四科測驗高於或等於66%，只有一科低於或等於65%，但高於或等於60%，則整體考試成績視為通過。
3. 如有一科低於或等於59%（至多2科），在2年內可持成績單至國內、外任何一個語言測驗中心申請該科付費重考[3]。
4. 檢定考試證書有效期為2年[4]。

---

[3] 依據俄羅斯聯邦教育科學部外國公民俄語測驗主辦中心的規定，至多一科未達標準，才可申請該科重考，但是在實務操作上，兩科未達標準亦可申請重考。
[4] 依照2015年3月份最新核發之證書已無效期之規定（請參閱附錄二）。

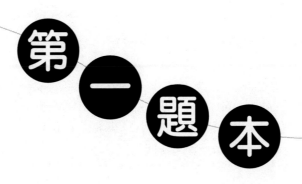

項目一：詞彙、文法

考試規則

本測驗有四個部分，共100題，作答時間為50分鐘。作答時禁止使用詞典。拿到試題卷及答案卷後，請將姓名填寫在答案卷上。

將正確的答案圈選於答案卷上。如果您認為答案是Б，那就在答案卷中相對題號的Б畫一個圓圈即可；如果您想更改答案，只需將答案畫一個圓圈就好，並將原來您認為是錯的選項打一個X即可。請勿在試題紙上作任何記號！

第一部分

第1-29題：請選一個正確的答案

Мой друг студент. Он ... (1) в университете. Он ... (2) математикой и другими предметами.

選項：(А) занимается (Б) учит (В) изучает (Г) учится

分析：選項 (А) занимается的原形動詞為заниматься，意思是「從事……的工作，從事……的活動；研讀」，動詞後面需接第五格，例如Антон занимается спортом утром. 安東在早上運動；Антон любит заниматься в библиотеке. 安東喜歡在圖書館唸書。選項 (Б) учит的原形動詞為учить，是「學習」或是「教導」兩個意思完全相反的動詞。如果當「學習」的話，動詞後面需要加上受詞第四格，例如 Антон учит японский язык. 安東學日語；但是如果是「教導」的意思，則動詞

後面需要加上受詞人第四格、物第三格，例如Антон учит меня русскому языку. 安東教我俄文。選項 (В) изучает的原形動詞為изучать，意思是「學習」，與選項 (Б)「學習」之意的用法相同，例如Антон изучает японский язык. 安東學日語。選項 (Г) учится的原形動詞為учиться，意思是「學習」，用法非常簡單，通常用在когда或是где的句中，例如Мама начала учиться в школе в 6 лет. 媽媽在6歲的時候開始唸小學。這個動詞還有一種用法，但是並不普遍，那就是在動詞後面加名詞第三格，表示學習何物，例如Антон учится японскому языку. 安東學日語。

★ Он *учится* в университете. Он *занимается* математикой и другими предметами.

他在大學唸書，他學數學及其他科目。

Вчера я ... (3) со своей подругой. Она ... (4) мне много интересного о новой выставке.

選項：(А) посоветовала (Б) показала (В) рассказала (Г) разговаривала

分析：選項 (А) посоветовала的原形動詞為посоветовать，意思是「建議」，用法為後面加人用第三格＋原形動詞。選項 (Б) показала的原形動詞為показать，意思是「展示、把……給人看」：人加第三格、物加第四格，例如Вчера Антон показал мне свой новый телефон. 昨天安東給我看他的新電話。選項 (В) рассказала的原形動詞為рассказать，意思是「敘述」，用法為後面加人用第三格＋о чём或что，例如Антон рассказывает нам о своей семье. 安東現在跟我們敘述他家裡的事情。選項 (Г) разговаривала的原形動詞為

разговаривать，意思是「聊天」，通常後面加前置詞с＋人第五格，例如Антон любит разговаривать со мной. 安東喜歡跟我聊天。

★ Вчера я *разговаривала* со своей подругой. Она *рассказала* мне много интересного о новой выставке.

昨天我跟朋友聊天，她跟我敘述了很多有關展覽會上的新鮮事物。

> Антон ... (5) Игоря купить билеты в кино. Игорь ... (6) Антона, сколько билетов ему нужно.
>
> 選項：(А) спросил (Б) попросил (В) рассказал (Г) посоветовал

分析：選項 (А) спросил與選項 (Б) попросил值得我們更詳細的說明。動詞未完成體／完成體спрашивать／спросить與просить／попросить需要明確的區分。第一對спрашивать／спросить是「問、提問」的意思，後面加人第四格；而第二對動詞просить／попросить，是「要求、請求」的意思，後面也是加人第四格。例如Антон спросил меня, почему я не был на уроке. 安東問我為什麼我沒去上課；Антон попросил меня дать ему словарь. 安東請我借他詞典。至於選項 (В) 與 (Г)，請參考上題。

★ Антон *попросил* Игоря купить билеты в кино. Игорь *спросил* Антона, сколько билетов ему нужно.

安東請伊格爾買電影票，伊格爾問安東需要幾張票。

Андрей никогда не учился играть в теннис. Он не ... (7) теннисом и не ... (8) смотреть теннис по телевизору.

選項：(А) интересуется (Б) знает (В) любит (Г) умеет

分析：選項 (А) интересуется 的原形動詞為 интересоваться，意思是「對……有興趣」，用法為後面加人或物用第五格，例如 Антон интересуется классической музыкой. 安東對古典音樂有興趣。選項 (Б) знает 的原形動詞為 знать，意思是「知道、認識」，用法為後面加人或物用第四格，為及物動詞，例如 Антон хорошо знает Машу. 安東對瑪莎很熟。選項 (В) любит 的原形動詞為 любить，意思是「愛、喜歡」，用法為後面加人或物用第四格，或是加原形動詞，例如 Антон любит свою маму. 安東愛自己的媽媽；Антон любит слушать музыку. 安東喜歡聽音樂。選項 (Г) умеет 的原形動詞為 уметь，意思是「會」，用法為後面加原形動詞，表示一種技能，例如 Антон умеет плавать. 安東會游泳。

★ Он не *интересуется* теннисом и не *любит* смотреть теннис по телевизору.

他對網球沒興趣，也不喜歡看網球的電視轉播。

Если вы ... (9) прочитать эту книгу, вы ... (10) взять её в нашей библиотеке.

選項：(А) знаете (Б) можете (В) умеете (Г) хотите

分析：選項 (А) знаете 的原形動詞為 знать，說明請參考上題。選項 (Б) можете 的原形動詞為 мочь，意思是「可以、能」，後加原形動詞，表示現實狀況允許可做的事情，例如 Я не могу приехать к вам, потому что у меня нет денег на поезд. 我無

法去找你們，因為我沒錢搭火車。選項 (B) умеете的原形動詞為уметь，說明請參考上題。選項 (Г) хотите的原形動詞為хотеть，意思是「想要」，後可加原形動詞或是受詞第四格，例如Антон хочет поехать в Россию учиться. 安東想要去俄國唸書。

★ Если вы *хотите* прочитать эту книгу, вы *можете* взять её в нашей библиотеке.

如果你們想讀這本書，你們可以在我們的圖書館借。

Одесса - мой ... (11) город, я там ... (12) и вырос. А сейчас я живу и работаю в Москве.

選項：(А) родители (Б) родился (В) родной (Г) родина

分析：選項 (А) родители 為名詞的複數形式，是「雙親」的意思。選項 (Б) родился的原形動詞為родиться，是「出生」的意思，例如Антон родился в 1995 году в Москве. 安東於1995年出生在莫斯科。選項 (В) родной 是形容詞，有時也當名詞使用，是「親近的、親生的」的意思，例如Антон русский. Его родной язык - русский. 安東是俄國人，他的母語為俄語。選項 (Г) родина是名詞，為「祖國」之意，例如Антон завтра поедет на родину. 安東明天要出發回祖國。

★ Одесса - мой *родной* город, я там *родился* и вырос. А сейчас я живу и работаю в Москве.

奧德賽是我的故鄉，我在那出生、成長，而現在我住在莫斯科，在莫斯科工作。

Я взял в библиотеке ... (13) И.Г. Петровского. Этот ... (14) был ректором Московского университета.

選項：(А) ученик (Б) учёный (В) учебник (Г) учебный

分析：選項 (А) ученик是名詞，意思是「學生」。選項 (Б) учёный 是形容詞，有時也當名詞，意思是「學術的、有學問的；學者」。選項 (В) учебник是名詞，為「教科書」的意思。選項 (Г) учебный是形容詞，意思是「學習的、教學的」。

★ Я взял в библиотеке *учебник* И.Г. Петровского. Этот *учёный* был ректором Московского университета.

我在圖書館借了一本彼得夫斯基的教科書。這位學者曾是莫斯科大學的校長。

Наша студенческая группа очень ... (15). Мы всегда отдыхаем вместе, потому что ... (16) с первого курса.

選項：(А) дружба (Б) дружим (В) дружно (Г) дружная

分析：選項 (А) дружба是名詞，意思是「友誼」。選項 (Б) дружим 為動詞，其原形動詞為дружить，意思是「與……交朋友、友好」，例如Мы с Антоном давно дружим. 我跟安東是老朋友了。選項 (В) дружно是副詞，意思是「友好地」，而選項 (Г) дружная則是陰性形容詞「友好的」。

★ Наша студенческая группа очень *дружная*. Мы всегда отдыхаем вместе, потому что *дружим* с первого курса.

我們的同班同學非常友好，我們常常在一起渡假，因為我們從一年級就是朋友了。

В нашей семье большая ... (17): у моей сестры родился ребёнок. Больше всего были ... (18) дедушка и бабушка.

選項：(А) радость (Б) рады (В) радовались (Г) радостные

分析：選項 (А) радость是抽象名詞，是「喜悅」的意思。選項 (Б) рады是形容詞的短尾形式，是「高興、歡喜」的意思，因為是形容詞短尾形式，所以它也有性、數與時態之分：он (будет, был) рад, она (будет, была) рада, они (будут, были) рады。值得一提的是，這個形容詞短尾後面可接原形動詞，但是如果接名詞，則需用名詞第三格，例如 Антон рад встрече с Машей. 安東高興跟瑪莎見面。選項 (В) радовались是動詞，其原形形式為радоваться，意思及用法與前面的短尾形容詞相同，也是接第三格。選項 (Г) радостные是形容詞，形容後面的名詞。

★ В нашей семье большая *радость*: у моей сестры родился ребёнок. Больше всего были *рады* дедушка и бабушка.

我們的家中有天大的喜事，我的姐姐生了個小孩，最高興的是爺爺跟奶奶了。

• Скажи, ... (19) ты поедешь на каникулы?
• Я очень хочу поехать в Америку, потому что ... (20) там не был.

選項：(А) где (Б) никуда (В) никогда (Г) куда

分析：選項 (А) где是疑問詞，意思是「（在）哪裡」，有它的出現，表示句中的動詞絕對不可以是運動（移動）動詞；相反的，如果句中有運動（移動）動詞，那麼疑問詞必須用選項 (Г) куда「（去）哪裡」。試比較：Где ты учишься? 你在哪唸書？ Куда ты поедешь учиться? 你要去哪裡唸書？第

一句的動詞為учишься，表示靜止的行為，而第二句的動詞
為поедешь учиться，是移動動詞＋原形動詞，表示一個移
動的動作。選項 (Б) никуда是副詞，意思是「哪裡都不」，
例如Антон никуда не поедет. 安東哪裡都不去。請注意，否
定的副詞никуда之後必須還要有一個否定小品詞не連用，才
能完整表達其否定意義。選項 (В) никогда亦同，例如Антон
никогда не смотрел балет. 安東從來沒看過芭蕾。

★ • Скажи, *куда* ты поедешь на каникулы?
 • Я очень хочу поехать в Америку, потому что *никогда* там не
 был.
 • 請問你要去哪裡渡假？
 • 我非常想去美國，因為我從來沒去過。

* 請注意，在俄語的句型中Я никогда не был там. be動詞 (был)
 ＋地方（或地方副詞）第六格，在中文的翻譯宜將be動詞翻成
 「去」、「到過」等。

> Я школьник и ... (21) не знаю, в каком институте буду учиться. А
> мой брат ... (22) поступил в экономический институт.
> 選項：(А) ещё (Б) уже (В) тоже (Г) или

分析：選項 (А) ещё是副詞，意思是「再、又、還、仍然、早在、
 還是」，例如Антон ещё не знает, куда поедет на каникулы.
 安東還不知道要去哪裡渡假；Они познакомились ещё в
 Москве. 他們早在莫斯科的時候就認識了。選項 (Б) уже是副
 詞，是「已經」的意思，例如Антон уже взрослый человек.
 Он знает, что он делает. 安東是個成年人，他知道他在做
 甚麼。選項 (В) тоже是副詞，意思是「也、也是」，例如

Антон тоже любит современную музыку. 安東也喜歡現代音樂。選項 (Г) или 是連接詞，為「或，或是」的意思，例如 Антон поедет в Америку или на Тайвань на каникулы. 安東會去美國或是台灣渡假。

★ Я школьник и *ещё* не знаю, в каком институте буду учиться. А мой брат *уже* поступил в экономический институт.
我還是個中學生，所以我還不知道要唸哪個大學，而我的哥哥已經考上了經濟學院。

- Вы уже читали новый журнал «Космос»?
- Нет, у меня нет ... (23) журнала.
- Обязательно купите ... (24) журнал. Он очень интересный.
選項：(А) этот (Б) этого (В) этому (Г) об этом

分析：選項 (А) этот 是指示代名詞，陽性，意思是「這個」，例如 Мне нравится этот человек. 我喜歡這個人（этот человек 是第一格）；Антон много раз читал этот роман. 安東已經讀過好幾次這本小說（этот роман 是第四格）。選項 (Б) этого 是 этот 的第二格。選項 (В) этому，是 этот 的第三格。選項 (Г) об этом 是 этот 的第六格。

★ • Нет, у меня нет *этого* журнала.
- Обязательно купите *этот* журнал.
- 沒有，我沒有這本雜誌。
- 您一定要買這本雜誌。

Сейчас в Петербурге проходит выставка художника Ильи Кабакова. Много людей приходит ... (25) выставку. Информация ... (26) выставке есть во всех газетах.

選項：(А) эта (Б) об этой (В) с этой (Г) на эту

分析：選項 (А) эта與上題的этот同是指示代名詞，而эта為陰性，例如Мне очень нравится эта девушка. 我非常喜歡這個女孩（эта девушка是第一格）；Антон много рассказал об этой девушке. 安東談了很多有關這個女孩的事（об этой девушка是第六格）。選項 (Б) об этой 是эта的第六格。選項 (В) с этой是эта的第五格。選項 (Г) на эту是эта的第四格，前有前置詞на，表示一個進行（移動）的動作。

★ Много людей приходит *на эту* выставку. Информация об *этой* выставке есть во всех газетах.

很多人都來看展。有關這個展覽的訊息刊登在所有的報紙上。

Дорогие Елена и Сергей! Поздравляю ... (27) с праздником. Желаю ... (28) счастья и здоровья.

選項：(А) у вас (Б) вам (В) вас (Г) с вами

分析：選項 (А) у вас是人稱代名詞вы的第二格用法，表示「有」的意思，例如У вас есть старший брат? 您有哥哥嗎？選項 (Б) вам是人稱代名詞вы的第三格。選項 (В) вас是人稱代名詞вы的第二格或第四格。選項 (Г) с вами是人稱代名詞вы的第五格用法。此處應探討題目中的動詞поздравлять與желать的用法。поздравлять / поздравить為「祝賀」之意，後接人用第四格，接物用前置詞 с＋第五格，例如Антон поздравил меня с днём рождения. 安東祝我生日快樂。而

желать / пожелать則為「祝福、祝願」之意，後接人用第三格，接物不用前置詞而直接加第二格，例如Антон пожелал мне успехов. 安東祝福我成功。

★ Поздравляю *вас* с праздником. Желаю *вам* счастья и здоровья.
祝你們節日愉快，願你們幸福與健康。

> Приезжайте ...(29)в гости на Новый год.
> 選項：(А) мне (Б) со мной (В) у меня (Г) ко мне

分析：選項 (А) мне是人稱代名詞я的第三格或第六格。選項 (Б) со мной是人稱代名詞я的第五格，前置詞с在此為「與、和」的意思。選項 (В) у меня是人稱代名詞я的第二格的用法，請參考上題。選項 (Г) ко мне是人稱代名詞я的第三格用法，前置詞к或ко（因為мне一詞的詞首為子音м與н的組合，所以前置詞需加母音字母о）表示方向，所以ко мне即為「到我這來」之意。請注意，в гости為固定用法，意指「來（去）做客」，名詞гости要用複數。此處為第四格，因為句中有移動動詞приезжать「來」。如為靜止的狀態，則用第六格，例如Антон вчера был у меня в гостях. 安東昨天到我家作客（翻譯技巧請參考19、20題）。

★ Приезжайте *ко мне* в гости на Новый год.
請來我們家作客過新年吧。

● 第二部分

第30-44題：請選一個正確的答案

Евгений Плющенко - известный российский спортсмен-фигурист. Сначала Евгений вместе ... (30) жил в Волгограде. Когда ему было 4 года, он начал заниматься фигурным катанием ... (31). Его мама всегда хотела, чтобы сын стал ... (32). В 11 лет Евгений поехал учиться ... (33). Мама не смогла поехать с ним, поэтому Евгений поехал один. А мама каждый день писала ... (34) письма. Евгений жил ... (35), потому что у него не было ... (36). Это было трудное время. Утром ... (37) были спортивные занятия, днём Евгений шёл ... (38), а вечером - снова на тренировку.

Сейчас Евгений Плющенко стал чемпионом ... (39). Он живёт в Петербурге. С ним живут ... (40). У Евгения есть ... (41).

У них мало ... (42), но иногда они ездят отдыхать ... (43) за город. У Евгения Плющенко есть мечта: он хочет стать победителем ... (44) и получить золотую олимпийскую медаль.

30. (А) о своей семье

(Б) со своей семьёй

(В) к своей семье

(Г) у своей семьи

31. (А) в спортивный клуб

(Б) из спортивного клуба

(В) в спортивном клубе

(Г) к спортивному клубу

32. (А) известным спортсменом

(Б) известный спортсмен

(В) известного спортсмена

(Г) известному спортсмену

33. (А) из Петербурга

(Б) по Петербургу

(В) о Петербурге

(Г) в Петербург

34. (А) со своим сыном
    (Б) своему сыну
    (В) своего сына
    (Г) у своего сына

35. (А) маленькая комната
    (Б) маленькую комнату
    (В) в маленькой комнате
    (Г) из маленькой комнаты

36. (А) своей квартиры
    (Б) в свою квартиру
    (В) своей квартирой
    (Г) в своей квартире

37. (А) к будущему чемпиону
    (Б) о будущем чемпионе
    (В) у будущего чемпиона
    (Г) с будущим чемпионом

38. (А) из обычной школы
    (Б) по обычной школе
    (В) в обычной школе
    (Г) в обычную школу

39. (А) в мире
    (Б) мир
    (В) мира
    (Г) миром

40. (А) его родители
    (Б) с его родителями
    (В) от его родителей
    (Г) его родителям

41. (А) любимой девушки
    (Б) любимую девушку
    (В) любимая девушка
    (Г) любимой девушке

42. (А) свободное время
    (Б) свободного времени
    (В) в свободное время
    (Г) о свободном времени

43. (А) на машине
    (Б) из машины
    (В) к машине
    (Г) в машину

44. (А) на зимнюю Олимпиаду
    (Б) зимняя Олимпиада
    (В) о зимней Олимпиаде
    (Г) зимней Олимпиады

第二部分詞彙與文法題我們的分析解題方式將有所不同。我們將依照題目在文章該句中的語法形式，也就是答案所扮演的角色（主詞、動詞、受詞、地方及時間條件等）來分析其語法條件，進而找到正確的答案。

第30題。主詞是Евгений，動詞是жил，關鍵詞是вместе，意思是「一起」，所以答案應選擇 (Б) со своей семьёй。應牢記：вместе с кем, чем...

第31題。主詞是он，動詞是начал заниматься，заниматься後接第五格，所以是фигурным катанием（花式溜冰），至於答案則要選擇 (В) в спортивном клубе，表示在某個地點，意思是在運動俱樂部裡從事花式溜冰的訓練。

第32題。關鍵字為стал（становиться / стать），其語法形態為完成體、第三人稱單數、陽性、過去式，這個動詞後面要接第五格，表示「成為某人、成為某物」之意，所以答案應選擇 (А) известным спортсменом。

第33題。主詞為Евгений，動詞為поехал учиться。要注意，像這種複合型的動詞組合，在口語及文章中常常遇到，一定要知道，後面接的單詞語法形式是要跟поехал配合，而非受到учиться所主宰，這是極為重要的關鍵，所以答案要接前置詞加第四格表示移動的（поехать куда）動作，答案為 (Г) в Петербург。

第34題。主詞為мама，動詞為писала。很簡單，動詞писать後面加人第三格、加物第四格，也就是說，人是間接受詞，而物則是直接受詞。本句的письма是直接受詞，是複數第四格，所以答案應選擇單數第三格 (Б) своему сыну。

第35題。主詞為Евгений，動詞為жил。жить後面如果是表地方的名詞，這名詞應當用第六格，表示靜止的狀態，所以答案選 (В) в маленькой комнате。

第36題。這是固定句型：У кого есть ... У кого нет ...。需牢記，如果是肯定，則用第一格，例如У Антона есть старший брат.

安東有個哥哥；如果是否定，則用第二格，例如У Антона нет старшего брата. 安東沒有哥哥。本題為否定、過去式，у него не было ...，所以答案為 (A) своей квартиры。另外要記住，如為過去式，無論後面的名詞性或數為何，語法只能用否定小品詞＋be動詞中性не было＋第二格（單數或複數），而且在口語中，重音一定要落在не，而非落在было。

第37題。同上題的固定句型，只是本題為肯定句，所以答案為 (B) у будущего чемпиона，表示「未來的冠軍有...」。

第38題。主詞是Евгений，動詞是шёл。шёл的原形動詞為идти，後接前置詞＋名詞第四格[1]，表示去某個地方，所以本題答案應選 (Г) в обычную школу。

第39題。主詞是Евгений，動詞是стал。前面講過，動詞стать後面需接第五格，表示成為某人或某物，這裡是成為了一位冠軍（чемпионом），而冠軍一詞之後還有名詞作為修飾語，所以需用第二格，來做為冠軍一詞的從屬關係之用，也就是說，應為世界的冠軍（чемпион мира），而非在世界上的冠軍（чемпион в мире）。

第40題。живут是動詞，語法形式為第三人稱、複數、現在式，而с ним則是前置詞＋名詞第五格，表示「與他」，所以本句明顯缺乏主詞，答案只需尋找主詞（第一格）即可，所以答案為 (A) его родители。

第41題。本題可參考第36題的固定句型說明，所以答案為第一格 (B) любимая девушка。

第42題。關鍵詞為мало。諸如此類的數詞，如мало、много、немного、несколько等等，後需接第二格：如為不可數名詞，應接單數第二格，若為可數名詞，則接複數第二格。本題答案為

---

[1] 動詞идти之後當然可以加其它的前置詞，後再加名詞的各種格，例如к＋第三格、по＋第三格等等。本處所述「名詞第四格」的前提為加前置詞в或на，以下皆同。

「空閒時間」，為不可數名詞，所以應用單數第二格，答案為 (Б) свободного времени。

第43題。主詞為они，動詞為ездят отдыхать。要注意在俄文中很重要的一個概念，如果是搭乘某種交通工具去某地的話，那麼搭乘交通工具一定要用前置詞на＋交通工具第六格，別無其他選擇。但是要切記，前提是一定要有移動動詞表示去某地的描述才符合本語法規定。本題有移動動詞ездят＋去郊外（за город）的描述，所以符合前置詞на＋交通工具第六格的需求，故答案選擇 (А) на машине。

第44題。主詞為он，動詞為хочет стать。本題與39題雷同，同樣是從屬關係的語法規則問題：он хочет стать победителем 他想成為勝利者（冠軍），後接冬季奧運（зимняя Олимпиада）必需用第二格，來做為冠軍一詞的從屬關係之用，答案選 (Г) зимней Олимпиады.

【翻譯】

葉夫根尼・普留申科是一位著名的俄羅斯花式溜冰運動選手。起初葉夫根尼跟家人一起住在伏爾加格勒，在他四歲的時候，他開始在一個運動俱樂部學習花式溜冰。他的媽媽一直盼望兒子日後會成為一位著名的運動員。葉夫根尼在11歲的時候前往彼得堡唸書，他的媽媽無法隨行，所以葉夫根尼只好單獨出發，於是媽媽每天寫信給自己的兒子。葉夫根尼住在一個小房間，因為他沒有自己的公寓。這是段困難的時光。早上這個未來的冠軍有運動的課程，白天則是去一般的學校唸書，而晚上又要回到訓練課程。

現在葉夫根尼・普留申科已經是世界冠軍，他住在彼得堡，他的父母親與他同住。葉夫根尼現在有個要好的女友。

他們的空閒時間很少，但是他們偶而開車去郊外玩玩。葉夫根尼・普留申科有個夢想，他想要在冬季奧運中取得勝利並獲得金牌。

第45-59題：請選一個正確的答案

География - ... (45) . В 1861 году ... (46) создали первый в России научно-популярный журнал «Вокруг света». Этот журнал существует и сейчас. Он очень нравится ... (47) . Журнал «Вокруг света» помогает организовывать олимпиады ... (48) . Обычно ... (49) бывают весной. Географы организуют их ... (50) России. Город Калуга стал ... (51) XIII Олимпиады. Школьники выполняли ... (52) . Десять ... (53) из Москвы и других городов стали ... (54) . Победители олимпиады, ... (55) окончат школу в этом году, смогут поступить ... (56) любых институтов без экзаменов. А журнал «Вокруг света» будет платить стипендию ... (57) олимпиады, который будет учиться в МГУ.

Другие участники олимпиады тоже получили ... (58) : видеомагнитофоны, фотоаппараты и книги. Но самое главное, что во время этой олимпиады все участники стали ... (59) .

45. (А) самая интересная наука
    (Б) о самой интересной науке
    (В) самую интересную науку

46. (А) русских учёных
    (Б) русским учёным
    (В) русские учёные

47. (А) разным людям
    (Б) разных людей
    (В) разные люди

48. (А) российские школьники
    (Б) российских школьников
    (В) о российских школьниках

49. (А) этих олимпиад
    (Б) в этих олимпиадах
    (В) эти олимпиады

50. (А) в разные города
    (Б) в разных городах
    (В) разные города

51. (А) столица

(Б) столицей

(В) столицу

52. (А) трудные задания

(Б) в трудных заданиях

(В) с трудными заданиями

53. (А) школьников

(Б) школьникам

(В) школьники

54. (А) победителей

(Б) победителями

(В) победителям

55. (А) которым

(Б) о которых

(В) которые

56. (А) с географических факультетов

(Б) на географических факультетах

(В) на географические факультеты

57. (А) одному победителю

(Б) с одним победителем

(В) об одном победителе

58. (А) прекрасных подарков

(Б) прекрасными подарками

(В) прекрасные подарки

59. (А) хороших друзей

(Б) хорошими друзьями

(В) хорошим друзьям

　　第45題。從句中不難判斷，破折號（-，俄文為тире）的左邊
與右邊應為同謂語，左邊為география（地理，第一格），所以右
邊應該選擇同樣為第一格的相對詞組，所以答案應選擇 (А) самая
интересная наука。

　　第46題。句中有第三人稱、複數、過去式形式的動詞создали，
也有第四格的受詞первый научно-популярный журнал，然而卻不見
主詞，所以答案應選擇第一格的主詞 (Б) русские учёные。

　　第47題。看到動詞нравится（喜歡），我們一定要小心，因為
這是特殊的句型：喜歡的人是所謂的「主體」，而非主詞，用第

三格；被喜歡的人或物，才是「主詞」，用第一格，例如Она мне очень нравится. 我（主體）非常喜歡她（主詞）。本句的主詞он 代表前面的этот журнал，是被喜歡的物品，所以答案必須為第三 格，應選 (A) разным людям。

第48題。句中主詞（журнал）、動詞（помогает организовывать）、受詞（олимпиады）皆備，而答案係接在受 詞之後，與受詞表示從屬關係之意，用第二格，意思為「俄羅 斯中小學生的奧林匹亞競賽」，所以答案要選 (Б) российских школьников。

第49題。句中有動詞бывают，為第三人稱現在式、複數形 式，但不見主詞，所以顯而易見的應選擇第一格當主詞的答案，故 選 (В) эти олимпиады。

第50題。依照句意，「地理學家舉辦奧林匹亞競賽」，主詞、 動詞、受詞完整，後接地點，所以宜用第六格，表示「靜止」狀 態，故應選 (Б) в разных городах，而後接России第二格，表從屬關 係，意思是：「在俄羅斯的不同城市」。

第51題。動詞стал的原形動詞為стать，在第32題就已經出現 過，後接第五格чем或кем，是「成為」之意，所以答案要選 (Б) столицей。

第52題。句子組成成份單純，是非常簡單的語法題。我們發 現，句中缺乏的就是及物動詞выполнили（完成、實踐）後不加任 何前置詞的第四格受詞，所以答案為 (A) трудные задания。

第53題。數詞之後的名詞應接第幾格，是本題重點。數詞1後 接單數第一格，2 - 4後接單數第二格，5（含以上）後接複數第二 格。請注意，11 - 19也是用複數第二格，21之後的用法與個位數1 - 5相同，例如：1 день、2 дня、3 дня、5 дней、11 дней、14 дней、 16 дней、21 день、22 дня、33 дня、44 дня、55 дней等等。本題為 10個學生，故應選 (A) школьников。

第54題。與第32題及第51題考的一樣，動詞стать，後接第五格чем或кем，所以答案要選 (Б) победителями。

第55題。關係代名詞代替前面的名詞победители，在後面的複合句中，關係代名詞扮演主詞的角色，因為複合句中有動詞окончат及受詞第四格школу，所以應選第一格的關係代名詞來做為主詞，應選 (B) которые。

第56題。考一個詞組поступить＋前置詞＋名詞第四格。поступить是完成體動詞，其未完成體動詞為поступать，是為「進入、考進」之意，而後接「科系」，所以我們要清楚知道，如果表示考進某一科系，則科系前的前置詞需用на＋科系第四格，所以要選 (B) на географические факультеты。

第57題。經過分析，我們知道本題要考的是動詞платить的用法。動詞платить是「付款」的意思，後面用法為：接人用第三格、接物用第四格，本句的第四格為стипендию（獎學金），而人則應為答案 (A) одному победителю。

第58題。主詞為участники、動詞為получили，所以這裡需要知道動詞為получили後的語法規則。動詞получить為完成體，未完成體動詞為получать，為「獲得」之意，是及物動詞，後接名詞第四格，故應選 (B) прекрасные подарки。

第59題。不知道是送分題還是別有用心，如果考生不知道動詞стать後面的用法，那麼在本項目的考試，將會連錯三題，因為相同的動詞已經是第三次出現了，請參考第32題及第51題的解題分析。本題答案為 (Б) хорошими друзьями。

【翻譯】

地理是最有趣的科學。1861年俄羅斯的一些學者創立了俄羅斯的第一本科普雜誌「環繞地球」，這本雜誌到現在還存在。很多人喜歡它。「環繞地球」雜誌經常幫忙籌辦中小學生的奧林匹亞競賽。通常這些奧林匹亞競賽在春天舉行。地理學家在俄羅斯不同的

城市舉辦競賽。卡魯加城是第13屆奧林匹亞競賽的首都。學生們完成了困難的題目，有10個來自莫斯科及其他城市的學生在競賽中獲勝，而在今年即將自中學畢業的獲勝者可以免試就讀任何大學的地理系，而「環繞地球」雜誌並提供獎學金給一名即將在莫斯科大學就讀的獲勝者。

奧林匹亞競賽的其他參賽者也獲得很好的獎品，諸如攝影機、照相機及圖書，但是最重要的，在奧林匹亞競賽的過程中，所有的參賽者都變成了好朋友。

● 第三部分
第60-71題：請選一個正確的答案

В пятницу вечером три друга договорились, что в субботу они ... (60) отдохнуть за город, потому что они всегда ... (61) отдыхать вместе. Друзья ... (62) к метро ровно в 9 часов. Они ... (63) в метро, сели в вагон и ... (64) . Они ... (65) до станции метро «Киевская», ... (66) из вагона и ... (67) на вокзал. Когда друзья ... (68) к вокзалу, они увидели книжный магазин. Они решили ... (69) туда и купить журналы, чтобы читать их в поезде. Когда друзья ... (70) на вокзал и посмотрели на часы, то поняли, что их поезд уже ... (71) 30 минут назад.

60. (А) поедут
    (Б) приедут
    (В) доедут

61. (А) поехали
    (Б) ходили
    (В) ездят

62. (А) дошли
    (Б) пошли
    (В) подошли

63. (А) вошли
    (Б) вышли
    (В) ушли

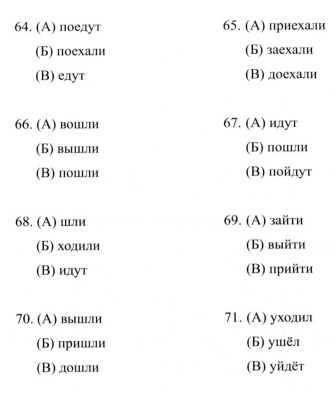

64. (А) поедут
    (Б) поехали
    (В) едут

65. (А) приехали
    (Б) заехали
    (В) доехали

66. (А) вошли
    (Б) вышли
    (В) пошли

67. (А) идут
    (Б) пошли
    (В) пойдут

68. (А) шли
    (Б) ходили
    (В) идут

69. (А) зайти
    (Б) выйти
    (В) прийти

70. (А) вышли
    (Б) пришли
    (В) дошли

71. (А) уходил
    (Б) ушёл
    (В) уйдёт

　　這個部分的考題全部與移動動詞（行動動詞）的使用有關。談到移動動詞，我們必須清楚了解移動動詞的定向與不定向的對比概念。不帶前綴的定向移動動詞通常與某個時間點有關係，而不定向的移動動詞通常與頻率有關，表示反覆、重複性的習慣動作。

　　另外要注意，帶前綴的定向動詞與不定向動詞跟原本沒有前綴的動詞有了「本質」的改變：沒有前綴的動詞，無論是定向動詞或是不定向動詞，都是未完成體動詞。如果加上前綴，原來的定向動詞，例如идти變成了прийти之後，同時也變成了完成體動詞；而原來的不定向動詞ходить，雖然變成了приходить，但是還維持其未完成體動詞的角色。此外，熟悉各種前綴的意義也是必要的，這是基本功夫。

　　第60題。動詞поедут、приедут、доедут的前綴分別為「出發、抵達、到達」之意，另外，前綴 по- 亦有「開始某種行為、從

事某種行為短暫的時間」的意思，依據句意，朋友們在星期五約好要在星期六出城（за город）度假，所以應該選擇 (A) поедут。

第61題。句中有頻率副詞всегда，說明了他們的這種行為是有規律性的，所以依照語法的規定，應該用不定向動詞。此外，他們的這種規律性行為一直延續到現在（星期六還要出城），所以應用動詞現在式。答案的選項只有 (B) ездят合乎要求。

第62題。動詞的前綴 подо- 係表示「走近、駛近」之意，後面通常接前置詞 к＋名詞第三格，例如Антон, подоиди к доске, пожалуйста. 安東，請上黑板來；Машина подъехала к дому и остановилась. 汽車駛近了房子，然後停了下來。另外前綴до- 與по- 請參考第60題之講解。依照句意，本題應選擇 (B) подошли。

第63-64題。本題是句中有兩個或兩個以上完成體動詞的解題方式，我們不妨將本句當成範例，以後遇到相似的句子，皆用同樣方式解題。本題的選項分別是動詞вошли、вышли、ушли，它們這些前綴的差別在於：во- 是「進入」的意思，而 вы- 與 у- 皆有「出去、離開」之意，其差別在於вы- 是指「短暫」的離開或是出去，基本上是還會回到原來的地方的，例如Антон вышел. Он сейчас придёт. 安東出去一下，馬上回來。我們要清楚了解，安東可能是去洗手間，或是去抽菸，或是去處理一下事情，不管是去做甚麼，反正等等就會回來。而у- 的離開通常是指長時間的、至少今天不會再回到原點了，例如Антон уже ушёл. Позвони ему домой. 安東已經離開了，你打電話到他家給他吧。此處我們應了解句意為，安東已經下班了，或是已經遠離了，今天不會再回來。所以根據句意，他們是「進入」了地鐵，應該選擇 (A) вошли。而第64題則很好判斷，只有選項 (Б) поехали 是過去式，所以是答案。至於本句的重點是在於了解完成體的用法，也就是說，三個完成體動詞вошли、сели、поехали是依照「先後次序」而發生的動作，先進了地鐵、坐進了車廂，然後出發。此一觀念，值得花點時間記起來。

第65-67題。本句與上一句相同，皆有三個動詞，而依照句意，同樣是完成體的動詞，它們依照先後的次序完成動作。第65題的動詞選擇很好判斷，因為動詞後面有前置詞 до 告訴我們，此處為「抵達」之意，所以要選擇 (B) доехали。而選項 (Б) 的前綴 за- 也是非常重要，是「順道去、短暫的停留」的意思，一定要記起來，例如 По дороге домой Антон зашёл в магазин и купил хлеб. 安東在回家的路上順道去商店買了麵包。第66題依照句意應該要選擇 (Б) вышли，是「從某處出來」之意，加上後面有前置詞 из＋一個表空間的名詞第二格，讓我們更確定了答案：「從車廂走出來」。從車廂走出來之後緊接著另外一個動作的開始，所以我們要選擇帶有前綴 по- 的移動動詞，而第67題的答案中，(Б) пошли 與 (B) пойдут 之間我們應選擇過去式的 (Б) пошли，因為這一連串的動作都是過去所發生事情的陳述，而 (B) пойдут 為未來式，不合理。本句三個完成體動詞：先抵達某地鐵站、出了車廂，然後前往火車站，三個動作依照先後次序發生、完成。

第68題。本題的重點在於判斷移動的方向與時態。在句子當中我們發現有一個前置詞 к，所以我們應當可以輕易的判斷前面應當用移動動詞，而應用哪個動詞則取決於後面的句子。後面句中的動詞為 увидели，為完成體、過去式，表示「一次性」的動作，所以前面的移動動詞也應為過去式、且為定向的動詞，若用不定向的動詞，則後面的動詞宜用未完體動詞 видели。所以本題應選 (A) шли。

第69題。本題純粹是考動詞的詞義。選項 (A) зайти 是為「順道去、去一下」之意，選項 (Б) выйти 是為「出去，從一個空間離開」之意，選項 (B) прийти 是為「來到、抵達」之意，所以按照句意，我們應該選擇 (A) зайти，表示朋友們決定順道去書店。

第70題也是考動詞的詞義。在檢視三個選項之後，我們應選擇 (Б) пришли，表示朋友們來到火車站之後。

第71題不僅僅是考動詞的詞義，也要測驗時態。句中有 назад 一詞，所以我們一定要了解，這是代表過去的時態，而30 минут назад就是表示「30分鐘之前」所發生的動作，所以要選擇 (Б) ушёл，表過去發生的動作。切記，不能選擇表示不定向動作的選項 (А) уходил，因為30分鐘之前火車開走了就是開走了，是個一次性的動作，不得選擇有反覆性動作的動詞уходил。

【翻譯】

星期五的晚上三個朋友說好了星期六要到郊外去度假，因為他們度假的時候總是在一起。朋友們在九點鐘整到了地鐵。他們進了地鐵，到車廂坐了下來，然後就出發了。他們抵達了「基輔」站，從車廂走了出來，然後往火車站走。當朋友們往火車站走了時候，他們看到了一間書店。於是他們決定要去書店買雜誌在火車上看。當朋友們來到火車站，他們看了看手錶，然後明白了，他們的火車在30分鐘前就開走了。

◉ 第四部分
第72-84題：請選一個正確的答案

Елена Яковлена - известная российская актриса. Она ... (72) в Хорькове, училась там в школе. Елена недолго ... (73) свою будущую профессию, она всегда мечтала ... (74) актрисой. Сразу после школы Елена ... (75) поехать в Москву, чтобы поступить в театральный институт. Елена ... (76) в институт и была очень счастлива. После окончания института она сразу ... (77) работать в московском театре «Современник». В этом театре она работает и теперь. Елена Яковлена - очень активный человек. Сейчас она много ... (78) в театре и кино. Российские зрители ... (79) эту актрису и любят её, поэтому всегда с удовольствием ... (80) на спектакли и фильмы с её участием. А недавно российское телевидение ... (81) ей стать телеведущей. Елена ... (82) и сейчас работает в программе «Что хочет женщина». Елена ... (83) , что на эту программу приходят очень интересные люди и ... (84) о себе и о своих проблемах.

72. (А) выросла
    (Б) вырастет
    (В) растёт

73. (А) выбрала
    (Б) выбирала
    (В) выбирает

74. (А) станет
    (Б) стала
    (В) стать

75. (А) решала
    (Б) решила
    (В) будет решать

76. (А) поступает
    (Б) поступала
    (В) поступила

77. (А) начала
    (Б) начинала
    (В) начнёт

78. (А) играет
    (Б) играла
    (В) поиграла

79. (А) знали
    (Б) узнали
    (В) знают

80. (А) приходят
    (Б) приходили
    (В) пришли

81. (А) будет предлагать
    (Б) предложило
    (В) предлагает

82. (А) согласится
    (Б) соглашалась
    (В) согласилась

83. (А) будет говорить
    (Б) скажет
    (В) говорит

84. (А) рассказали
    (Б) рассказывают
    (В) рассказывали

綜觀這個部分的考題，我們發現全部的題目在於檢視我們對時態的運用熟稔與否。判斷時態取決於句意以及句中其他動詞時態的運用，舉例說明：Антон начал учиться, когда ему было 6 лет. 安東在六歲的時候開始上學。前後兩個動詞начал учиться與было都是過去式，相輔相成，但如果使用不同的時態，則會顯得句意不明。另外還有一個判斷時態的運用技巧，那就是看看上下文中的連繫關係，正確判斷事件發生的時間背景，同時檢視句中是否有相關的時間副詞，例如недавно「不久之前」，當然是表示過去的動作，後面接的當然是過去式動詞。

第72題。依照句意，本題應選擇過去式動詞，而非現在式或是未來式的動詞，表示「成長」之意。選項 (А) выросла為完成體動詞вырасти的過去式形式，而 (Б) вырастет則是вырасти的未來式形式，而 (В) растёт為未完成體動詞расти的現在式，故應選 (А) выросла。

第73題。本題不僅僅要考時態，還要考我們對未完成體與完成體動詞的認識。未完成體與完成體動詞在「基礎級」的層次中，我們只要清楚知道，未完成體動詞表示動作的過程，而相對的，完成體動詞則是表示動作的結果。所以在73題中，我們看到了副詞недолго「不久」，是表示一段時間，動作的一個過程，所以要用未完成體，而從句意看出發生的動作是在過去，所以用過去式，故應選擇 (Б) выбирала。

第74題是送分題。句子中已經有動詞過去式мечтала，所以後面應接原形動詞，並無其他選擇，故選 (В) стать。有關動詞стать的用法請參考第32題的解說。

第75題。依照句意，女主角在中學畢業之後就馬上決定要考戲劇學院，所以她做的決定是「一次性」的，而並非是在一段時間中考慮再三、反覆做的決定，所以應用完成體動詞，因為是過去的動作，所以應用過去式，故選 (Б) решила。

第76題。本題也是表「一次性」的結果，考進了大學，就是考進了大學，當然指的是一次的結果，如果是用未完成體，則表示她在過去反覆的放棄學業又反覆的考取大學，所以應選完成體過去式的選項 (B) поступила。

第77題與第76題的本質類似，都是指一個動作「一次性」的結果，女主角在學業結束之後馬上「開始」工作，開始當然指的是結果，而非反覆的動作，故選 (A) начала。

第78題。按照句意，女主角現在常常在戲劇及電影中演出，既然是「現在」，而且又是「常常」，所以當然要選擇有反覆意義的未完成體現在式動詞，應當選 (A) играет。

第79題。依照上下文判斷，女主角現在仍在工作崗位上，而觀眾也喜愛她，所以答案也是要選未完成體動詞的現在式 (B) знают。順道一提，如果我們用未完成體的過去式，則表示從前我們認識她，而現在已經不認識了，這就意味著人已經不在人世，與英文的用法類似，可做一比較。

第80題與79題息息相關。因為觀眾喜歡女主角，所以常常去看有她演出的電影及戲劇，所以要選現在式 (A) приходят。

第81題。在本句中我們看到了關鍵詞недавно「不久前」，所以應該要選完成體過去式的動詞，只有選項 (Б) предложило符合這個條件。這個動詞很實用，值得背下來：предлагать / предложить，後面加人要用第三格，而後加原形動詞或是名詞第四格，意指「提供、邀請」，例如Антон предложил мне свою помощь. 安東願意幫助我。

第82題與前面多個題目的本質相同，都是指動作「一次性」的結果：女主角答應了（邀約），所以如今在一個名為「女人要什麼」的電視節目工作。選項 (A) согласится 是完成體未來式，選項 (Б) соглашалась 是未完成體過去式，而選項 (В) согласилась則是本題的答案，是完成體過去式。

第83題及84題。女主角依現況描述,指稱:非常有意思的人來到(приходят未完成體現在式動詞)節目中聊聊(也應用未完成體現在式動詞,與前一動詞呼應)自己、談談自己的問題。所以83題應選 (B) говорит現在式動詞,而非未來式動詞,而84題應選與приходят相呼應的動詞,故選 (Б) рассказывают。

【翻譯】

伊蓮娜・亞可芙列娃是一位著名的俄國演員。她在哈里可夫城長大,在那裡讀中學。她沒有花很多時間選擇自己未來的職業,她一直想成為演員。中學一畢業伊蓮娜就決定前往莫斯科考戲劇學院。她考上了戲劇學院,所以當時她非常的高興。她在戲劇學院畢業後隨即到了莫斯科名為「現代人」的劇院工作,至今她仍在這劇院工作。伊蓮娜・亞可芙列娃是一位非常活躍的人,現在她常常在戲劇及電影中演出,俄國的觀眾都知道並且熱愛這位演員,所以總是很樂意來看有她參與演出的戲劇及電影。而不久前,俄國的電視台邀請她主持節目,伊蓮娜答應了,所以如今在一個名為「女人要什麼」的電視節目工作。伊蓮娜說非常有意思的人來到節目中聊聊自己、談論自己的問題。

● 第五部分

第85-100題:請選一個正確的答案

- Вы уже давно живёте в этом доме?
- Мы переехали сюда ... (85) .
- Мы тоже живём здесь уже ... (86) , но я вас никогда не видел.
選項:(А) 2 года (Б) 2 года назад (В) через 2 года (Г) на 2 года

分析:選項 (А) 2 года意思是「2年」,如果它前面並無前置詞,則表示某種動作進行的一段時間,在句中為第四格形式,回答сколько времени或是как долго的問句,例如Антон учится в университете уже 2 года. 安東在大學已經讀了2年。選項 (Б) 2 года назад的關鍵詞為назад，意思是「之前」，所以選項為「2年前」，運用在句子當中宜使用動詞的過去式，以配合詞義，例如Антон поступил в университет 2 года назад. 安東兩年前考上了大學。選項 (В) через 2 года中前置詞через為「經過……之後」的意思，句中的動詞可使用未來式，也可使用過去式，例如Антон окончит（окончил）университет через 2 года. 安東兩年之後要（已經）從大學畢業。所以第85題應選擇 (Б) 2 года назад，表示動作在過去的一個時間發生。第86題則是應該選擇 (А) 2 года，表示動作的一段時間。另外請考生注意：переехали（原形動詞為переехать）是移動動詞，所以後面應接表示移動的副詞сюда (туда) ，而非表示靜止狀態的здесь (там)。

★ • Мы переехали сюда *2 года назад*.

• Мы тоже живём здесь уже *2 года*.

• 我們兩年前搬到這裡。

• 我們也住在這裡已經兩年了。

> Чтобы всё знать и хорошо отвечать ... (87) , я много занимался ... (88) .
>
> 選項：(А) до экзаменов (Б) во время экзаменов (В) после экзаменов (Г) на экзамены

分析：本題要考的是對前置詞詞義的理解。до為「之前」的意思，во время為「某時間範圍之內」的意思，после為「之後」的意思，而на экзамены在此意義不明，因為экзамены為複數第四格，可當作「去考試」解釋，但不符合句意，如果名詞為單數或複數第六格экзамене或экзаменах，則為「在考試的時候」，所以，根據句意，第87題應選擇 (Б) во время экзаменов，而第88題則應選擇 (А) до экзаменов。

★ Чтобы всё знать и хорошо отвечать *во время экзаменов*, я много занимался *до экзаменов*.

為了掌握所有內容並在考試中答得好，我在考前非常地用功唸書。

> Я очень хорошо играю на гитаре. Мой друг ... (89) решил научиться играть, ... (90) у него, к сожалению, ещё нет гитары.
> 選項：(А) а (Б) и (В) но (Г) тоже

分析：選項 (А) а為連接詞，表示對比或是上下文內容有接續之意，建議考生參考辭典解說，例如Антон учится в Москве, а его младший брат работает в Санкт-Петербурге. 安東在莫斯科唸書，而他的弟弟在聖彼得堡工作。選項 (Б) и同樣為連接詞，意思很多，有「與、所以、然後」之意，必須依照上下文來決定其意思，例如Антон и Маша - хорошие друзья. 安東與瑪莎是好朋友；Антон пришёл домой, и мама начала готовить ужин. 安東回家了，所以媽媽開始準備晚餐。選項 (В) но也是連接詞，有「但是、然而」之意，例如Антон любит виноград, но не любит яблоко. 安東喜歡吃葡萄，但不喜歡吃蘋果。選項 (Г) тоже為副詞，是「也、也是」的意思，例如Антон тоже хочет поехать в Россию учиться. 安東也想去俄國唸書。依照句意，第89題應選擇 (Г) тоже，而第90題則應選 (В) но。

★ Я очень хорошо играю на гитаре. Мой друг *тоже* решил научиться играть, *но* у него, к сожалению, ещё нет гитары.
我吉他彈的很好，我的朋友也決定要學會彈，但是很可惜，他現在還沒有吉他。

* 請注意，動詞научиться之後接原形動詞，表「學會」之意。另一
個動詞выучить也是「學會」的意思，但是它之後需接受詞第四
格，例如Антон выучил новые слова. 安東學會了新的單詞。

Уже 3 года московское телевидение организует конкурс, ... (91)
называется «Фабрика звёзд». Это конкурс, ... (92) участвуют
очень молодые артисты.
選項：(А) который (Б) которого (В) в котором (Г) с которым

分析：本題為關係代名詞который的考題，我們只要清楚了解該詞
　　　在句中所扮演角色，即可輕鬆解答。選項 (А) который為第
　　　一格，在句中當作主詞。選項 (Б) которого為第二格或第四
　　　格，第二格代表否定之意，而第四格可為動詞後之受詞，為
　　　有生命之關係代名詞。選項 (В) в котором為第六格，表地
　　　點（位置）之靜止狀態。選項 (Г) с которым為第五格，前
　　　置詞表「與」之意。根據句意，第91題應為主詞之角色，
　　　動詞為называется，故選 (А) который。第92題應選 (В) в
　　　котором表靜止狀態之地點，因為句中有一關鍵詞участвуют
　　　（участвовать參與），該詞或是該詞之派生詞（如名詞
　　　участие）後面只能加前置詞в + 第六格，切記。

★ Уже 3 года московское телевидение организует конкурс,
　 который называется «Фабрика звёзд». Это конкурс, *в котором*
　 участвуют очень молодые артисты.
　 莫斯科電視台舉辦一個名為「明星製造廠」的比賽已經有三年
　 了，參加比賽的選手是非常年輕的藝人。

> Молодая певица, ... (93) спела свою песню, стала победительницей
> конкурса. Песня, ... (94) она написала, теперь очень популярна.
> 選項：(А) которую (Б) о которой (В) к которой (Г) которая

分析：本題亦為關係代名詞который的考題，只是這裡的代名詞為
　　　陰性形式которая。選項 (А) которую為第四格，在句中當
　　　作及物動詞的受詞。選項 (Б) о которой為第六格，о為前置
　　　詞，是「有關……」之意。選項 (В) к которой為第三格，
　　　前置詞к表示前往某人處所或是前往某地。選項 (Г) которая
　　　為第一格，在句中當作主詞。根據句中結構，第93題應選
　　　(Г) которая，當作主詞，動詞為спела（петь / спеть唱），受
　　　詞為свою песню，是為第四格形式。而第94題所處之句子
　　　中，我們可看到主詞она，動詞написала（писать / написать
　　　寫），所以此處應選擇 (А) которую，做為動詞написала的受
　　　詞第四格。

★ Молодая певица, *которая* спела свою песню, стала
победительницей конкурса. Песня, *которую* она написала, теперь
очень популярна.
唱了自創歌曲的年輕歌手贏得了比賽。她所寫的歌，現在變得
很流行。

> Мне очень нравятся книги и журналы, ...(95)можно прочитать
> о природе. Особенно я люблю читать статьи о животных, ...(96)
> жили на Земле много тысяч лет назад.
> 選項：(А) которых (Б) с которыми (В) в которых (Г) которые

分析：本題亦為關係代名詞который的考題，只是這裡的代名詞為
　　　複數形式которые。選項 (А) которых為第二格或第四格，

第二格代表否定之意，而第四格可為動詞後之受詞，為有生命之關係代名詞。選項 (Б) с которыми為第五格，前置詞表「與」之意。選項 (В) в которых為第六格，表示靜止的狀態。選項 (Г) которые為第一格，在句中當作主詞，或是非生命的名詞第四格，作為受詞。根據句中結構，第95題的答案指的是前面敘述的書籍與雜誌，句中動詞為можно прочитать，所以應選 (В) в которых，表示「在書籍與雜誌中」。而第96題的關係代名詞為前面所述的動物，句中有動詞，但無主詞，故應選主詞形式 (Г) которые。

★ Мне очень нравятся книги и журналы, *в которых* можно прочитать о природе. Особенно я люблю читать статьи о животных, *которые* жили на Земле много тысяч лет назад.

我非常喜歡有關大自然的書籍與雜誌，尤其我喜愛讀一些有關生活在地球上數千年前動物的文章。

Известный российский режиссёр Никита Михалков будет участвовать в съёмках нового фильма, ...(97)он уезжает в Латинскую Америку. В Уругвае, ...(98)будут делать фильм, Михалков будет жить несколько месяцев.

選項：(A) чтобы (Б) поэтому (В) где (Г) когда

分析：根據句意選擇答案。第97題是上下文的因果關係：因為他要參與新片的拍攝，所以要去中南美洲（拉丁美洲），所以本題選擇 (Б) поэтому。而第98題所指的是前面所述的烏拉圭，當連接詞用，所以應選 (В) где，表示地點。至於選項 (A) чтобы表目的，而選項 (Г) когда表時間，皆與本句句意不合，故不考慮。

★ Известный российский режиссёр Никита Михалков будет участвовать в съёмках нового фильма, *поэтому* он уезжает в Латинскую Америку. В Уругвае, *где* будут делать фильм, Михалков будет жить несколько месяцев.

知名的俄羅斯導演尼基塔・米海爾可夫將參與新片的拍攝，所以他將前往中南美洲。新片將在烏拉圭拍攝，米海爾可夫將在那住幾個月。

Москвичи любят метро, …(99)это самый удобный вид транспорта. Поезжайте на метро, …(100)вы хотите быстро доехать до нужного вам места.

選項：(А) как (Б) что (В) потому что (Г) если

分析：與上段相同，我們只要根據句意分析，就能輕鬆解題。第99題是上下文的因果關係：莫斯科人之所以喜歡地鐵，是因為這是最便利的交通工具，所以本題選 (В) потому что。值得一提的是，俄語詞組вид транспорта指的就是「交通工具」，考生不妨記下來，日後可以活用。第100題是個一般條件句，我們只能選 (Г) если，當作「如果」的意思。

★ Москвичи любят метро, *потому что* это самый удобный вид транспорта. Поезжайте на метро, *если* вы хотите быстро доехать до нужного вам места.

莫斯科人之所以喜歡地鐵，是因為這是最方便的交通工具。如果您想快速地到達您所需要的地方，就來搭乘地鐵吧。

📋 項目二：聽力

考 試 規 則

聽力測驗共有5大題，作答時間為30分鐘。

作答時禁止使用詞典。拿到試題卷及答案卷後，請將姓名填寫在答案卷上。

每則短訊或是對話播放二次，聽完之後請選擇正確的答案，並將答案圈選於答案卷上。如果您認為答案是Б，那就在答案卷中相對題號的Б畫一個圓圈即可；如果您想更改答案，只需將答案畫一個圓圈就好，原來您認為是錯的選項只需再打一個X即可。

【解題分析】

　　基礎級的聽力測驗中，每個題目與對話都會播放二次，而在實際的考試當中，所有的題目與答案選項也會播放，並且在播放的同時，考生是看得到題目與答案選項的，所以，考生心裡比較踏實，相對來說也較容易答題。

　　其實，聽力測驗是一項非常不容易事前（試前）準備的科目，因為它不像其他科目有很多技巧可以運用，雖然每則題目皆播放二次，但是要在資料播放完畢之後馬上作答，實在不是一件容易的事，而且答案也無從猜起，一定要靠實力。所以，聽力的養成需要靠平常多聽、多練習才行，臨時抱佛腳的效果確實有限。以下我們提供幾個自我訓練聽力實力養成的方法，不管是俄文系的學生或是自學俄語的考生都適用，希望對大家在聽力方面的訓練有幫助，並且可以順利通過考試。

一、強化語法觀念：我們應當都有一種經驗，就是在聽到俄語的時候，常常會不確定某個單詞的性、數、格，而造成了內容不易辨識的困擾。在一般俄國人的交談中，速度與說話習慣在很自然的情況之下進行，我們一定會有很多時候會聽不清楚某些單詞的，這是再正常不過的狀況。試想，當我們在用母語溝通的時候，除了少數人之外（例如播音員、相聲演員），一般給人的印象都是覺得所有的音節都是連在一起、甚至有些音節捨去不發音等等情形，俄國人說話時也是這樣的，所以，聽不到很多單詞的詞尾是很正常的，但是此時，如果你的語法觀念正確的話，你也不會混淆句意，因為此時正確的語法觀念將補強聽力能力不足的缺陷。老師每天要求學生背變格、變位，看似老掉牙，但在幫助解決聽力問題的時候，其實是個很清新的觀念。

二、大聲朗誦文章：一般我們在學校學習俄語，老師在分析了單詞、語法等等的語言層面問題之後，就會請學生在家裡複習，甚至要背誦下來，把課文變成自己的東西、豐富學習內容。我們認為，背誦文章絕對是一件必要的事情，文章背起來了之後，在口說、語法運用、寫作上都有莫大的助益，非做不可。然而，絕大多數的學生，在家裡採用的方式是「默念」，也就是說，不會開口去朗誦文章，就算會開口，也不會大聲地唸。這樣非常可惜，因為大聲地朗誦文章，除了加強我們的背誦能力之外，對於聽力技巧的養成也是有相輔相成的效果。大聲的朗誦會增加我們對於文章的記憶力，同時除了對於自己的發音也可以做一番省視，之後對於單詞、句子的辨識能力亦會大大提高，所以，文章一定要大聲地朗誦。

三、多開口說俄語：一般我們都認為，多說俄語，口語能力才會進步，這是不變的道理，殊不知，多說俄語不僅能增加口語能力，對於聽力程度的提升也是有幫助的。當然，平常要多說俄語不是一件容易做到的事情，因為在台灣並沒有良好的口語訓

練環境，一般在學校的口語訓練課程僅侷限於「俄語會話」的2個小時，在其他的課程中很難再有開口機會，但是我們要自己找到機會自我訓練，例如不管上任何課的時候都用俄語表達、提問題，希望非以俄語為母語的老師也用俄語回答你的問題，甚至要求老師全程以俄語教學，讓聽俄語變成一種習慣。如果可以透過社群網站找到俄國朋友更好，透過網站或是實際與網友見面，多多練習聽力與口說能力。

四、聽廣播練聽力：聽力程度的養成一定要從基本做起，我們不能好高騖遠，一開始就逼自己聽內容很艱深的國際新聞是完全沒有必要的，我們應該慢慢地由非常簡單的一般日常會話、廣告等生活俄語進而提高內容的難度。在聽的時候，我們要把譯文寫出來，看看有沒有聽錯或是不合理（例如性、數、格不一致）之處，請老師或是俄國友人檢查譯文，驗證自己是否完全聽對資料的內容。

　　基礎級的聽力測驗中，首先是5題事實的陳述，我們必須根據事實來選一個正確的答案。其他的題目大多為小篇幅的對話，考的是對話主題或是單一重點事實，最後有一篇篇幅相對較大的「通告」。本測驗的特殊性在於題目不全然是選擇題，而還有問答題，也就是說，在最後一篇篇幅較長的對話題與「通告」題中，考生必須將答案以文字方式填寫在答案卷上，這種作答方式無疑地又增加了答題的困難程度，考生緊張的心情也相對升高。

　　題目型態都是較為生活化的內容，難度不高，而最後一篇對話題與「通告」題因為篇幅較長、資訊較多，所以相對的難度較高。以下就此模擬試題版本，分析並講解所有聽力題目，考生則可以在家反覆聽音檔（請來信索取info.torfl.tw@gmail.com），熟悉語調與節奏，自我練習並寫下譯文，相信對考生一定有幫助。

第1題到第5題：聆聽第1篇文章並回答問題。

ЧАСТЬ 1

1. Маша и Виктор познакомились летом на Чёрном море.

   (А) Маша и Виктор встретились во время летнего отдыха на Чёрном море.

   (Б) Летом Маша и Виктор не были на Чёрном море.

   (В) Маша и Виктор решили отдыхать летом на Чёрном море.

    本題的關鍵在於動詞познакомились，其原形動詞為 познакомиться，動詞後通常接著前置詞с＋第五格，意思是「與某人結識，了解某事物」，例如Антон познакомился с Мариной в Москве. 安東與馬琳娜是在莫斯科認識的。本題的三個選項都有一個動詞，分別是：встретились（原形動詞為встретиться，為完成體，未完成體動詞為 встречаться，後通常接前置詞с＋第五格，表示與某人見面之意，在此引申為結識之意）；не были為be動詞，後面應接第六格，表示一個地點或是靜止的狀態，但是在翻譯的時候通常要譯成動態的動詞，例如「去、來」；решили（原形動詞為решить，為完成體，未完成體動詞為 решать，後通常接名詞第四格或是原形動詞，為「決定、解決」之意。動詞解決之後，選擇答案就應該不是問題了，所以本題應選擇 (A)。

1. 瑪莎與維克多是夏天在黑海認識的。

   (A) 瑪莎與維克多在黑海渡暑假時候認識的。

   (Б) 瑪莎與維克多在夏天的時候沒去黑海。

   (В) 瑪莎與維克多決定在夏天的時候去黑海渡假。

2. На экскурсии туристы узнали, что царь Пётр I основал Петербург в 1703 году.

   (А) На экскурсии туристы услышали, что русский царь Пётр I родился в 1672 году.

   (Б) Туристы хотели узнать у экскурсовода, кто и когда основал Петербург.

   (В) Экскурсовод рассказал, что в 1703 году царь Пётр I начал строить Петербург.

本題應該注意的地方不只是動詞，而且還有年代。題目中的動詞為основал，原形動詞為основать，為完成體動詞，其未完成體形式為основывать，通常後接受詞第四格，為「建立」之意。選項中的動詞，如родился，為「出生」的意思，通常後面加上年代或是地方，為基本動詞，考生一定要掌握的。начал строить為「開始建造」的意思，要注意的是，在動詞начинать / начать之後一定只能接未完成體動詞，絕無例外。另外第一選項 (А) 的年代與題目中的年代相差甚遠，無需考慮，而選項 (Б) 的句意與題目恰恰相反，所以本題應選擇 (В)。

2. 在旅遊中，觀光客得知沙皇彼得一世在1703年創建了彼得堡。
   (А) 在旅遊中，觀光客聽到俄國沙皇彼得一世在1672年出生。
   (Б) 觀光客想要問導遊，是誰以及何時創建了彼得堡。
   (В) 導遊述說，沙皇彼得一世在1703年開始建造彼得堡。

3. Интернет помогает нам быстро найти нужную информацию.

   (А) Мы не всегда можем найти нужную информацию в Интернете.

   (Б) Мы всегда выходим в Интернет, если хотим быстро получить нужную информацию.

   (В) Мы всегда можем прочитать нужную информацию в энциклопедическом словаре.

本題聽懂之後，並接著分析每個選項的句意，就不難判斷答案。值得注意本題的幾個動詞：題目中помогает的原形動詞為помогать，完成體動詞為помочь，詞意為「幫助」，動詞後接人用第三格，而後接原形動詞；найти（находить為未完成體動詞）後接受詞第四格，為「找到」之意；выходить в Интернет即為「上網」之意，動詞выходить（完成體定向動詞為выйти）有「走出」的意思，但也有「走到、出去做某事」的意思，例如выйти на работу去上班；получить（未完成體動詞為получать）後接受詞第四格，為「得到」之意。另外在選項 (Б) 之中的名詞энциклопедический словарь為「百科辭典」，而「百科全書」為энциклопедия。本題答案應選擇 (Б)。

3. 網際網路幫助我們快速地找到需要的資訊。
　　(А) 我們並無法總是可以在網際網路中找到需要的資訊。
　　(Б) 如果我們需要快速地獲得需要的資訊，我們就上網。
　　(В) 我們總是可以在百科辭典中讀到需要的資訊。

4. Люди из разных городов России присылают вопросы в телевизионную программу «Что? Где? Когда?».
　　(А) В разных городах России регулярно показывают популярную передачу «Что? Где? Когда?».
　　(Б) Участники передачи «Что? Где? Когда?» отвечают на вопросы, которые получают от телезрителей.
　　(В) Передача «Что? Где? Когда?» получает вопросы от телезрителей со всех концов России.

　　本題主詞為люди，動詞為присылают（原形動詞為присылать，為未完成體動詞，而完成體動詞為прислать，意為「寄至」），而受詞вопросы是複數第四格。其中用來形容主詞的詞組из разных городов России意思是「從俄羅斯各個城市」，

最後в телевизионную программу «Что? Где? Когда?» 代表將「題目」（вопросы）寄至的地方。答案選項 (A) 也有в разных городах России，但為第六格形式，表示靜止的地點，與題目不符，另外句中的副詞регулярно與形容詞популярный分別為「定期地」與「受歡迎的」之意，值得立刻學會。而передача與программа 在此為同意詞，皆為「節目」之意。答案 (Б) 亦有值得學習的單詞，一是участники，為「參加者」的意思，另可背誦同根動詞участвовать，二是телезритель，зритель本為「觀眾」之意，加上前綴теле- 則變為「電視觀眾」。答案選項 (В) 中的со всех концов России需要特別說明，конец不僅為「結束」之意，還是「端、頭」的意思，所以со всех концов就是「從所有的端……而來」之意，而со всех концов России自然可解釋為「從俄羅斯四面八方而來」。本題答案應選 (В)。

4. 俄羅斯不同城市的人們將題目寄至名為「何物？何地？何時？」的電視節目。

   (A) 受歡迎的電視節目「何物?何地?何時?」在俄羅斯各個城市固定地播放。

   (Б) 參加「何物？何地？何時？」節目的來賓回答由觀眾提供的問題。

   (В)「何物？何地？何時？」節目取得由俄羅斯各地觀眾提供的問題。

5. Многие учёные уже сейчас говорят, что климат на Земле начал меняться.

   (А) Некоторые учёные считают, что климат на Земле не меняется уже тысячи лет.

   (Б) По мнению многих учёных, климат на Земле становится теплее, то есть изменяется.

   (В) Многие учёные не согласны, что климат на Земле изменяется.

本題關鍵是начал менять，不管在詞義上或是語法的問題，都必須掌握。начал的原形動詞為начать，為完成體動詞，其成對的未完成體動詞為начинать，是「開始」的意思。這個動詞當後面接原形動詞時，該動詞應為未完成體動詞，而不能接完成體動詞，在語法的規則中甚為重要。本題所接的正是未完成體動詞меняться（完成體為поменяться），為「改變」之意。答案 (A) климат на Земле не меняется уже тысячи лет所述與題目相異，故不考慮；答案 (Б) по мнению＋第二格（通常是人）是個非常好用的詞組，為「依照……意見」之意，後半句климат на Земле становится теплее「地球的氣候變得比較暖」，雖在題目中沒有提及，但與其他選項相比之下，較合乎題意，故選 (Б)。

5. 許多學者現在已經在談論說，地球的氣候開始在改變了。

   (A) 有些學者認為，地球的氣候好幾千年來不曾改變。

   (Б) 許多學者認為，地球的氣候變得較暖和，也就是說，氣候正在改變。

   (B) 許多學者不同意地球的氣候正在改變。

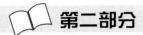 **第二部分**

第6題到第9題：聆聽每則對話並答題。您必須了解對話的主題。

　　第二部分的聽力測驗通常要比第一部分來得簡單一些，理由有二：(1)對話內容相對較長，不像第一部分只有短短一句話，考生容易因為太緊張而錯失聽懂的機會，而第二部分對話豐富，所以有較多機會聽到有關對話主題的關鍵字；(2)對話是由兩人（通常是一男一女）進行，談話時情感成分多、語調分明，比較容易聽懂。

　　建議考生在應考的時候一定要心平氣和，切忌心浮氣躁，若是有聽不懂的地方，也千萬不要放棄，盡量找到對話中的「關鍵詞」，這個關鍵詞有可能只是一個單詞，也可能是一個較大的主題，如果仔細聆聽，找到關鍵詞的機會是很大的，況且，這個部分也是可以聽兩次，聽完一次之後沒有把握作答，但是心裡也有了內容大概的樣貌，再聽第二次的時候，幾乎可以全部聽懂了。

ЧАСТЬ 2

6. ● У вас нет лишнего билета?

   ● К сожалению, нет. В этот театр всегда трудно купить билеты.

   ● Как жаль! Я никогда не была в этом театре, но много слышала о нём.

   ● Да, это прекрасный театр. Здесь талантливый режиссёр и замечательные артисты.

Слушайте диалог ещё раз.

Они говорят ...

(А) о театре

(Б) о режиссёре

(В) об артистах

6. ● 您有多餘的票嗎？

● 很遺憾，沒有。這家劇院的票通常很難買。

● 真可惜！我從來沒來過這家劇院，但是聽聞甚多。

● 是啊，這是間超棒的劇院，這裡有才華洋溢的導演及絕佳的演員。

再聽一次對話。

他們正談論著 ＿＿＿＿＿。
(A) 劇院
(Б) 導演
(В) 演員

　　依據本題的內容，我們清楚地發現，對話人談論劇院（театр）的次數達到3次，遠遠多於分別只談到一次的導演（режиссёр）及演員（артисты），所以答案應該選擇 (A)。此外，本題值得記住的單詞及詞組（片語）如下：лишний「多餘的」；к сожалению及как жаль都可做為插入語之用，意思是「遺憾、可惜」；прекрасный與замечательный意思相近，皆為「極好的、出色的、卓越的」；талантливый「有才華的」。

7. ● Что ты делала в воскресенье?

● Была на выставке известной художницы.

● Тебе понравилось?

● Да, выставка мне очень понравилась. Было интересно.

● А где она находится?

● В Доме художника.

● Я тоже хочу пойти на эту выставку. А как она работает?

● Каждый день.

Слушайте диалог ещё раз.

Они говорят ...

(А) о Доме художника

(Б) о выставке

(В) о художнике

7. • 妳星期天做了甚麼？
   • 我去了一個著名女畫家的展覽。
   • 妳喜歡嗎？
   • 是啊，我非常喜歡這畫展。感覺滿有趣。
   • 畫展在哪？
   • 在畫家之家。
   • 我也想去看這個展覽。畫展的展出時間為何？
   • 每天都有。

再聽一次對話。

他們正談論著 _____。

(А) 畫家之家

(Б) 展覽

(В) 畫家

　　聽完之後我們不難發現，主題都是圍繞著выставка（展覽），這個單詞在整個對話中出現過3次，而代替這個單詞的人稱代名詞она也出現過2次，所以答案很清楚的就是 (Б)。另外，我們再次強調нравиться / понравиться的用法：這個詞意為「喜歡」，要注意，被喜歡的事物或是人在句中必須用第一格，而喜歡（主動）那個事物或是人的，卻要用第三格，切勿混淆，例如：Мне нравится Москва. 我喜歡莫斯科；Ирина нравится Антону. 安東喜歡伊琳娜。

8. • Ты уже сдал экзамены?

   • Сдал на отлично!

   • Давай поедем на Чёрное море.

   • Нет, это очень далеко и дорого, лучше поедем отдыхать на озеро. Там прекрасная природа, свежий воздух. Все наши друзья отдыхают там каждое воскресенье.

Слушайте диалог ещё раз.

Они говорят ...

(А) о друзьях

(Б) об экзаменах

(В) об отдыхе

8. • 你通過考試了嗎？

   • 考了滿分！

   • 那我們去黑海吧。

   • 不了，那又遠又貴，還不如去湖邊渡假吧。在湖邊有美極了的大自然以及新鮮的空氣。我們所有的朋友每個星期天都在那休憩。

再聽一次對話。

他們正談論著 _____。

(А) 朋友

(Б) 考試

(В) 休閒活動

　　對話大多提到一些地名或是與地名相關的自然特色，例如黑海（Чёрное море）、湖泊（озеро）；又遠又貴（далеко и дорого）、美極了的大自然（прекрасная природа）、新鮮的空氣（свежий воздух），最後還提到了每個星期天在湖邊休憩，所以答案很清楚的就是 (B)。本題內容中特別值得我們學習的重點還有一個動詞，那就是сдавать／сдать＋экзамен。這個動詞加上考試（экзамен），完成體與未完成體有意義上的差別，未完成體的意思就是單純的「參加考試」，而完成體則有「通過考試」的意思，要特別注意。

9. • Как твоё здоровье? Как ты себя чувствуешь?

   • Не очень хорошо. Часто болит голова.

   • И что ты делаешь?

   • Пью лекарства.

   • Не советую. Чтобы быть здоровым, лучше гуляй на свежем воздухе и делай утром зарядку. Будешь чувствовать себя отлично!

Слушайте диалог ещё раз.

Они говорят ...

(А) о здоровье

(Б) о лекарствах

(В) о зарядке

9. • 你的健康如何？感覺怎麼樣？

   • 不是很好，我常常頭疼。

   • 那你都怎麼辦？

   • 吃藥。

   • 我不建議你這麼作。為了身體健康，最好在清新的空氣中散步，還有在早上做晨操。你身體會感到非常好的！

再聽一次對話。

他們正談論著 _____ 。

(A) 健康

(Б) 藥物

(В) 做操

　　本題的關鍵詞為здоровье（健康）。內容都是圍繞著這個關鍵詞進行：Как ты себя чувствуешь、Болит голова、Пью лекарства、Будешь чувствовать себя отлично，所以答案很清楚的就是 (A)。俄語的「服藥」有兩種說法，一是пить лекарства（吃藥），另一是принимать лекарства（服藥）。要注意，俄語的吃藥動詞用пить，而不是есть；而相關的動詞用法如есть суп（喝湯），而不是пить суп。

第三部分

第10題到第13題：聆聽每則對話並答題。

　　第二部分與第三部分題型接近，皆是要聽完兩遍之後，針對題目作答。不同的是，第二部分是要聽懂對話的主題，而第三部分則是針對對話的特定內容提問，相對來說，考生需要更多的專注力來聆聽，雖然相對較難，但是並不會毫無頭緒而造成無法作答的情況發生。所以，還是老話一句，心平氣和，切忌心浮氣躁，盡量把關鍵詞找出來，順利作答。

ЧАСТЬ 3

10. Чем интересуется Виктор?

- Как дела у Виктора? Он закончил школу?

- Да, закончил и поступил в медицинский институт, будет врачом. Ему всегда нравилась медицина.

- А я думала, что он увлекается техникой.

- Нет, вы ошиблись, техника и автомобили - это моё хобби.

Слушайте диалог ещё раз. Чем интересуется Виктор?

Виктор интересуется ...

(А) автомобилями

(Б) медициной

(В) техникой

10. 維克多對甚麼有興趣？

- 維克多最近好嗎？他中學畢業了沒？
- 畢業了，並且考取了醫學院，以後會是個醫生。他一直都喜歡醫學。
- 我還以為他對科技有興趣。
- 不是的，您想錯了，我的嗜好才是科技與汽車。

再聽一次對話。維克多對甚麼有興趣？

維克多對 _____ 有興趣。

(А) 汽車

(Б) 醫學

(В) 科技

　　跟第二部分題目的作答方式一樣，我們必須抓緊每個對話的重點，進而明確地掌握對話內容，如此一來，答題就不是件難事。本題的題目本身就是個非常重要的句型，試比較動詞интересоваться與интересовать：Антон интересуется классической музыкой. 與Антона интересует классическая музыка. 這兩句都是「安東對古典音樂有興趣」，然而使用的動詞卻不相同：интересоваться後接被感到興趣的人或物，用第五格，主詞為Антон；而使用интересовать時候，被感到興趣的人或物用第一格，是主詞классическая музыка，而Антона則是受詞第四格。

　　本題的鋪陳是Виктор закончил（школу）и поступил в медицинский институт, будет врачом. 「維克多中學畢業了，然後考取了醫學院，以後要當醫生」，而後才是真正的關鍵：Ему всегда нравилась медицина. 「他一直都喜歡醫學」，所以答案應選 (Б) 醫學。對話中還有兩個值得學的動詞，分別是：ошибаться「犯錯」與увлекаться「醉心於、全神關注於」＋第五格。

11. Где были Олег и Антон в субботу?

- Олег! Вы с Антоном ездили за город в субботу?
- Мы собирались поехать за город, но погода была очень плохая, и наши планы изменились. Мы были в спортклубе и играли в боулинг.
- Понравилось?
- Очень! А на следующей неделе мы собираемся в бассейн. Пойдёшь с нами?

Слушайте диалог ещё раз. Где были Олег и Антон в субботу?

Олег и Антон в субботу были ...
(А) в бассейне
(Б) в спортклубе
(В) за городом

11. 阿列格與安東星期六去了哪裡？

- 阿列格，你跟安東星期六去了郊外嗎？
- 我們打算去郊外，但是天氣並不好，所以我們的計畫改變了。我們去了運動俱樂部，打了保齡球。
- 喜歡嗎？
- 非常喜歡！而下個星期我們打算去游泳。你想跟我們一起去嗎？

再聽一次對話。阿列格與安東星期六去了哪裡？

阿列格與安東星期六去了 _____。
(А) 游泳
(Б) 運動俱樂部
(В) 郊外

本題的關鍵詞（句）為連接詞но所連接的句子：но погода была плохая, и наши планы изменились「但是天氣不好，所以我們的計畫改變了」，所以本來是要出城的（去郊外），但是後來卻去了спортклуб，而最後的бассейн只是個煙霧彈，並無太多的論述，所以本題要選 (Б) 運動俱樂部。值得注意的是，俄語be動詞後加前置詞＋第六格表地點，中文宜翻譯為移動動詞「去」，而不譯為「在」：Мы были в спортклубе. 應翻譯為「我們去了運動俱樂部」，而不要翻譯為「我們曾經在運動俱樂部」。

　　另外其他值得學習的單詞與其用法如下：

собираться / собраться：「打算」，後加原形動詞。

планы изменились：「計畫改變了」。「計畫」一詞通常用複數形式，又如：У тебя есть планы на субботу? 妳（你）星期六有什麼計畫嗎？請注意，план（ы）後之前置詞用на＋名詞第四格，而на與前置詞後之名詞無關。

играть в боулинг：「打保齡球」。俄語中，表示球類運動（包含下棋）皆用動詞играть後接前置詞в＋球類第四格，又如：играть в футбол「踢足球」，играть в теннис「打網球」，играть в шахматы「下棋」。另外與其做對比的詞組，同樣是用動詞играть，但是後接前置詞на＋樂器第六格，表示彈奏某項樂器，例如играть на гитаре「彈吉他」，играть на скрипке「拉小提琴」，играть на пианино「彈鋼琴」。

12. Зачем Ольга позвонила Ивану?

- Алло, здравствуй, Иван! Это Ольга.

- Здравствуй, Ольга, как дела?

- Спасибо, всё хорошо. У меня есть просьба. Помоги мне, пожалуйста, выбрать компьютер.

- Ты уже знаешь, какой компьютер ты хочешь?

- Нет, я хотела сначала посмотреть компьютер с тобой, выбрать, а потом купить.

Слушайте диалог ещё раз. Зачем Ольга позвонила Ивану?

Ольга позвонила Ивану, ...

(А) чтобы они вместе выбрали компьютер

(Б) чтобы Иван купил ей компьютер

(В) чтобы помочь Ивану выбрать компьютер

12. 為什麼歐莉嘉打電話給伊凡？

- 喂，伊凡，你好，我是歐莉嘉。
- 妳好，歐莉嘉，最近好嗎？
- 一切都好，謝謝。我有個請求，請幫我選一下電腦。
- 妳已經知道妳想要哪一種電腦了嗎？
- 不，我想先跟你一起去看一下電腦，選一下，然後再買。

再聽一次對話。為什麼歐莉嘉打電話給伊凡？

歐莉嘉打電話給伊凡 _____ 。

(А) 目地是要他們一起去選電腦

(Б) 目地是要伊凡買電腦給她

(В) 目地是要幫助伊凡買電腦

本題的關鍵也是在對話的中段，如果名詞просьба「請求」聽不懂，那麼動詞命令式помоги（原形動詞為помочь，後接人第三格）就千萬要把握，後面接著的原形動詞выбрать「選擇」也應該要會，這樣答題才不會有太多的疑慮。所以中段的意思就是「我有個請求，請幫我選一下電腦」，答案應選擇 (A) 目地是要他們一起去選電腦。

名詞просьба「請求」的動詞形式為просить / попросить，後面接受詞（人）第四格＋原形動詞，試比較：спрашивать / спросить「詢問」，後面也是接受詞（人）第四格，所以這兩組動詞在未完成體 / 完成體的混淆之下，很容易弄錯，千萬要注意。

13. Что подарят друзья на свадьбу Коле и Нине?

- Ты знаешь, Коля и Нина решили пожениться!
- Что мы им подарим на свадьбу?
- А что обычно дарят молодожёнам?
- Можно телевизор, видеомагнитофон, фотоаппарат.
- Я думаю, что всё это у них уже есть.
- А вот альбома для фотографий у них ещё нет.
- Отличная идея!

Слушайте диалог ещё раз. Что подарят друзья на свадьбу Коле и Нине?

Друзья подарят на свадьбу Коле и Нине ...

(А) видеомагнитофон

(Б) фотоаппарат

(В) альбом для фотографий

13. 朋友們要送給果里亞與妮娜什麼結婚禮物？

- 你知道，果里亞與妮娜決定要結婚了！
- 我們要送給他們什麼結婚禮物呢？
- 通常送新婚夫婦都送什麼禮物呢？
- 可以送電視、錄放影機、照相機。
- 我認為，這些他們都已經有了。
- 啊，他們還沒有相簿！
- 真是好主意！

再聽一次對話。朋友們要送給果里亞與妮娜什麼結婚禮物？

朋友們要送給果里亞與妮娜的結婚禮物是 _____。
(A) 錄放影機
(Б) 照相機
(В) 相簿

　　本題敘述段落分明、答案的選項依照順序排列，不難答題。對談中間部分回答說，人家通常送新婚夫婦的禮物有電視、錄放影機、照相機，三種禮物一起呈現，所以如果他們是答案，則三者應該都是答案才對，希望考生能夠清楚體認這點。而後的「迂迴」稱說他們還缺相簿，回應則是非常的贊同，所以答案應該就是相簿，應該選 (В) 相簿。

　　本題應該要學會的單詞有：

- 「結婚」：жениться / пожениться。
- 「送」：дарить / подарить，後接人第三格 + 物第四格。
- 「婚禮」：свадьба，後加前置詞на，例如Антон пригласил меня на свою свадьбу.安東邀請我去參加他的婚禮；Все гости весело

разговаривали на свадьбе Антона.所有的賓客在安東的婚禮上盡情地交談。此處的на свадьбу與本題對話中的на свадьбу不盡相同，因為對話中的на是與подарим連用的，做為「送……做為結婚的禮物」，又如Мы решили подарить Антону фотоаппарат на его день рождения.我們決定送給安東一台照相機做為生日禮物。

- 「新婚夫婦」：молодожёны。

第四部分

第14題到第19題：題目在答案卷。聽完對話後，將彼得要邀請朋友去看電影的必要訊息寫在答案卷上。

　　第四部分的題型較為複雜，複雜的原因並不是因為對話內容比較困難，而是做答的方式改變，本大題作答方式為筆試，而非選擇題。這種答題方式對於考生來說，答錯的機會較高，因為考生就算知道答案為何，但是卻有答案拼寫錯誤的可能，對於考生來說，較不公平。但是考試就是考試，考生只能平時多注意單詞的拼寫問題，努力不犯錯，以求除了知道答案之外，更能正確地寫出答案。

ЧАСТЬ 4

- Алло, здравствуйте, это кинотеатр «Россия»?
- Да. Здравствуйте! Это театр «Россия».
- Скажите, пожалуйста, какой фильм у вас сегодня идёт?
- Сегодня у нас два фильма: американский фильм «Аватр» и российский фильм «Осень».
- Фильм «Аватр» я уже смотрел, а фильм «Осень» нет. Я хотел бы посмотреть его. Скажите, о чём этот фильм, о природе?
- Нет, этот фильм о любви.
- Тогда я хочу заказать билеты на фильм «Осень», на вечер. Этот фильм идёт вечером?
- Да, есть сеанс в 10 часов вечера.
- Отлично! А сколько стоит билет?
- Один билет стоит 100 рублей.
- Мне нужно 4 билета, потому что я пойду с друзьями.

- Хорошо, пожалуйста, назовите вашу фамилию.

- Моя фамилия Петров.

- Так, Петров, 4 билета на фильм «Осень» на 10 часов вечера.

- Когда я могу купить билеты?

- Вы можете купить билеты перед фильмом.

- Извините, я никогда не был в вашем кинотеатре, у вас есть кафе?

- Да, конечно, у нас прекрасное кафе, там есть кофе, чай, пирожные и многое другое.

- Спасибо.

Слушайте диалог ещё раз.

答案卷

	Петров позвонил（куда?）	*в кинотеатр*
14	Кинотеатр называется（как?）	
15	Петров хочет посмотреть фильм（какой?）	
16	Этот фильм（о чём?）	
17	Петров хочет посмотреть фильм（когда?）	
18	Один билет стоит（сколько?）	
19	Петров пойдёт в кино（с кем?）	

- 喂，您好，請問是「俄羅斯」電影院嗎？

- 是的，您好，這是「俄羅斯」電影院。

- 請問今天上映那部電影？

- 今天我們有兩部電影：美國片「阿凡達」與俄國片「秋天」。

- 「阿凡達」我已經看過了，而「秋天」還沒看過。我想看這部電影。請問這部電影是演什麼，大自然嗎？

- 不，這部電影是描述愛情的。

- 那麼我想訂電影「秋天」的票，晚場的。這部電影有晚場的嗎？

- 是的，有一場晚上10點的。

- 好極了！一張票多少錢？
- 一張票100盧布。
- 我需要4張票，因為我會跟朋友一起來。
- 好的，請問貴姓。
- 我叫彼得洛夫。
- 好的，彼得洛夫，4張晚場10點電影「秋天」的票。
- 我什麼時候可以買票呢？
- 您可以在電影播出前買票。
- 抱歉，我從來沒到過你們的電影院，你們有餐廳嗎？
- 有，當然有，我們的餐廳很棒，有咖啡、茶、糕餅，還有很多其他的選擇。
- 謝謝。

再聽一次對話。

答案卷

	彼得洛夫打電話（到哪？）	到電影院
14	電影院名稱（為何？）	*«Россия»*
15	彼得洛夫想看電影（哪一部？）	*«Осень»*
16	這部電影（講甚麼？）	*о любви*
17	彼得洛夫想看電影（什麼時候？）	*вечером*
18	一張票（多少錢？）	*100 рублей*
19	彼得洛夫去看電影（跟誰？）	*с друзьями*

誠如先前提到的，答案真的非常簡單、毫無陷阱，相信如果是選擇題，考生答題應該輕而易舉，應該是一題都不會錯的。但是如果是筆試，考生雖然知道答案，但是答案的拼寫，就無法有十足的把握，例如，第16題的愛情第六格、第18題的盧布複數第二格，以及必19題的朋友複數第五格，看似簡單的單詞，然而如果考生平時沒有確實背起來，拼寫還是有其難度的。誠摯地建議各位考生，背單詞與掌握其正確的拼寫方式為最基本的工夫，請務必掌握。

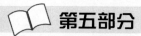

第五部分

第20題到第25題：題目在答案卷。聽完通告後，將要轉述給朋友聽的主要訊息寫在答案卷上。

第五部分的題型與第四部分的題型相同，作答方式也為筆試，而非選擇題。只能盡量在答案的拼寫方面不犯錯，求得高分。

ЧАСТЬ 5

Внимание! Прослушайте нашу информацию.
Уважаемые школьники! Мы ждём вас 25 апреля!

Химический факультет МГУ приглашает вас на День открытых дверей. В этот день вы сможете получить всю информацию о химическом факультете и познакомиться с деканом нашего факультета.

На нашем факультете студенты учатся 5 лет. После окончания факультета они получают специальность «химик» и могут работать преподавателями химии. Чтобы поступить на наш факультет, абитуриентам нужно сдать 4 экзамена: химию, физику, математику и русский язык. Преподаватели посоветуют вам, как лучше подготовиться к вступительным экзаменам.

После встречи с деканом и преподавателями мы приглашаем вас в кинозал на первом этаже, где вы сможете посмотреть фильм об истории факультета.

Приходите, мы ждём вас. Вы узнаете много интересной информации о нашем факультете.

Слушайте объявление ещё раз.

答案卷

	День открытых дверей состоится（где?）	в МГУ
20	МГУ приглашает на День открытых дверей（кого?）	
21	День открытых дверей состоится（когда?）	
22	Молодые люди получают информацию（о чём?）	
23	Молодые люди познакомятся（с кем?）	
24	Чтобы поступить на факультет, нужно（что сделать?）	
25	Абитуриенты могут посмотреть фильм（какой?）	

請注意！請聆聽我們的訊息。

令人尊敬的學生們，我們在4月25日恭候各位大駕！

國立莫斯科大學化學系邀請你們來參加開放日。在這一天你們可以獲得有關化學系的所有訊息，並且可以認識我們學系的系主任。

學生在我們的系要唸5年。學業結束之後，學生將獲得「化學家」的專業，並且可以當化學老師。應屆高中畢業生必須要通過4科考試才能進入我們的系就讀：化學、物理、數學，以及俄文。老師們將會建議各位怎麼準備入學考試比較好。

在與系主任及老師們見面之後，我們邀請你們前往一樓電影廳觀賞系史的影片。

歡迎前來，我們會恭候大駕。你們將會得知很多我們系上的有趣資訊。

再聽一次通告。

答案卷

	開放日將舉行（在哪？）	在國立莫斯科大學
21	國立莫斯科大學邀請（誰？）來參加開放日	*школьников*
22	開放日將於（何時？）舉行	*25 апреля*
23	年輕人們將獲得（有關？）資訊	*о химическом факультете*
24	年輕人們將（與誰？）認識	*с деканом*
25	為了要進入系上就讀，必須（做甚麼？）	*сдать экзамены*
19	應屆高中畢業生可以看（哪個？）影片	*об истории факультета*

　　不可諱言的，本題要比第四部分來得難，因為通告本身的資訊較多，而且又是由一個聲音從頭唸到尾，考生聽力較容易疲乏；另外，本題的答案也較為複雜，大多為詞組，雖然有作答的提示，但是對考生而言，還是不容易。在這裡有一些單詞及詞組值得我們多加注意：

　　День открытых дверей：「開放日」。俄羅斯的每個大學的每一個科系都會舉辦這個活動，目的是要讓有興趣就讀該科系的高中應屆畢業生來參觀，並且得知相關入學資訊。

　　декан：「系主任」。因為這個單詞是外來語，所以最好是唸成「дэкан」，而非「дикан」，雖然還是可以聽到很多俄國人唸成「дикан」，但是建議考生唸成標準發音「дэкан」。

　　сдавать / сдать экзамены：сдавать是未完成體動詞，而сдать是完成體動詞，他們與名詞экзамены連用時，當作考試的意思，然而，就如前面曾經提過，未完成體動詞сдавать экзамены只有「參加考試」的意思，而完成體動詞сдать экзамены則有「通過考試」的意思，不得不特別注意。

📋 項目三：閱讀

考試規則

閱讀測驗有4個部分，共30題選擇題，作答時間為50分鐘。作答時可以使用紙本詞典，有些考場也可以使用電子詞典，但是禁止攜帶智慧型手機。拿到試題卷及答案卷後，請將姓名填寫在答案卷上。

請選擇正確的答案，並將答案圈選於選項紙上。如果您認為答案是Б，那就在答案卷中相對題號的Б畫一個圓圈即可；如果您想更改答案，只需將答案畫一個圓圈就好，原來您認為是錯的選項只需再打一個X即可。

【題型介紹】

　　基礎級閱讀測驗的題型並非全然像傳統的文學改編、傳記、城市導覽等硬梆梆的文章，基礎級的題目較為靈活、多樣，文章篇幅也相對較小。以下我們就針對題型做介紹。

　　第一部分有5題，每一題是一個簡短的敘述，考生要在三個答案的選項中，找出合乎這個簡短敘述的「下文」或是「延伸」。

　　第二部分也是5題，每一題是一篇短文，而不是真正的文章，題目通常是要我們找出短文的主題或是某一個重要訊息的前因後果。

　　第三部分的題目是依照文章的篇幅而定，有多有少，約為10-15題。這部分的題目很特別，每個題目都是文章中所提過的情節，而考生要決定的是該情節是出自於哪一篇文章。例如第一題本的第三部分中有3篇主題不同的文章，而15個題目則是統統混在一起，考生必須決定每個題目的內容是出自哪一篇的文章。

第四部分的題目也是依照文章的篇幅而定，有多有少，約為5-10題。文章就是很傳統閱讀測驗的文章，篇幅不大也不小，通常不到A4的一頁，而內容大多是人物的介紹。

【解題技巧】

對於符合基礎級程度的學生來說，在50分鐘內看完所有的敘述、短文及文章並且要完全答對30題，並不是一件非常容易的事情，然而雖然時間很緊迫，但是應該還是可以勉強達成任務，而且通過考試的機率也相對高，因為在30題之中只要答對20題（66%）就算及格，換句話說，有10題的答錯空間，還算寬裕。但是對於程度就差一點點、在及格邊緣的學員來說，要在有限的時間讀完所有的文章且答完30題，困難度是挺高的。所以，針對不同的部分我們應該要有不同的解題技巧，甚至要學會如何不用讀完長篇文章也可以答題的技巧，輕鬆通過閱讀測驗，而對於程度較為符合基礎級程度的學員來說，在解題之後將會有更多時間檢查答案，達到更為週全的應考目的。

第一部分。每一題是一個簡短的敘述，考生要在三個答案的選項中，找出合乎這個簡短敘述的「下文」或是「延伸」。這種題型不難應付，因為考的是「邏輯」，我們建議考生每一題都需要按部就班、花一點時間仔細了解敘述內容，接著找出三個選項之一的「下文」或是「延伸」。幸好這題目內容很簡短，不會讓考生花太多時間在解題上，因而導致壓縮到其他部分作答的時間。我們要知道，每個句子一定有重點，如果沒有重點，根本不需要說這個句子，溝通的目的也無法達成，所以，每個句子一定有重點或是「關鍵詞」，我們只要聽懂、讀懂了這個關鍵詞，就能清楚了解句子所要闡述的「中心思想」，所以，只要能掌握關鍵詞，就能順利解答。**我們建議考生要先仔細地讀完題目，然後看答案的選項，而不要先看答案的選項之後再看題目**，因為每個題目內容很簡短，詳細

地閱讀並不會佔據太多時間，但是一定要注意，也不能花太多時間在每個題目的作答上，建議一題最多用一分鐘解決。

第二部分。每一題是一篇短文，而不是大篇幅的文章，題目通常是要我們找出短文的主題或是某個重要訊息的前因後果。這類的題型依據題目內容有兩種解題方式，**不論用什麼方式解題，請務必先看題目，而非先讀短文**：如果題目是問短文的主要議題，那就應該老實地將全文從頭看到尾，確實掌握每個細節之後解題，因為每一個短文只有一個題目，我們無法從不存在的題目來判斷該則短文的重點；另一種方式則是根據題目所問的單一細節，回到短文中找答案。所以我們要很快的明瞭題目內容，進而判斷內容的關鍵，從內容的關鍵回到文章快速地找到與關鍵相關的敘述，根據敘述的事實，選擇答案。

第三部分。共有三篇文章，為電影之片段，題目有15題，是三個電影片段的情節。**建議考生先閱讀題目，之後再回到文章找到與題目相關的敘述。**考生在閱讀題目時，腦海中先有了電影情節的印象，將每一個情節稍微做個重點筆記，之後依照題目的順序回到第一篇文章迅速地找到劇情的出處，如果該劇情不在第一篇文章，就往第二篇文章找，如果第二篇也找不到類似的劇情，那就可以直接推斷該劇情是出自於第三篇文章，所以，在找的過程一定要細心，不可遺漏題目的重點，如此一來，答題必定萬無一失，獲得滿分。建議考生閱讀題目的速度要快，精準掌握題目中的訊息，如果遇到不認識的單詞，也不要急忙查辭典，先讓腦海中有了每一題的初步印象，然後到文章中找類似的敘述，如果有雷同的敘述，那麼肯定就是答案；另外，如果題目的劇情與文章的主題相關，那麼也可以大膽推測劇情應該就是出自該文章，可以逕自答題，這樣才可以快速地完成本大題，將節省下來的時間分配在其他大題的解題上。

第四部分。我們都知道，一篇文章不可能從開頭到結尾都是重點，重點的分佈應該是平均的、有邏輯的。例如，文章中的一個段

落中，依據其段落的大小而有重點數量的不同，小段落的重點可能只有一個，甚至一個也沒有，而大的段落則也有兩個到數個重點，這是很自然的，當然也合乎邏輯。那麼我們如何知道重點在哪裡呢？重點要如何判斷呢？基本上我們必須記住以下的「關鍵詞」，如果段落中出現了以下的字詞或詞組，那麼就必須特別留意，**這個重點當然也適用於第一部分與第二部分的解題技巧**：

（一）數字；
（二）專有名詞；
（三）詞意強烈的詞；
（四）表示「對比」、「語氣轉折」的連接詞。

　　然而，在段落中如果沒有上述這些字詞的話，重點還是可能以其他形式出現在句中，只是我們要特別強調的是，如果在段落中，有上述的字詞出現時則要特別留意。以下就上述的四點分別說明。

（一）數字。數字包括的範圍很廣，舉凡年代*в 1917 году*（在1917年）、數量*30 минут*（30分鐘）、百分比15%、年齡*20 лет*（20年、歲）等，都在數字的定義中。我們在段落中如果看到了數字，就一定要特別留意，一篇文章可能出現好幾次的數字，雖然並不是每一個數字都代表是一個考題，但是我們作答時卻要將這些數字先保留在腦海裡，千萬不得忽略。另外，數字有可能是以文字呈現，也要留意，例如，*тысяча*（1千）、*полтора*（1.5）、*миллион*（百萬）等。

（二）專有名詞。人名、地名皆屬專有名詞，例如，*Иван*（伊凡）、*Москва*（莫斯科）、*Нева*（涅瓦河）、*А.С. Пушкин*（普希金）、*Новый год*（新年）、*Кремль*（克里姆林宮）、*Александр III*（亞歷山大三世）、*Эрмитаж*（冬宮博物館）、*Азия*（亞洲）等。

（三）詞意強烈的詞。這種詞類範圍也是很廣，如表示「非常」的副詞 *очень*、*самый*＋形容詞原形或利用 *-айший*、*-ейший* 表示形容詞最高級、*один из лучших*＋名詞第二格表示「最好之一」、*конечно*（當然）、*только*（只有、只是）等。

（四）表示「對比」、「語氣轉折」的連接詞，例如，*но*（但是）、*однако*（然而）。通常重點都落在這些詞類出現之後的訊息：*У него не было свободного времени, но он всё-таки пришёл на собрание.*（他沒有空，但他終究還是出席了會議）。

接著我們談談第三部分與第四部分的文章要如何**不需要閱讀全文就能作答**。我們整理了以下的基本策略，請考生好好地運用在考試中：

（一）不要先讀文章本身，而是先讀完每一題的考題及答案選項。迅速看過每一題考題及答案選項之後，我們就已經有了大概的印象，知道文章內容的大意，心裡已經有個底，對於文章的重點幾乎已經全盤掌握。

（二）接下來就是依據題目回到文章來找答案。我們根據題目的主詞或受詞、專有名詞或數詞、年代、詞意強烈的詞等等的「暗示」，回到文章中按圖索驥，相信一定都能順利找到答案，如此一來，就算不用讀文章本身，也能做答。我們要記得，閱讀考試的時間只有50分鐘，要讀完所有文章真的不是那麼容易的，**千萬不要先讀文章**。

（三）切忌在文章中看到相同的詞或詞組就急著下決定。難免在文章當中，相同的詞出現不只一次，我們一定要看清楚該詞或詞組出現的位置是否與我們要的答案相關、資訊是否吻合，千萬不能看到相同的詞就「見獵心喜」，以免誤判。

【特別叮嚀】

　　雖然本項考試考生是可以攜帶辭典入場的，但是我們衷心提醒考生，千萬不要帶辭典入考場，因為如果你帶了辭典，到時候你一定會很想查一些你不認識的單詞。但是，考試只有50分鐘，答題時間已經非常緊迫，絕對沒有時間查辭典的！所以，***誠心建議考生千萬不要在考試過程中查辭典***。切記！

　　以下我們就嘗試以上述的解題方式來分別說明解題技巧。

第一部分

ЧАСТЬ I

1. Теперь во все столичные аэропорты можно быстро доехать на электричке из центра Москвы.

    (А) Например, в московский аэропорт «Внуково» вы доберётесь с Киевского вокзала всего за 30 минут.

    (Б) Московское метро - самый удобный и быстрый вид городского транспорта.

    (В) Самый большой аэропорт в Москве - это аэропорт «Домодедово».

    看完題目之後，給我們印象較為深刻的是副詞быстро「快速地」，詞意強烈，所以在句中地位重要。或許考生對整個句子還無法了解全意，但是可以確定的是，本題談的是аэропорты「機場」，而機場的前面形容詞столичные「首都的」，正是由名詞столица所派生的詞。進而分析，我們看到熟悉的動詞доехать（未完成體動詞為доезжать），通常這動詞後面接前置詞до表示搭乘某種交通工具「到達」某地之意，但是這裡我們看到的是во все ... на электричке，是во，而非до。электричка是「通勤列車」的意思，表示搭乘某種交通工具應用на＋交通工具第六格，所以，整句的意思為「**現在從莫斯科市中心可以搭乘通勤列車快速地到達所有的機場**」。知道句意之後，我們來分析答案的選項，看哪一個選項是具有「邏輯性」的「下文」或是「延伸」。

    選項（A）合乎主題的元素如下：в московский аэропорт «Внуково»「到莫斯科《符努科瓦》機場」、доберётесь的原形動詞為добраться（未完成體動詞為добираться），通常後面接前置詞

до＋名詞第二格，表示「抵達」之意，與題目中的доехать詞義相近、всего за 30 минут「只要花30分鐘」。所以句子意思為：「**例如您只要花30分鐘就可以從基輔火車站抵達莫斯科的『符努科瓦』機場**」，非常合乎題目的「延伸」，故本題答案選擇 (A)。

選項 (Б) 所敘述的是另一種交通工具：метро「地鐵」。其他我們看到很重要的關鍵詞самый＋形容詞удобный、быстрый，表示「最方便、最快」的意思。另外有一個詞組非常重要，值得馬上學起來，那就是вид транспорта「交通工具」。而句子的完整意思為：「**莫斯科地鐵是最方便且最快捷的市區交通工具**」，與題目內容並無任何關聯。

選項 (В) 也有關鍵詞самый＋形容詞большой「最大的」，整句意思為：「**莫斯科最大的機場是『達瑪捷多瓦』機場**」，與題目內容並無任何關聯。

2. Солнечный берег Чёрного моря всегда был любимым местом летнего отдыха многих россиян.

   (А) Любимым местом зимнего отдыха всегда были горные курорты.

   (Б) Летом многие россияне любят отдыхать за границей, в тёплых южных странах.

   (В) Здесь людям нравятся приятный черноморский климат, невысокие цены в ресторанах и кафе, экскурсии.

本句句中可以一眼看到三個關鍵詞，分別是Чёрного моря（為第二格形式，第一格為Чёрное море）、всегда「總是」與любимым местом（為第五格形式，第一格為любимое место）。Чёрное море是專有名詞「黑海」，всегда是詞意強烈的頻率副詞，而любимое место則是形容詞＋名詞「最喜愛的地方」。看到這些

關鍵詞之後，我們確定了重點就是「最愛的總是黑海」，之後我們分析句子結構。第一格Солнечный берег「陽光海岸」是主詞，Чёрного моря是第二格做為Солнечный берег的從屬關係，所以主詞為「黑海的陽光海岸」，be動詞過去式был，所以後接第五格любимым местом，而後一連串的第二格形式代表著層層的從屬關係：любимым местом летнего отдыха「夏天渡假的最愛地點」、летнего отдыха многих россиян「許多俄國人夏天渡假的……」，所以整句的翻譯為：「**黑海的陽光海岸過去總是許多俄國人最愛的夏天渡假地點**」。

選項 (A) 也有相同的關鍵詞любимым местом，只可惜，後面的第二格表示從屬關係的詞зимнего отдыха「冬天渡假」與主題「夏天渡假」不符。再者，句子後面的主詞горные курорты「山區的養身中心」也與主句沒有任何關係，當然也不是「延伸」或「下文」，本句只是個獨立的敘述：「**山區的養身中心過去總是最愛的冬天渡假地點**」。

選項 (Б) 同樣有複數名詞россияне「俄國人」，也有「夏天」，但卻不見與主題的「延伸」或「下文」，而只是一般的敘述：「**許多俄國人夏天喜歡到國外、到溫暖的南方國家渡假**」。值得注意的是，россияне是名詞的複數形式，其單數名詞為россиянин / россиянка / россияне，類似的單詞還有англичанин / англичанка / англичане「英國人」、крестьянин / крестьянка / крестьяне「農民」等。

選項 (B) 有一個與主題相似的詞черноморский「黑海的」，一看就知道它是個複合形容詞。климат為「氣候」，цены是цена的複數形式，意思為「價錢」，所以本句的翻譯為：「**在這裡，人們喜歡黑海的氣候、平價的餐館與旅遊**」，可視為主題的原因，是「延伸」，所以答案要選 (B)。

3. Психологи пишут, что тема денег в настоящее время очень волнует и взрослых, и детей.

(А) Психологи много пишут об отношениях родителей и детей.

(Б) В каждой семье родители решают проблему: сколько денег нужно давать ребёнку.

(В) Газеты часто пишут о самых богатых людях в разных странах.

　　本題的關鍵詞為очень「非常」，其他只能靠分析句子組成，方能得知內容重點。題目為複合句，主詞一психологи「心理學家」，後接動詞пишут「寫道」；主詞二тема денег「錢的議題」，動詞волнует（詞意為「使激動、使焦慮不安」，原形動詞為волновать）後加受詞第四格и взрослых（成年人），и детей；另有一個非常好用的片語в настоящее время「現在」。所以，該句應譯為：**「心理學家寫道，現在錢的議題讓成年人與小孩非常焦慮不安」**。

　　選項 (А) 有關鍵詞много，但是與答題卻沒有很大的關聯。另外，雖然也是心理學家在寫，但是他們寫的是有關「父母與小孩之間的關係」。請注意，抽象名詞отношение指某種「相互關係」的時候，通常是用複數形式呈現，所以句子為：**「心理學家寫很多關於父母與小孩之間的關係」**，似乎與主題沒有上、下文關係。

　　選項 (Б) 同樣有「錢」，只是這裡說的是父母親應該給小孩多少錢才對。我們看到主詞родители，動詞решают（原形動詞решать，完成體動詞為решить，後接受詞第四格、原形動詞或從屬句，是為「解決、決定」的意思），例如Антон решает задачу. 安東在解題；Антон решил поехать к бабушке летом. 安東決定夏天去找奶奶；Антон уже решил, что он больше не будет играть в футбол с нами. 安東決定再也不跟我們踢足球了。所以選項 (Б) 的句意為：**「在每個家庭，父母親要解決一個問題，那就是，應該要給孩子多少錢才好」**。雖然有金錢議題的關聯性，但似乎不夠強，先保留。

選項 (B) 有一個關鍵詞的詞組о самых богатых людях「關於最有錢人的……」，然而主詞是газеты，而非психологи，所以關聯性弱，而寫到關於最有錢的人，當然也跟主句無關，整句意思為：「**報紙常常報導不同國家最有錢的人**」，與主題毫無關係，所以，總結三個選項，終究還是只有選項 (Б) 有上、下文的關係，故選 (Б)。

4. Хорошо известно, что дети привыкают к новым условиям быстрее и легче, чем взрослые.

(А) И это понятно, главная задача детей - войти в мир, который их окружает, понять этот мир.

(Б) Сейчас многие школьники хорошо знают, какой сегодня курс доллара или евро.

(В) Современные дети с удовольствием играют в компьютерные игры.

　　本題的關鍵詞為形容詞比較級быстрее и легче, чем...「比……更快、更容易」，有比較的成份，很可能就是題目的重點。經過分析，主詞дети，未完成體動詞привыкают＋前置詞 к＋第三格новым условиям表示「習慣新的環境」。中性名詞условие為「條件」之意，但若為複數形式則解釋為「環境」。所以，本句的意思是：「**大家都知道，孩子適應新的環境要比成年人更快、更容易**」。

　　選項 (А) 一開頭我們就看到有承接上文的連接詞и「所以」，感覺符合題目「延伸」或是「下文」的要求，但是為了確認句意是否真正符合上、下文的邏輯，我們還是必須仔細分析句子。形容詞＋名詞главная задача為「主要的任務」，войти為「進入」的意思，相反詞為выйти；動詞第三人稱單數現在式окружает的原形動詞為окружать／окружить，是「環繞、圍繞、圈住」的意思，後面

接受詞第四格。本句翻譯為：「**所以，可以理解的是，孩子們的主要任務就是進入圍繞在他們身邊的社會、去了解這個世界**」。

選項 (Б) 出現有評價義意的副詞хорошо，值得特別注意，但是經過探究，發現句子與主題沒有關連性：курс在此的意思為「匯率」，доллар與евро為貨幣單位，分別為「美金」與「歐元」，所以全句為：「**現在許多中、小學生對於美金或是歐元的匯率非常了解**」。

選項 (В) 的主詞為современные дети「現代的小孩」，動詞為играют，後接в компьютерные игры，是指「玩電腦遊戲」，另外有個詞組非常重要，一定要學會，對於程度提升很有幫助：с удовольствием「樂意地、愉快地」，整句為：「**現在的小孩電腦遊戲玩的很愉快**」，與主題毫無關係。所以只有選項 (А) 有上、下文的關係，故選 (А)。

5. В Москве почти каждую неделю проходят большие
   международные выставки.

   (А) Каждый год Россия участвует в различных международных
   выставках.

   (Б) На этих выставках самые известные в мире фирмы
   показывают свои товары: от автомобилей до одежды.

   (В) В новом центре «Москва-Сити» будут строить современные
   выставочные залы.

本題的主題為большие международные выставки「大型國際展」，另外有個關鍵詞是專有名詞в Москве「在莫斯科」，所以重點是講「在莫斯科有大型國際展覽」，完整句意為：「**在莫斯科幾乎每個星期都有大型的國際展覽**」。其中有一點必須特別注意：каждую неделю為第四格，表示「每個星期」。因為有каждый的原因，所以前面不能加任何前置詞，很多考生會誤加前置詞в，請特別注意。

選項 (A) 的專有名詞為主詞Россия「俄羅斯」，動詞為
участвует「參與、參加」，後接前置詞в＋第六格，這是固定
用法，請考生一定要記住，也就是說，不管後面的名詞為何，
動詞участвует（原形動詞為участвовать）及其派生詞（如名詞
участие）後面一定只能加前置詞в＋第六格。所以本句意思是：
「俄羅斯每年參加不同的國際展覽」，明顯與題目的主題不符，也
無上、下文之關連。

選項 (Б) 有關鍵詞самые，值得特別注意。另外，本句的開頭
即是на этих выставках「在這些展覽中」，我們應馬上注意到指
示代名詞этих（此為第六格，第一格為эти），它的意思為「這一
些」，所以應是與題目相關的「下文」或「延伸」。主詞為самые
известные фирмы「最知名的公司」，動詞為показывают（原形
動詞為показывать／показать），該動詞後接人則為第三格、接物
則為第四格，此為свои товары「自己的產品」，後有補充說明от
автомобилей до одежды「從汽車到服裝」，所以整句為：**「在這
些展覽中世界最知名的公司展示自己的商品，這些商品從汽車到服
裝都有」**，確定為題目的延伸，所以本題答案應選 (Б)。

選項 (В) 有專有名詞Москва-Сити「莫斯科城市」，分析句
意後不難發現本句與主題的延伸並無關係，並非答案。本句為泛
人稱句，並無主詞，動詞為第三人稱複數будут строить，受詞為
современные выставочные залы「現代的展覽場」，整句翻譯為：
「在新的市中心區《莫斯科城市》將會興建現代的展覽場」。

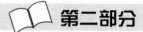 第二部分

ЧАСТЬ II

6. В каждой крупной столице есть информационный центр для туристов. В Москве такого центра нет, но на улицах Москвы появились информационные-автоматы. Гости столицы могут бесплатно получать информацию о расположении вокзалов, улиц, станций метро, достопримечательностей. Информация меняется раз в неделю. Скоро в Москве появится почти 1000 таких информационных киосков-автоматов.

В этой статье рассказывается...

(А) об информационном центре для туристов

(Б) об информационных киосках-автоматах

(В) о расположении киосков-автоматов в городе

　　誠如先前所提過的，如果題目問的是短文的主要議題，那麼我們就必須把文章從頭到尾讀過一遍，找出答案，而無法參考其他不存在的題目來推敲文章的主題。

　　文章第一句提到информационный центр для туристов「觀光客的訊息中心」，而大意就是說：「在每個大的首都都有個觀光客的訊息中心」。接著往下看，在句子的中間部分有一個重要的關鍵詞но「但是」，請注意，но之後所提及的內容才是該句子的重點，這是閱讀的技巧，不要忘記。но之後主詞是информационные киоски-автоматы「訊息機亭」，動詞是появились（原形動詞為появляться／появиться，意思為「出

現、有」，所以информационные киоски-автоматы的出現才是重點。接著是有關「訊息機亭」的補充說明：「造訪首都的客人可以免費獲得火車站、街道、地鐵站、名勝古蹟的位置訊息」，名詞информация後接前置詞o＋第六格可當作片語來背；名詞расположение在基礎級的單詞中較不常見，它的意思是「坐落於、位於」的意思，相關動詞為распологать (ся) / расположить (ся)；名詞достопримечательностей「名勝古蹟」是複數第二格形式，單數第一格是достопримечательность，大概是考生背過最長的單詞，非常重要。接著看到動詞меняется（原形動詞為меняться / поменяться）「更換」，之後為片語раз в неделю表示「一週一次」的意思，非常好用，用法為раз＋в＋時間第四格，又如：раз в год「一年一次」、два раза в месяц「一個月2次」、раз в три дня「3天一次」。最後一句看到數字1000，又是關鍵詞，而數字之後是информационные киоски-автоматы，所以我們應該可以確認是本篇短文的重點都是圍繞著「訊息機亭」，本題自然應該選擇選項 (Б)。

【翻譯】

在每個大的首都都有個觀光客的訊息中心。在莫斯科沒有那樣的中心，但是在莫斯科的街道上卻出現了訊息機亭。造訪首都的客人可以免費獲得火車站、街道、地鐵站、名勝古蹟的位置訊息。訊息一週更換一次。很快地在莫斯科將會有將近1000個那樣的訊息機亭出現。

在這篇文章敘述的是 ＿＿＿＿＿ 。
(А) 有關觀光客的訊息中心
(Б) 有關訊息機亭
(В) 有關城市中訊息機亭的位置

7. В настоящее время российское правительство решает проблему бедности. Как это сделать? Все считают, что прежде всего нужно немедленно изменить закон о налоге. Почему это необходимо сделать?

Сейчас в России и бедный (у которого ничего нет), и богатый (у которого есть миллиард) платят один и то же налог - 13%. Надо строго контролировать доходы каждого человека, как это делается во всём цивилизованном мире. Богатый должен платить больше, чем бедный, потому что он получает гораздо больше, чем бедный.

Автор этой статьи считает, что...

(А) богатые люди должны платить большие налоги

(Б) все люди - и богатые, и бедные - должны платить налог 13%

(В) не нужно платить никаких налогов

　　從題目中得知，本題考的是文章作者的意見，但是題目的內容並非針對某項具體的意見，所以性質上又很像是問文章的重點。為了要熟悉不同的解題技巧，我們這題不妨用其他方式來解析，也就是說，依照答案的三個選項回到文章中「按圖索驥」，看看那個答案選項符合文章的敘述。

　　選項 (А) 主詞是богатые люди「富有的人」，後接должны（陽性為должен、陰性為должна，是一個詞意強烈的單詞，通常後接原形動詞）表「應該」之意，例如Антон должен скоро вернуться. 安東應該很快就會回來。之後為原形動詞＋受詞платить большие налоги「繳交更多的稅金」。回到文章中，我們在第一段的最後一行看到與答案選項相同的詞налоге（以第六格呈現），於是以налоге單詞為中心，左看看、右看看，沒找到與選項相關的敘述，於是快速地繼續往下找。很快地我們在第二段的第一行尾端找到了

богатый「富有的、富有的人」，它與選項 (A) 的主詞雷同，於是我們趕緊看看該單詞所處的句子在說些甚麼：與богатый相對的單詞бедный「窮苦的人、窮的、可憐的」，之後看到動詞платят，也就是платить「繳交」的第三人稱現在式複數形式；один и тот же「一樣的」，же本是加強語氣詞，此處加強的功能薄弱，考生不妨將整個詞組當成片語來背；後接受詞налог＋補充說明13%，也就是說：「現在在俄國，窮人跟富人都是繳交13%的稅金」，與選項 (A) 的句意明顯不符，所以要繼續往下看。在第二段的倒數第二行我們看到了與選項 (A) 類似的描述Богатый должен платить больше, чем бедный.「富人應該要比窮人繳更多」，而後面的原因是он получает гораздо больше, чем бедный。гораздо通常與形容詞比較級連用，意思是「……得多」，所以上面的原因就是「富人賺的比窮人多得多」。看到此處，我們可以先將選項 (A) 列為可能的答案。

選項 (Б) 的主詞是все люди, и богатые, и бедные「所有的人，不管是富人還是窮人」，後接должны платить налог 13%「應該繳交13%的稅金」，感覺似曾相似，況且還有關鍵詞—數字「13%」，趕快回到我們剛剛看到文章有13%的部分，結果文章是說現在的情況是窮人、富人都是繳13%的稅金，缺少了должны詞意的「力道」，明顯與文章事實不符，所以選項 (Б) 不能是答案。

選項 (В)「不需要繳交任何稅金」，與事實不符，因為文章說，富人應該要比窮人繳更多，所以答案當然不是選項 (В)。經過分析，只有答案選項 (A) 符合文章的內容，故選 (A)。

做完本題之後，我們發現解題的時間要比第6題來得短，因為我們並沒有將文章從頭到尾看完，我們是依照答案選項中的單詞、詞組與關鍵詞回到文章中找到相關的敘述來做判斷，不但節省答題時間，也提升答題的正確度，希望考生能確實依照傳授的技巧解題。

【翻譯】

現在俄羅斯政府正在解決貧窮的問題。要怎麼做呢？大家都認為，首先必須盡快改變稅法。為什麼一定要改變呢？

現在在俄羅斯窮人（什麼都沒有的人）與富人（有很多錢的人[1]）都一樣繳交13%的稅金。就如同文明世界的做法一般，必須嚴格地控管每個人的收入。富人應該要繳交比窮人還多的稅金，因為富人賺的比窮人多得多。

這篇文章作者認為 ＿＿＿＿＿。

(A) 富人應該繳交更多的稅金

(Б) 不管是富人還是窮人，所有的人都應該繳交13%的稅金

(В) 不需要繳交任何稅金

8. В российском Интернете есть очень интересный сайт, который называется «Московский Кремль». На этом сайте есть информация об истории Кремля, есть новости из музеев, которые находятся на территории Кремля, есть нужная информация для туристов. Если вы живёте далеко от Москвы, войдите на этот сайт, и вы сможете побывать на интересной экскурсии по Москве.

В этой статье рассказывается...

(А) о сайте в Интернете

(Б) об интересной экскурсии

(В) о Московском Кремле

---

[1] 原文為миллиард，為「10億」之意。

本篇為「大意」題。我們必須快速地把文章從頭到尾讀過一遍，從內容中歸納、分析文章的重點，進而解題。

　　我們還是要遵照解題技巧，首先看看答案的選項，讓我們對於文章內容有個初步的了解。選項 (A) о сайте в Интернете「網路中的網站」：сайт與Интернет是外來語，分別是site（website）與Internet；選項 (Б) об интересной экскурсии「有趣的旅遊」：экскурсия是個常見的陰性名詞，意為「旅遊、參訪」，也是外來語；選項 (В) о Московском Кремле「莫斯科克里姆林宮」：Кремль是「克里姆林宮」，為陽性名詞。看過了三個選項，我們的內心對文章的重點也有了底，接著我們就來找答案吧。

　　在文章的第一句中我們看到了詞意強烈的副詞очень「非常」，而緊接著的是интересный сайт，所以副詞очень來描述形容詞интересный，整個詞組是「非常有趣的網站」之意，而這個網站名為「莫斯科克里姆林宮」，所以我們要了解，有趣的是網站，而非克里姆林宮。至此，我們清楚地了解第一句的重點是網站。

　　第二句補充說明第一句：句子說到在網站中有些訊息，例如克里姆林宮的歷史информация об истории Кремля、坐落於克里姆林宮的博物館新聞новости из музеев, которые находятся на территории Кремля、旅客所需要的訊息нужная информация для туристов，雖然克里姆林宮出現了兩次，好像是主角，然而這些描述的重點還是在網站。

　　第三句我們又看到了「網站」這個單詞，而整句話還是以網站為中心，因為它說：「……進入網站就可以來到莫斯科有趣的旅遊」，而這旅遊並不是真正的旅遊，而是藉由網站可以瀏覽莫斯科的觀光景點，所以網站還是重心。綜合以上，我們可以了解，文章的重點在網站，故選擇選項 (A)。

【翻譯】

在俄羅斯的網路有個非常有趣、名為「莫斯科克里姆林宮」的網站。在這個網站中有克里姆林宮的歷史、有坐落於克里姆林宮的博物館新聞、有旅客所需要的訊息。如果您住在離莫斯科很遠的地方，請進入網站，然後您就可以來到莫斯科進行有趣的旅遊。

在這篇文章敘述的是 _____ 。

(А) 在網路中的網站

(Б) 一個有趣的旅遊

(В) 莫斯科的克里姆林宮

9. На следующий день после открытия своей персональной выставки заслуженный художник России Дмитрий Белюкин... исчез. Никто не знал, где он. Его не могли найти ни журналисты, ни его друзья-художники. Он появился только через три дня с новой картиной. «Мне подарили много прекрасных цветов. Я решил написать картину с этим букетом. Писать нужно было быстро, ведь цветы живут недолго», - сказал художник.

Так он работает, стремится всегда написать то, что видит, что ему интересно. Недавно художник закончил иллюстрации к книге А.С. Пушкина «Евгений Онегин», которые он создавал целых 15 лет. Сейчас к художнику часто обращаются люди с просьбой написать портреты друзей, родителей, детей. Он с удовольствием пишет портреты.

Эта статья рассказывает о художнике, который исчез после открытия своей выставки, потому что...

(А) решил написать портрет друга

(Б) создавал иллюстрации к книге «Евгений Онегин»

(В) спешил написать картину с цветами

本篇文章為「情節」題，雖然篇幅較大，但是我們只要將題目讀懂，看看題目的選項之後回到文章，按圖索驥，相信可以很快找到答案。

題目大意是說，有一個畫家在一次個人畫展開幕之後，隨即消失了，原因為何。選項 (A) 的意思是：「他決定畫朋友的肖像」；選項 (Б) 的意思則是「他為了《葉甫蓋尼‧奧涅金》這本書畫插畫」；選項 (В)「他急著要畫一幅花的畫作」。題目中有一個動詞исчез，此處為第三人稱、單數、陽性、完成體過去式，它的原形動詞為исчезать / исчезнуть，意思是「消失」，如果考生沒有背過這個單詞，或許會造成解題的困難，那就要看看短文中是否有這個單詞的出現，或是有意思相近的同義詞，然後再利用解題技巧，找出畫家「消失」的原因。

在文章中的第一段第一行我們馬上看到與題目幾乎完全相同的敘述，緊接著我們在第二行看到了исчез「消失」這個關鍵詞。所以，我們可以確定，答案就在不遠處了。繼續往下看，我們在第三行最後找到一個單詞появился「出現」，緊接著是詞義強烈的單詞только「只是、只有」，而後有關鍵詞три дня「三天」，一連串的重點之後是с новой картиной「帶著一幅新的畫作」。至此，我們已經了解，畫家消失三天之後帶著一幅新畫出現了。答案呼之欲出，但是我們還不能確定是甚麼畫作：是朋友的肖像畫、是書的插畫，還是一幅花的畫作呢？我們還得繼續看下去。之後，畫家自己解釋他本人消失的原因是因為很多人送他花（подарили много цветов），而他決定要畫一幅花的畫作（решил написать картину с букетом），因為花的生命短暫，所以要盡快畫（нужно быстро），到這裡我們可以完全確定畫家消失的原因是因為他想быстро написать картину с букетом「盡快畫一幅花的畫作」。在文章中我們看到букетом，是第五格的形式，原字為букет「花束」，也就是цветы，而需要很快地畫（писать нужно быстро），也與選項 (В) 的用詞相近спешил написать）相近，所以本題答案選擇 (В)。

我們在並沒看完整篇短文就已經解答完畢，所以，再次驗證了閱讀測驗是不一定需要把全文讀完才能解題的。此處，我們根本就不必閱讀文章的第二段，省下了不少時間。

【翻譯】

俄羅斯卓越畫家德米特里・別留金在個人畫展開幕後的隔一天，竟然消失了。沒有人知道他在哪裡。記者找不到他，就連他的畫家朋友也不知到他的下落。過了三天他才帶著一幅新畫作出現。畫家說：「有人送給我很多漂亮的花，我就決定要畫一幅這些花的畫作。必須要迅速地畫，畢竟花的生命短暫」。

他的工作態度就是這樣，總是想畫他所看到的、所感興趣的。不久之前畫家才結束了普希金「葉甫蓋尼・奧涅金」一書的插畫，這些插畫他整整花了15年才畫好。現在常常有人找畫家替朋友、父母親、孩子畫肖像畫，他也很樂意地作畫。

這篇文章敘述一位畫家，他在個人的畫展開幕後就消失了，是因為
＿＿＿。

(A) 他決定畫朋友的肖像

(Б) 他為了《葉甫蓋尼・奧涅金》這本書畫插畫

(B) 他急著要畫一幅花的畫作

10. Академик Фёдор Углов (1904-2008) был известным российским хирургом. Он продолжал работать - делать операции, - даже когда ему исполнилось 103 года. Однажды журналисты спросили его, в чём секрет его долголетия. Фёдор Григорьевич ответил: «Никакого секрета нет. Я никогда не пил алкоголь и не курил, поэтому у меня хорошая память и отличное зрение. Я сплю 6-8 часов в сутки, мало ем и много двигаюсь. Но самое главное, я веду активный образ жизни: работаю, занимаюсь спортом. Я совсем не устал от жизни, мне всё интересно. Я хочу прожить ещё 50 лет».

Академик Фёдор Углов считал: чтобы долго жить, надо...

(А) мало работать и много спать

(Б) вести активный образ жизни

(В) не есть, не пить, не курить

　　本篇文章也是「情節」題，解題技巧與第9題一樣，我們只要
將題目與答案的選項讀懂，之後回到文章，找到與題目相關的字
句，即可解答。

　　題目的重點是科學院院士佛多爾・伍格羅夫個人認為長壽
（чтобы долго жить）的方式為何。選項 (А) 認為：「應該要少工
作、多睡眠」；選項 (Б) 則是：「應該積極地生活」。這個選項
的單詞值得再次討論：вести的詞意很多，建議考生可參考詞典，
在此的意思為「進行」，активный是「積極的」意思，而образ
жизни則是「生活型態」的意思；選項 (В) 認為長命的要訣就在：
「不吃飯、不喝（酒）、不抽菸」，說實在的，看到這個答案應該
直接就不考慮，畢竟再怎麼樣，不吃飯是絕對沒辦法活的，更遑論
長壽了。

　　在文章中的第一段第一行我們看到了與題目相同的人名Фёдор
Углов，於是可以確認我們文章的主角就是他。接著，我們在第三
行看到了數字關鍵詞103，經過確認之後，我們得知這個數字是年
紀的敘述：ему исполнилось 103 года，我們記住，指人、物的年
齡或是年代，為無人稱句，所以並無主詞，而是主體用第三格，例
如Антону 20 лет. 安東20歲；Этому заводу уже 200 лет. 這座工廠已
經200年了。而這裡有一個動詞исполнилось為第三人稱、單數、中
性、過去式，意思是「滿……歲、年」，因為是無人稱句，所以沒
有主詞、用中性，原形動詞為исполняться / исполниться，例如В
конце года Антону исполнится 25 лет. 今年年底安東就要滿25歲了
（完成體表未來式）。所以，我們要對數字103之後的敘述要特別
注意。

接著在第三行的最後我們看到與題目相關的單詞долголетия（原字為долголетие為「長壽」之意），左右再看看，我們知道，是記者問他長壽的秘訣為何（в чём секрет его долголетия），這敘述與題目完全符合，所以接著應該就是答案了。連看兩行還是沒有任何答案，只是一般的敘述，稱說「……我從不飲酒，也不抽菸，所以有好的記憶力與極佳的視力……」，然而在第六行有看到數字6-8，前後看看，原來是睡眠的時數，還是沒有答案。6-8之後，我們看到詞意強烈的關鍵詞но самое главное，不僅有но「但是」，還有самое главное「最主要的」，所以，像這種的詞組描述直接告訴我們上下關聯句的重點所在，也就是самое главное之後的敘述：я веду активный образ жизни「我積極地生活」，這種警覺性與技巧一定要掌握，所以本題答案當然選擇 (Б)。至於剩下的句子我們也不用再浪費時間閱讀了，我們把省下來的時間應付後面更多、篇幅更大的文章。

【翻譯】

科學院院士佛多爾・伍格羅夫（1904-2008）曾是一位著名的俄羅斯外科醫生。甚至在他103歲的時候，他還是持續地工作、幫病人開刀。有一次，記者問他長壽的秘訣，佛多爾・格里過黎耶維奇回答說：「甚麼秘訣都沒有。我從不飲酒，也不抽菸，所以有好的記憶力與極佳的視力。我一天睡6到8個小時，吃的少、動的多。但是最主要的是我積極地生活：我工作、運動。我完全不厭倦生活，我對所有的事物感到興趣，我想再活個50年」。

研究院院士佛多爾・伍格羅夫認為要活得長久就必須 _____ 。

(A) 少工作、多睡眠

(Б) 積極地生活

(В) 不吃飯、不喝（酒）、不抽菸

第三部分

ЧАСТЬ III

«Близнецы»

Герои этого фильма встретились и познакомились в институте. Они учились на одном факультете и мечтали окончить институт и стать инженерами. После института они сразу поженились и были счастливы. Через в молодой семье родились две дочки девочки-близнецы. Жена заботилась о детях, муж много работал, но зарплата была небольшая, и жить было трудно. Комната в общежитии, где они жили, была очень маленькая, денег не хватало, и молодые родители начали ссориться.

Однажды мужу предложили хорошую работу за границей. И он решил уехать из России. Жена не согласилась поехать с ним, она хотела жить на родине. Тогда они решили расстаться и навсегда забыть друг друга. Девочки были ещё очень маленькие, когда их семья разделились на две половины. Отец с одной дочерью уехал в Америку, а мать с другой дочерью осталась в России.

Прошло двадцать лет. Все эти годы они ничего не знали друг о друге. Бывший российский инженер стал в Америке миллионером. Через двадцать лет он прилетел вместе со своей дочерью в Москву.

В Москве девушки, похожи друг на друга как две капли воды, случайно встретились и поняли, что они сёстры. У них появился план - помирить родителей, которые все эти годы жили далеко друг от друга. Для этого американская дочь вернулась к матери, а московская дочь - к отцу-миллионеру. В конце фильма семья соединилась, и все были счастливы.

«Домохозяйка»

Герой этого фильма получил хорошее образование. Он закончил экономический факультет Московского университета и работал в банке. У него была хорошая зарплата, большая квартира в центре Москвы, дорогая машина и красивая жена.

Со своей женой он познакомился в студенческие годы. Она училась в Московском университете на факультете журналистики. Её преподаватели и друзья говорили, что она будет очень хорошим журналистом. Когда она окончила университет и получила диплом, ей сразу предложили работу в одном известном московском журнале. Это была работа, о которой она мечтала всю свою жизнь. Но в это время она вышла замуж, и муж не разрешил ей работать. Он сказал, что теперь её профессия - быть хорошей женой.

Она занималась домашним хозяйством, готовила, провожала мужа на работу и встречала его с работы. Все дни были похожи друг на друга. Ей было скучно, и она начала писать. Она писала о молодой журналистке, у которой была яркая, интересная жизнь, много приключений и, конечно, большая любовь. Так она написала книгу, о которой никто не знал.

Но однажды жизнь героев неожиданно изменилась. В стране начался экономический кризис, и муж потерял работу. Он долго искал другую работу, но не смог найти. И тогда жена послала рукопись своей книги в издательство. Книгу имела большой успех. А имя молодой писательницей стало известной всей стране. Она была счастлива. Её мечта сбылась. Она могла работать в своём кабинете и писать новые книги. А её муж научился готовить вкусные блюда и делал это с удовольствием.

«Машина времени»

Герой этого фильма - молодой инженер-конструктор. Он очень любит машины и считает, что в будущем машины будут играть самую главную роль в жизни людей. Он мечтает построить самую современную машину, на которой будет можно путешествовать во времени. И днём, и ночью он работает в своей мастерской.

У него есть девушка, которая любит его и хочет ему помочь. Она заботится о нём, но он не замечает её. Он занят только своей работой. У него нет времени, чтобы встречаться с любимой девушкой. У него нет времени, чтобы поговорить с близким другом. Он только думает о своей машине и не замечает, что он теряет друга, что от него уходит любимая девушка.

Наконец, его мечта сбылась. Он построил машину времени. На этой машине он попал в будущее, в двадцать пятый век. Что он увидел там? Он увидел там мир машин. Нет деревьев, цветов, птиц, но есть машины, которые делают всё. Люди не работают, не думают, не сочиняют, они только включают и выключают машины. В этом мире герой почувствовал себя одиноким, он вспомнил своих друзей, свою девушку и вернулся в настоящее. Но прошло уже много времени. Девушка, которую он любил, вышла замуж за его друга. У них родился сын. Они были счастливы, потому что у них своя семья, свой дом и свой мир. А он был самым одиноким человеком на свете.

11. Героиня этого фильма добилась успеха и стала очень популярной.

12. Герой этого фильма стал очень богатым человеком.

13. Герой этого фильма путешествует на необычной машине.

14. В этом фильме девушки очень похожи друг на друга.

15. Героиня этого фильма помогает своему другу, заботится о нём.

16. Герой этого фильма научился хорошо готовить.

17. Герой этого фильма мечтает о будущем и не видит настоящего.

18. В этом фильме муж и жена расстались.

19. Героиня этого фильма решила остаться в России.

20. Герой этого фильма не обращает внимание на девушку.

21. Герой этого фильма получил работу за границей.

22. Герой этого фильма потерял работу.

23. Герои этого фильма учились в одном университете, но на разных факультетах.

24. В этом фильме герои встретились через двадцать лет.

25. Герой этого фильма очень одинокий человек.

(А) «Близнецы»

(Б) «Домохозяйка»

(В) «Машина времени»

　　依照上述的答題方式，我們先要將題目先快速地閱讀一遍，除了速度之外，更要精準掌握題目的重點（關鍵），如此才能在文章中有方向性地尋找劇情的出處。所以，我們先將所有的題目先看過一遍。

11. 這部電影的女主角獲得了成功並且變得家喻戶曉。
12. 這部電影的主角變得非常富有。
13. 這部電影的主角乘坐一台不尋常的機器旅行。
14. 在這部電影中的女孩們長得很相似。
15. 這部電影的女主角幫忙自己的男友並照顧他。
16. 這部電影的主角學會煮得一手好菜。

17. 這部電影的主角夢想著未來，對現實視而不見。

18. 在這部電影中先生與太太離異。

19. 這部電影的女主角決定留在俄國。

20. 這部電影的主角並不關心女孩。

21. 這部電影的主角獲得了一個國外的工作。

22. 這部電影的主角失業了。

23. 這部電影的主角們在同一間大學念書，但是在不同的科系。

24. 在這部電影中主角們在20年之後見面了。

25. 這部電影的主角是個非常孤單的人。

(А)《雙胞胎》

(Б)《家庭主婦》

(В)《時光機》

現在，我們就將11-25題的情節做詳細的分析。

第11題：Героиня этого фильма добилась успеха и стала очень популярной. героиня是「主角」的意思，是陰性名詞，同義的陽性名詞為герой。該詞之後接этого фильма，為этот фильм的第二格，作為героиня的從屬關係，整個詞組героиня этого фильма「這部電影的女主角」作為句子的主詞。動詞добилась的原形動詞形式為добиться（未完成體動詞為добиваться），是「獲得、取得、贏得」的意思，很重要的一點是這個動詞後面接的名詞為第二格，很不尋常，一定要牢記，所以該動詞之後為успеха（第一格為успех，為「成功」之意）。動詞стала的原形動詞形式為стать（未完成體動詞為становиться），為「變為、成為」之意，後接名詞第五格，也是非得牢記不可的用法。形容詞популярной因為前面動詞стала的原因，所以在此為第五格，而陰性則是因為主詞的關係，陽性為популярный「受歡迎的」，例如Антон - популярный певец. 安東是位受歡迎的歌手。

所以本題有兩個重點，一個是добилась успеха（獲得成功），另一個重點是стала очень популярной（變得非常受歡迎）。我們首先根據劇情來選擇要先從哪一篇文章開始找答案，因為主角是女性，而三篇文章中，只有第二篇《Домохозяйка》可以立即判斷主角應為女性，所以姑且先大膽推測該情節是出自第二篇文章，但是為了小心起見，同時要訓練考生的解題技巧，我們還是要把該情節在文章中找出來，讓考生熟練解題之方式。**另外請考生特別注意，我們既然選定了從第二篇文章開始找起，那麼我們在找的過程中也要順便記住該篇文章的內容，因為題目的情節很多，而且是全部混合在一起的，所以我們最好把看過的文章內容記住，將該篇文章所有題目的相關情節一網打盡，避免同一篇文章要看很多次的情形、浪費時間。**

　　在第二篇文章中我們要找的是兩個事實：добилась успеха（獲得成功）與стала очень популярной（變得非常受歡迎）。我們從頭開始找起。**第一段大意：**男主角受過良好教育，從莫斯科大學經濟系畢業，在銀行上班。他的薪水很好，在莫斯科市中心有個大公寓，有部名貴轎車及漂亮的太太。明顯的，第一段並沒有我們要的訊息，繼續看第二段。**第二段大意：**他跟太太是在念書時認識，太太是新聞系畢業的，大家都認為她將會是一位傑出的記者。當她畢業後，馬上有個雜誌社請她去工作，這是她的夢想，但是此時她已經結婚，先生不讓她去上班，要她當個好太太。第二段也沒提到任何功成名就的事蹟，所以也不是答案所在。**第三段大意：**太太從事家務，每天生活一成不變，她覺得無聊，便開始寫作。故事內容為一位年輕記者的生活，最後書寫完了，但是並未出版。第三段看完，還是沒有我們要的情節。**第四段大意：**主角的生活有了重大轉變，國內開始了經濟危機，於是先生失業了，先生花很多時間找新的工作，但沒找到，於是太太便將手稿寄給出版社，書獲得很大的成功книга имела большой успех，至此，我們看到了情節中的第一個重點，雖然句子結構不同，但是意思一致，且都有успех

「成功」這個單詞，所以是與題目的情節吻合的，而繼續往下看則發現到我們所要的第二個重點：*имя молодой писательницы стало известно всей стране*年輕女作家的名字變得全國皆知，其意思當然也是與題目的情節符合，所以我們可以確信，本題就是出自第二篇文章。在結束之前，文章提到說：她很快樂，她的夢想成真，她可以在自己的書房寫新書，而她的丈夫學會了烹飪美食。

【翻譯】

「家庭主婦」

這部電影的主角受過好的教育，他從莫斯科大學的經濟系畢業，在銀行上班。他的薪水很好，在莫斯科市中心有個大公寓，有部名貴轎車及美嬌妻。

他跟太太是在大學時代認識的。他的太太是莫斯科大學新聞系畢業的。他的老師及朋友都說她將會是一位傑出的記者。當她大學畢業後，馬上就有個莫斯科的知名雜誌社請她上班，這是她一輩子的夢想。但是此時她已經結婚，而先生不讓她去工作，他說，現在她的職業就是當個好妻子。

她做家事、煮飯、送先生出門工作、迎接先生下班回家，每天生活一成不變。她覺得無聊，便開始寫作。她寫的是一位有著光明前途與生活多采多姿年輕女記者的故事，她有很多的奇遇，當然也充滿熱情。於是，書寫完了，但是並沒有人知道。

但是，主角的生活無預警地有了重大改變，國內開始了經濟危機，於是丈夫失業了。他找新工作找了許久，但無法找到，於是太太便將書的手稿寄給出版社。書獲得很大的成功，年輕女作家的名字變得全國皆知。她很快樂，她的夢想成真，她可以在自己的書房寫新書，而她的丈夫學會了烹飪美食，並且引以為樂。

第12題：Герой этого фильма стал очень богатым человеком. 本題的主角是герой，為男性。動詞стал在第11題出現過，是「變

為、成為」的意思，後接名詞第五格，而形容詞богатым的第一格為богатый，為「富有」的意思。

在做第11題的時候，我們已經對第二篇文章「家庭主婦」的情節內容已經有了整體的了解，所以我們發現，第12題的情節並沒有出現在第二篇的文章中，如此一來，我們勢必要從第一篇文章「雙胞胎」開始找答案，而不是先看第三篇，因為第三篇的文章「時光機」與本題的情節並無直接的關聯性，考生應該要了解此邏輯。

在第一篇文章中我們要注意關鍵點：стал очень богатым человеком（變成富人）。就讓我們從頭開始找起。**第一段大意：**這部電影的主角們在大學裡相識，他們在同一個系念書，夢想著大學畢業後成為工程師。大學後結了婚，很快樂。一年後他們生了一對雙胞胎女兒。太太照顧小孩，先生努力工作，但是薪水並不多，生活困苦。他們宿舍的房間很小，錢不夠用，所以年輕夫婦開始了爭執。看過了第一段，完全與情節相反，不但沒有變成富人的跡象，反而是生活貧困。需要繼續看下去。**第二段大意：**有一天，有人提供丈夫一個國外的好工作，所以他決定要離開俄國，妻子不同意與他一同前往，她想要住在祖國，於是他們決定分開，並且永遠地忘掉對方。當他們的家庭分成了兩半的時候，女孩子們的年紀還很小，父親帶著一個女兒前往了美國，而母親則是與另外一個女兒留在俄國。看完了第二段，我們明白，父母親因為工作關係而離異，而雙胞胎也被迫分開，與我們要的關鍵詞沒有任何關係，只好繼續看下去。**第三段大意：** 20年過去了。這麼多年來他們完全不知道對方的事情，以前的俄國工程師在美國變成了百萬富翁，在這裡*бывший русский инженер стал в Америке миллионером*，去了美國的男主角變成了富翁，與本題的關鍵詞意思相近，正是我們要的答案，所以我們確定本題是出自第一篇文章！但是為了其他題目的情節，我們要把本篇文章看完。接著是：20年之後他帶著女兒回到了莫斯科。**第四段大意：**在莫斯科，兩個長得極為相似的女孩偶然

間遇見對方，於是他們明白了他們是姊妹。他們想了一個計畫，要讓父母親和好。於是美國的女孩回到母親懷抱，而莫斯科的女孩則是回到百萬富翁父親的身邊。電影的最後，家庭又結合了，所有的人都很快樂。

「雙胞胎」

這部電影的主角們在大學裡相識，他們在同一個系念書，夢想著大學畢業後成為工程師。大學畢業後他們馬上結了婚，很快樂。一年後在剛成立不久的家庭誕生了一對雙胞胎女兒。太太照顧小孩，先生努力工作，但是薪水並不多，生活困苦。他們宿舍的房間很小，錢不夠用，所以年輕夫婦開始了爭執。

有一天，有人提供丈夫一個國外的好工作，所以他決定要離開俄國，妻子不同意與他一同前往，她想要住在祖國，於是他們決定分開，並且永遠地忘掉對方。當他們的家庭分成了兩半的時候，女孩子們的年紀還很小。父親帶著一個女兒前往了美國，而母親則是與另外一個女兒留在俄國。

20年過去了，這麼多年來他們完全不知道對方的事情。以前的俄國工程師在美國變成了百萬富翁，在20年之後他帶著女兒回到了莫斯科。

在莫斯科，兩個長得極為相似的女孩偶然間遇見對方，於是他們明白了他們是姊妹。他們想了一個計畫，要讓這些年來相隔兩地的父母親和好。為此，美國的女孩回到母親懷抱，而莫斯科的女孩則是回到百萬富翁父親的身邊。電影的最後，家庭又結合了，所有的人都很快樂。

看完了第一篇，我們應該可以把其他剩下的13題全部解答。如果在第一篇及第二篇未曾出現過的題目情節，那就可以大膽地推測，這些情節應該是出自第三篇文章了。所以除了第11題及12題之外，其他題目的情節出處如下：

13. 這部電影的主角乘坐一台不尋常的機器旅行：*未曾出現，「時光機」*

14. 在這部電影中的女孩們長得很相似：*「雙胞胎」*

15. 這部電影的女主角幫忙自己的男友並照顧他：*未曾出現，「時光機」*

16. 這部電影的主角學會煮得一手好菜：*「家庭主婦」*

17. 這部電影的主角夢想著未來，對現實視而不見：*未曾出現，「時光機」*

18. 在這部電影中先生與太太離異：*「雙胞胎」*

19. 這部電影的女主角決定留在俄國：*「雙胞胎」*

20. 這部電影的主角並不關心女孩：未曾出現，*「時光機」*

21. 這部電影的主角獲得了一個國外的工作：*「雙胞胎」*

22. 這部電影的主角失業了：*「家庭主婦」*

23. 這部電影的主角們在同一間大學念書，但是在不同的科系：*「家庭主婦」*

24. 在這部電影中主角們在20年之後見面了：*「雙胞胎」*

25. 這部電影的主角是個非常孤單的人：未曾出現，*「時光機」*

雖然我們沒有看過第三篇，但提供文章的翻譯讓考生參考。

「時光機」

這部電影的男主角是一位年輕的設計工程師。他非常喜歡機械，他認為機械在未來人類生活中將扮演著最重要的角色。他夢想著打造一部最現代的機械，在未來可以搭乘它在時空旅行。從早到晚他都在自己的工作室忙著。

他有一個愛著他且想要幫助他的女友。女友照顧著他，但是他並不注重女友。他只顧忙著自己的工作，他沒有時間跟心愛的女友約會，他沒有時間跟好友交談，他只想著自己的機器，而且沒注意到他正在失去朋友，女友正要離他而去。

最後，他的夢想成真了。他打造了時光機，他乘坐這部機器到達了未來，來到25世紀。他在那看到了甚麼呢？他看到了機器的世界。沒有樹、沒有花、鳥，但是有勝任一切工作的機器。人們不工作、不思考、不創作，他們只管開、關機器。男主角在這個世界覺得孤單，他想起了自己的朋友、女友，於是就回到了現代，但是很多時間已經過去了，他所愛的女孩已經嫁給了他的朋友，他們生了個兒子，他們很幸福，因為他們有自己的家庭、自己的房子，以及自己的世界，而他則是世界上最孤單的人。

接下來我們將這三篇文章的重要單詞與詞組摘錄出來，提醒考生，利用時間努力將這些單詞與詞組學會，可利用於口說及寫作上，提昇俄語能力。

【第一篇】

- близнецы -「雙胞胎」，名詞複數形式。
- встречаться / встретиться - 指約定好的「見面」，通常後面接前置詞с＋名詞第五格，例如Мы встречаемся в ресторане раз в месяц. 我們一個禮拜在餐廳見一次面。如果動詞不加 -ся，則後面加名詞第四格，通常意思為「碰見」，例如Вчера я встретил Антона в музее. 昨天我在博物館遇見了安東。但是這個動詞如果用在特定地點，如機場、車站，則要做「接」解釋，例如Вчера Антон встретил меня в аэропорту. 昨天安東在機場接我。
- знакомиться / познакомиться -「結識」，通常後面接前置詞с＋名詞第五格，例如Мы познакомились ещё в Москве. 我們在莫斯科就認識了。另外，如果動詞不加 -ся，則後面加名詞第四格＋с＋名詞第五格，當「介紹」解釋，例如Антон познакомил меня с Анной. 安東把我介紹給安娜認識。
- мечтать -「夢想、盼望」，通常後面接原形動詞或是前置詞о＋名詞第六格，例如Мы мечтаем окончить университет. 我們盼望著大

學畢業；Мы мечтаем о светлом будущем. 我們憧憬光明的未來。

- становиться / стать -「成為、變成」，後面接名詞第五格，例如 Погода становится жарче и жарче. 天氣變得越來越熱；Наконец, Антон стал миллионером. 最後安東變成了一位富翁。

- жениться / пожениться -「結婚」，例如 Они поженились после университета. 他們在大學畢業後結婚了。另外，該動詞可為男人「娶」之意，用法為後加前置詞на＋名詞第六格，例如 Антон хочет жениться на тайваньской девушке. 安東想娶個台灣女孩。而女人的「嫁」則是 выходить / выйти замуж за＋名詞第四格，例如 Анна не хочет выйти замуж за Антона. 安娜不想嫁給安東。

- счастливый -「幸福的、快樂的」，例如 Антон - счастливый мальчик. 安東是個快樂的小孩。該形容詞常常用短尾形式，例如 Анна очень счастлива. 安娜非常幸福。

- заботиться / позаботиться -「照顧、關心」，動詞後接前置詞о＋名詞第六格，例如 Моя жена очень заботится обо мне. 我的太太非常照顧我。

- хватать / хватить - 現階段我們通常是在無人稱句遇到這個動詞，作為「足夠」解釋，動詞後接名詞第二格，例如 У Антона не хватает денег. 安東的錢不夠。

- ссориться / поссориться -「爭吵」，動詞後接前置詞с＋名詞第五格，例如 Антон поссорился с Анной. 安東跟安娜吵了一架。

- предлагать / предложить -「建議、提供、邀請」，動詞後接人第三格、物第四格或是原形動詞，例如 Антон предложил мне свою помощь. 安東表示願意幫助我；Антон предложил мне пойти в кино. 安東邀請我去看電影。

- расставаться / расстаться -「分手、離別」，動詞後接前置詞с＋名詞第五格，例如 Наташа недавно рассталась со своим другом. 娜塔莎不久之前跟男友分手了；Антон и Анна навсегда расстались. 安東與安娜永遠地分手了。

- разделяться / разделиться -「分為、分開」，如同本篇文章一般，這個動詞通常不用第一、第二人稱，而是用第三人稱，請注意，動詞後加前置詞на，如文章中的句子：Семья разделилась на две половины. 家被分為兩半。動詞不加 -ся，則後面加名詞第四格，例如Преподаватель разделил студентов на две группы. 老師將學生分成兩組。

- оставаться / остаться -「停留」，為靜止狀態，後用名詞第六格，例如 Пошёл дождь, Антон остался в библиотеке. 下雨了，安東留在圖書館。

- две капли воды -「兩滴水滴」，通常形容人長得很像，用法就如同本篇文章一般，又例如Антон и Иван очень похожи друг на друга как две капли воды. 安東與伊凡長得非常相似，就像兩滴水滴一般。

- случайно -「偶然」，為副詞，例如Вчера я случайно встретил Антона в музее. 昨天我在博物館巧遇安東。

- явиться / появиться -「出現」，例如У Антона появилась возможность поехать в Россию учиться. 安東有希望去俄國念書；Наконец, Антон появился. 安東終於出現了。

- мирить / помирить -「使和好」，動詞後加名詞第四格，例如Антон помирил Анну и Ивана. 安東使安娜與伊凡和好了。如果動詞後加 -ся，則後面不加受詞，例如Антон и Анна поссорились, а потом помирились. 安東與安娜先吵了一架，然後和好了。

- возвращаться / вернуться -「返回」，動詞後不加受詞，例如Антон вернулся домой из Америки. 安東從美國返回家了。如果動詞不加 -ся，則後面加受詞，人第三格、物第四格，當「歸還」解釋，例如Антон вернул мне журнал. 安東把雜誌還給我了。

- соединяться / соединиться -「結合、連結」，動詞後不加受詞，例如Эта комната соединяется с кухней. 這間房間跟廚房相通。如果動詞不加 -ся，則後面加受詞第四格，例如Преподаватель соединил разные группы. 老師把不同的班結合起來。

【第二篇】

- домохозяйка -「家庭主婦」，陰性名詞。

- получать / получить -「獲得」，動詞後接受詞第四格，例如 Антон получает письма от Анны. 安東（定期）收到安娜寄來的信；Антон получил хорошее образование. 安東受過好的教育。образование為「教育」之意，是中性名詞。

- в студенческие годы -「在大學時期」，注意，此為第四格，而非第六格；另外в школьные годы -「在中學時期」。

- разрешать / разрешить -「允許」，動詞後接受詞人第三格＋原形動詞，例如Мама не разрешила Антону звонить по телефону. 媽媽不准安東打電話。

- заниматься / позаниматься（заняться）-「從事」，動詞後接第五格，例如Антон любит заниматься спортом. 安東喜歡運動。如果該動詞後加地點，則須視句意翻譯，例如Антон любит заниматься в библиотеке. 安東喜歡在圖書館念書；Чем занимается Антон дома? 安東在家做什麼? 本句也等於Что делает Антон дома?

- провожать / проводить -「送別」，動詞後接受詞第四格，例如Антон проводил Анну в аэропорт. 安東送安娜去機場。

- приключение -「奇遇、冒險故事」，為中性名詞。

- неожиданно -「出奇不意地」，為副詞，例如Антон неожиданно поженился. 安東突然結婚了。

- изменяться / измениться -「改變」，例如Антон сильно изменился. 安東變了好多。

- начинаться / начаться -「開始」，例如Когда концерт начался, Антон ещё не пришёл. 演唱會開始的時候，安東還沒來。要注意，該動詞不加 -ся形式為начинать / начать，後面如果接原形動詞，則原形動詞應為未完成體，例如Антон начал слушать классическую музыку в студенческие годы. 安東在大學時期開始聽古典音樂。同樣的用法也適用於動詞продолжать / продолжить「持續」與кончать / кончить「結束」。

- кризис -「危機」，陽性名詞，例如экономический кризис「經濟危機」。

- терять / потерять -「喪失、丟掉」，動詞後接受詞第四格，例如Антон потерял собаку. 安東把狗弄丟了。

- искать / поискать -「找尋」，動詞後接受詞第四格，例如Антон долго искал собаку, но не нашёл её. 安東找狗找了很久，但沒找到。нашёл的原形動詞為найти（未完成體動詞為находить），是「找到」的意思，後接名詞第四格。

- рукопись -「原稿、手稿」，為陰性名詞。

- сбываться / сбыться -「實踐」，動詞通常不用第一、第二人稱，例如Мечта сбылась. 夢想實踐了。

- научаться / научиться -「學會」，通常後接名詞第三格或是原形動詞未完成體，例如Антон научился плавать. 安東學會游泳了。

- с удовольствием -「樂意」。удовольствие是中性名詞，為「愉快、快樂」之意，例如Антон с удовольствием учит русский язык. 安東學俄語學得很快樂。

【第三篇】

- машина времени -「時光機」，времени為время的第二格，為中性名詞。

- конструктор -「設計師、構造師」，陽性名詞。

- считать/ посчитать -「認為、數」，動詞當作「認為」的意思時，為複合句句型，後接連接詞что，例如Антон считает, что завтра будет дождь. 安東認為明天會下雨。動詞當「數」，後可接名詞第四格，例如считать деньги數錢。

- будущее -「未來」，為中性名詞，例如У Антона будет хорошее будущее. 安東會有個好未來。

- играть роль -「扮演角色」，為一個重要的詞組，必須牢牢記住。通常在動詞與受詞中間會加個形容詞，來形容роль（角色，陰性名詞，此為第四格），例如Антон играет главную роль в студенческом клубе. 安東在學生會扮演著主要的角色。главный 是形容詞，為「主要的」的意思。

- строить / построить -「建築、建造」，動詞後接受詞第四格，例如Антон строит новый дом. 安東現在在蓋一間新房子。

- современный -「現代的」，為形容詞，例如Антон любит современную музыку. 安東喜歡現代音樂。

- путешествовать -「旅行」，後接前置詞по＋名詞第三格或是в＋第六格，例如В прошлом году Антон путешествовал по России. 安東去年在俄羅斯旅行。

- мастерская -「工作坊、工作室」，陰性名詞。

- помогать / помочь -「幫助」，動詞後接人＋第三格，在某個方面上幫助人則用前置詞в＋第六格，例如Антон часто помогает Анне в работе. 安東常常在工作上幫忙安娜。

- замечать / заметить -「注意到」，動詞後接受詞第四格，例如Антон всегда замечает красивую девушку. 安東總是會注意到漂亮的女孩。或是動詞後接連接詞что，為複合句形式，例如Антон не заметил, что я уже пришёл. 安東沒有注意到我已經來了。

- занят（а, ы）-「忙」，為形容詞短尾形式，例如Антон занят. 安東在忙。如果要詳述在忙什麼，則用名詞第五格，例如Антон занят своими делами. 安東在忙自己的事情。

- попадать / попасти -「來到、落入等」，該動詞詞意較多，建議考生可參考詞典。如為「來到」，則後接前置詞＋第四格，例如Антон попал в незнакомый город. 安東來到一個陌生的城市。

- сочинять / сочинить -「創作」，動詞後接受詞第四格，例如 Антон музыкант. Он сочиняет музыку. 安東是位音樂家，他作曲。

- включать / включить -「開啟」，動詞後接受詞第四格，例如 Антон включил компьютер. 安東開了電腦。

- выключать / выключить -「關閉」，為включать / включить的反義詞。動詞後接受詞第四格，例如Антон выключил компьютер. 安東關了電腦。

- чувствовать / почувствовать -「感覺」，動詞後通常接反身代名詞себя＋副詞，表示身體感覺如何，例如Антон чувствует себя хорошо. 安東覺得身體很好。如果動詞後不加副詞，而是加形容詞第五格，則表達心靈上的感覺，如文章例：В этом мире герой почувствовал себя одиноким. 主角在這個世界上感到孤寂。одинокий是形容詞，為「孤單」的意思。

- вспоминать / вспомнить -「想起、回憶起」，動詞後通常可接名詞第四格或是加前置詞о＋第六格，例如Антон часто вспоминает о своём детстве. 安東常常回憶自己的童年。另外，該動詞後接連接詞что以複合句形式出現，例如Антон не может вспомнить, где он купил пальто. 安東想不起來他在哪裡買的大衣。

- свет -「燈光、世界」，為陽性名詞，例如Антон самый счастливый человек на свете. 安東是世界上最快樂的人。

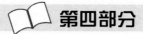

第四部分

ЧАСТЬ IV

Кондитерская фабрика

В 1850 году немецкий бизнесмен Федринанд Теодор фон Эйнем приехал в Москву. Он хотел найти здесь работу и мечтал начать своё дело. Через год, в 1851 году, он организовал на Арбате небольшую мастерскую, в которой начал делать шоколад и конфеты. В 1857 году в Москве он познакомился с другим немецким бизнесменом, Юлиусом Гейсом, и они вместе открыли на Театральной площади в Москве кондитерский магазин, в котором продавали сладости: сахар, конфеты, шоколад, печенье… Очень быстро они заработали много денег и стали богатыми людьми.

В 1867 году они построили на берегу Москвы-речи кондитерскую фабрику, которую назвали «Эйнем». Для своей фабрики бизнесмены купили в Германии хорошие машины и начали делать конфеты, шоколад, печенье, бисквиты и другие сладости. Очень скоро кондитерская фабрика «Эйнем» стала очень известной сначала в Москве, а потом и в России. Люди с удовольствием покупали продукцию этой фабрики, потому что конфеты, шоколад, бисквиты фабрики «Эйнем» были очень вкусные.

Дела на фабрике «Эйнем» шли очень хорошо. Фабрика имела в городе много магазинов и кондитерских, в которых люди с удовольствием пили чай, кофе, шоколад с бисквитами и печеньем. Сладости фабрики «Эйнем» пользовались большим успехом в России и за рубежом. Фабрика «Эйнем» получила много наград и медалей. В 1896 году она получила золотую медаль в России, а в 1900 году - Гран-при на Всемирной выставке в Париже.

Федринанд Теодор фон Эйнем и Юлиус Гейс били не только хорошими бизнесменами, но и хорошими хозяевами. Они заботились о своих рабочих: построили общежитие, больницу, столовую и школу. Рабочие жили в общежитии, обедали в столовой, а дети рабочих могли учиться в школе. Рабочие, которые работали на фабрике «Эйнем» 25 лет, получили пенсию.

После революции 1917 года фабрика «Эйнем» стала государственной и получила новое название «Красный Октябрь», но сохранила лучшие традиции фабрики «Эйнем».

26. Немецкий бизнесмен приехал в Москву, чтобы…

(А) познакомиться со столицей России

(Б) встретиться с другом

(В) начать своё дело

27. В России знают имя Ф.Т. фон Эйнема, потому что он основал в Москве…

(А) больницу для рабочих

(Б) кондитерскую фабрику

(В) школу для детей

28. Кондитерская фабрика «Эйнем» находилась…

(А) на Арбате

(Б) на Театральной площади

(В) на набережной Москвы-реки

29. Фабрика получала много наград…

(А) в России и за границей

(Б) только в России

(В) только за границей

30. После революции 1917 года кондитерская фабрика...

    (А) была частным предприятием

    (Б) стала государственным предприятием

    (В) перестала работать

       我們記得，**要先看題目與答案選項，而不是先急著閱讀文章本身**。在這篇文章中共有5個題目，當我們快速地看過題目與答案選項之後，我們就可以清楚掌握這篇文章的主角以及所探討的主題為何。

第26題：德國商人來到莫斯科，為了是要 _____。

    (А) 了解俄國的首都

    (Б) 與朋友見面

    (В) 開始自己的事業

第27題：在俄國眾人皆知費・奇・馮・愛以涅姆，因為他在莫斯科設立了 _____。

    (А) 工人醫院

    (Б) 糖果點心工廠

    (В) 兒童學校

第28題：「愛以涅姆」糖果點心工廠坐落於 _____。

    (А) 阿爾巴特街

    (Б) 劇院廣場

    (В) 莫斯科河河岸

第29題：工廠 _____ 獲得許多的獎章。

    (А) 在俄國及國外

    (Б) 只在俄國

    (В) 只在國外

第30題：1917年革命之後，糖果點心工廠 _____ 。

    (A) 變成私人企業

    (Б) 變成國營企業

    (В) 停止運作

    看完了所有題目之後，我們清楚了解本篇文章探討的就是俄羅斯知名的「愛以涅姆」糖果點心工廠。這五題中我們看到了許多「關鍵詞」，例如：專有名詞Москву、«Эйнем»；人名Ф.Т. фон Эйнема；地名на Арбате、на Театральной площади、на набережной Москвы-реки；年代1917；詞義強烈的詞много、только等。雖然幾乎所有的關鍵詞並非以第一格的形式呈現，但是並不會影響我們回文章找答案，我們只要依照題目的關鍵詞，之後找到相關的敘述，再確認上、下文的情節，答案自然呼之欲出，毫不困難。另外，本題的主角「糖果點心工廠」的俄文кондитерская фабрика如果看不懂，其實也沒關係，我們只要記清楚文字的形貌，反覆多看幾次，之後回到文章中按圖索驥，所有問題皆能迎刃而解。

    第26題關鍵詞是莫斯科，而與該詞相關的是немецкий бизнесмен「德國商人」。題目問到商人приехал в Москву（來到莫斯科）的目的（чтобы）為何，所以我們就趕緊從文章的開頭找看看有沒有相關的人與動作。我們在文章一開始馬上就看到同樣的詞組немецкий бизнесмен приехал в Москву，完全吻合。緊接著在文章的第二句就看到補充說明：он хотел найти работу и мечтал начать своё дело「想要找工作並渴望開始自己的事業」，所以，我們非常迅速地就找到了答案，而第26題我們應選 (В)。

    第27題的關鍵詞是人名Ф.Т. фон Эйнем。我們在找第26題的答案時就已經在文章的第一段第一行看過這個人名，所以我們要繼續往下看，看看他在莫斯科做了甚麼事情才讓他在俄羅斯家喻戶曉。第三行我們看到了年代1851年，有地點на Арбате，他設立了一間

工作坊（организовал мастерскую）並開始做巧克力與糖果。這番敘述雖然與題目的答案選項不完全相符，但是跟選項 (Б) 也算相近，然而我們並不能完全確定，畢竟мастерская並不等同фабрика（工廠）。接著看到第四行，我們找到年代1857年，有另一位商人叫做Юлиус Гейс，他們認識並合作，在第五行的на Театральной площади 開了間кондитерский магазин，這跟選項 (Б) 又接近了一點，但很可惜，並不完全相同，所以我們還是不能確定這就是答案，只能繼續往下看。到了第二段第一行，我們看到年代1867年，他們這對合作夥伴在地名的關鍵詞на берегу Москвы-реки建造了кондитерскую фабрику，至此，我們才能完全確信，第27題的答案就是選項 (Б)。

第28題的關鍵詞是專有名詞кондитерская фабрика «Эйнем»。我們沿續第27題，可以馬上發現第二段的第二行正是說明這個專有名詞的由來，所以我們回到本段的第一行，就可直接判斷答案是另外一個閱讀文章時的關鍵詞на берегу Москвы-реки，雖然用詞不相同，但是意義一樣：берег（岸邊）＝набережная（河岸），所以第28題選擇選項 (В)。

第29題的關鍵詞為много（許多），後接名詞第二格наград（原第一格單數為награда），如果看不懂這個單詞也沒關係，我們只要找到關鍵詞много即可，再看看有沒有與наград相關的單詞就應該可以找到答案。緊接著第28題的地方繼續。我們了解，成立工廠之後，他們在德國買了機器，開始生產糖果、餅乾等等的甜食。工廠名聲越來越好，因為產品好吃，民眾買得不亦樂乎。整個第二段快快地掃過，就是沒看到關鍵詞много наград（很多獎章），所以並須盡快往下看。第三段的第一行說到工廠事務進行順利，在城市裡開了很多店，這裡有相同的關鍵詞много，但是後接第二格的магазинов и кондитерских卻不是我們要的單詞，直到第四行我們才終於看到相同的關鍵詞много наград，句意是說，工廠獲得很多的наград и медалей，而下一句繼續補充說明，在1896

年在俄國獲得золотую медаль（金牌獎），而在1900年在巴黎獲得Гран-при（大獎賽），至此，我們雖然或許不知道медаль及Гран-при的詞義，但因為句意是延續性的，而且有前面的наград作參考，所以我們可以確定工廠不僅在俄羅斯，同時也在國外獲獎，答案是選項 (A)。順道一提，本題的答案選項 (Б) 與 (В) 中的только（只有）也是詞意強烈的重要關鍵詞，是在閱讀及答題的時候很重要的提示。

第30題的關鍵詞是年代1917。掌握了關鍵詞我們眼光快速地掃過課文，就在最後一段的第一行看到了一模一樣的年代，往左往右看看，更可確認題目與文章中的描述一致，所以答案應選擇選項 (Б)。

茲將全文翻譯，提供學員參考。

【翻譯】

糖果點心工廠

1850年德國商人費爾吉男德・奇歐多爾・馮・愛以涅姆來到了莫斯科。他想在這兒找到工作並且期盼能開始自己的事業。過了一年，在1851年他在阿爾巴特街設置了一間規模不大的工作坊，並在坊裡開始製作巧克力與糖果。1857年他在莫斯科結識了另外一位名為優力吾斯・給伊斯的德國商人，於是他們一起在莫斯科的劇院廣場上設立了一家糖果點心店，他們在店裡賣砂糖、糖果、巧克力、餅乾等等的甜食。他們迅速地賺了許多錢，並成為富人。

1867年他們在莫斯科河岸邊建造了一座名為「愛以涅姆」的糖果點心工廠。為了工廠，他們在德國買好的機器，並開始製造糖果、巧克力、糕餅、餅乾與其他的甜食。「愛以涅姆」糖果點心工廠很快地成名，首先是在莫斯科地區，後來蔓延到全俄羅斯。人們樂於買這個工廠的產品，因為「愛以涅姆」工廠的糖果、巧克力、餅乾非常的美味。

「愛以涅姆」工廠運作非常順利。工廠在城裡擁有很多的糖果點心商店，人們在這裡快樂地喝著茶、咖啡、巧克力並搭配糕點及餅乾。「愛以涅姆」工廠的甜食在俄羅斯及國外都大受歡迎。「愛以涅姆」工廠獲得許多的獎章、獎牌。1896年她在俄國獲得金牌，而1900年在巴黎的世界展中獲得「大賽獎」。

　　費爾吉男德・奇歐多爾・馮・愛以涅姆與優力吾斯・給伊斯不僅僅是好商人，他們更是好雇主。他們照顧自己的員工，他們建造宿舍、醫院、員工餐廳及學校。員工居住在宿舍，在餐廳用餐，而孩子們則可以在學校上學。員工在「愛以涅姆」工廠工作25年就可獲得退休金。

　　1917年的革命之後，「愛以涅姆」工廠變為政府企業，同時換了新的名稱為「紅色十月」，但是工廠將「愛以涅姆」工廠的最佳傳統保存了下來。

- своё дело -「自己的事業」。дело為中性名詞，一般我們知道它的意思為「事情」，但是在這裡的意思不同，要注意，例如 Антон хочет иметь своё дело. 安東想要擁有自己的事業。

- организовать -「組織、建立」，動詞後接受詞第四格，例如 Антон хорошо организует вечеринки. 安東擅長籌辦舞會。

- шоколад -「巧克力」，陽性名詞。請注意單詞的發音：第一個o不在重音本要發[a]，但這裡要發成[ы]；第二個o不在重音才是發為[a]，所以本單詞應發音為[шыкалат]。

- продавать / продать -「賣」，動詞後接受詞第四格，如有人做為受詞則用第三格，例如Антон продаёт цветы в магазине. 安東在店裡賣花。

- сладости -「甜食」，為陰性名詞сладость的複數形式。另外值得背起來的單詞：сладкоежка -「愛吃甜食的人」，重音在е，陽性與陰性同樣形式。

- зарабатывать / заработать -「掙錢」，動詞後加受詞第四格，例如Антон заработал сто рублей за 2 часа. 安東用兩小時賺得100盧布。
- пользоваться большим успехом -「大受歡迎」，通常不用人稱，是非常實用的詞組，一定要背起來，例如Его книга пользуется большим успехом в Америке. 他的書在美國大受歡迎。
- награда -「獎章、獎品」，陰性名詞。
- медаль -「獎牌」，陰性名詞。
- хозяева -「主人」，此為複數形式，單數為хозяин陽性、хозяйка陰性。
- революция -「革命」，陰性名詞。
- сохранять / сохранить -「保存、拯救」，動詞後加受詞第四格，例如Антон сохранил все старые тетради. 安東把所有的舊筆記本保存起來。
- традиция -「傳統」，陰性名詞。

項目四：寫作

考試規則

本測驗共有2題，作答時間為50分鐘。作答時可使用詞典。

　　基礎級的「寫作」對考生來說，不算是一件難以應付的科目，相信只要保持實力，平心靜氣，好好地針對題目的要求，將考試時間作合理的分配，通過考試一定是件輕鬆並且是可以期待的結果。另外需要提醒考生的是，寫作測驗雖然不難，但是任何考試都需要具備一定的語言能力與程度，考生一定要具備基本的詞彙與表達能力，千萬不要因為看不懂題目、不知所措的情形下而喪失了通過考試的機會，畢竟任何再簡單的考試，也都需要具備基本的詞彙，所以為了避免看不懂題目或是提綱，平日背單詞的工作可千萬別輕忽。

【題型介紹與答題技巧】

　　第一題是書信的寫作，所有的寫作內容皆有提綱的提示，所以只要依照提綱書寫就可寫出一篇合乎需求的書信並完成任務。既然是寫信，所以一定要合乎寫信的要求。首先談談對象。我們依照題目規定的對象採用適當的召喚語（問候語），如果對象是朋友，我們則用Здравствуй 或是Привет，切記不要用敬語Здравствуйте，反之亦然。如果對象不是朋友，則需用敬語，千萬不可混淆使用。例如，親愛的爸媽（Дорогие папа и мама!）、親愛的安東（Дорогой Антон!）、親愛的安娜（Дорогая Анна!），或是爸媽你們好（Здравствуйте, папа и мама!）、安東，你好（Здравствуй, Антон!）、安娜，妳好（Здравствуй, Анна!）；您好，伊凡・帕夫

羅維奇（Здравствуйте, Иван Павлович!）、令人尊敬的伊蓮娜・安東諾夫娜（Уважаемая Елена Антоновна!）。至於是用Дорогой ...（Дорогая ...），還是用Здравствуй ...（Привет ...），是用Уважаемый ...（Уважаемая ...），或是 Здравствуйте則並無硬性的規定，但是要注意，在召喚語之後一定要用「驚嘆號」，而非其他標點符號，切記！

　　寫了問候語之後，記得先與收信對象閒聊幾句，之後再切入主題，說明寫信的背景原因。這種書寫方式不僅富邏輯性，更可增加篇幅，一舉兩得。

　　書信本體的基本內容就按照大綱所提供的問題一一回覆即可。大綱是以問題形式展現，所以我們只要回覆所有的問題，即是一篇很好的書信了。當然，有些大綱的問題如果不好發揮，我們也千萬不要浪費時間在思考如何回答，我們就挑容易回答的來寫，甚至有些時候我們也會有一些自己的想法是適合加入本體內容的，自然也可寫出，以豐富本體內容，但是勿用囉嗦及不著邊際的句子，造成反效果。

　　結尾。如果大綱的最後問題並不適合做為書信本體的結尾，那麼我們則必須加上自己的方案，將上下文做連結，使書信本體完整，才不會看似有頭無尾。

　　最後加上署名並加註日期。書信的結尾切記要送上祝福的話，之後署名與加註日期，這樣才是一封完整的信件。

　　第二題必須寫一個簡短的字條。字條的本質就像是書信一般，也是有收件人，所以它是一個書信的縮小版，建議考生依照第一題的書寫方式即可。

　　以下就以本版本之題目示範答題要點。

第一題：寫一封信

В Интернете вы познакомились со студентом из Петербурга. Напишите ему письмо и пригласите к себе в гости на каникулы.

（а）Напишите:

- когда у вас каникулы,
- сколько времни они продолжаются,
- что вы обычно делаете на каникулы,
- что и почему вы хотите показать другу,
- куда и почему вы хотите пойти или поехать с ним,
- где будет жить ваш друг,
- с кем вы хотите его познакомить.

（б）Спросите у него:

- когда он сможет приехать,
- сколько времни продолжаются его каникулы,
- чем он интересуется (какое у него хобби),
- что он хочет посмотерть в вашей стране,
- знает ли он иностранные языки.

В вашем письме должно быть не менее 18-20 предложений.

您在網路上認識了一位來自彼得堡的大學生。請寫一封信給他並邀請他到你家作客、渡假。

（a）請寫出：

- 您的假期是何時，
- 假期有多長，
- 您度假時都做些什麼，
- 您想帶朋友看什麼，為什麼，

- 您想跟朋友去哪裡，為什麼，
- 您的朋友要住哪裡，
- 您想把他介紹給誰認識。

（6）請問朋友：
- 他什麼時候能來訪，
- 他的假期有多長，
- 他對什麼感到興趣（他的嗜好為何），
- 他想在您的國家看什麼，
- 他懂外文嗎。

信不得少於18到20個句子。
以下就以實際例子來示範書信的寫作。

Здравствуй, дорогой Пётр!

Через месяц у нас начинаются летние каникулы. Какие у тебя планы на лето? У меня каникулы будут 2 месяца. Обычно в каникулы я куда-нибудь езжу с родителями или с друзьями, но в это лето я остаюсь дома. Если ты ещё не решил, что делать летом, приезжай ко мне в гости на Тайвань. Я хочу показать тебе мою страну, нашу прекрасную природу. Мы сможем поехать на море в Кендин. Это маленький городок на юге Тайваня, там лучшие пляжи. Ты говорил мне, что любишь пляжный отдых, там можно купаться и загорать. Если ты приедешь ко мне, ты будешь жить у нас дома. Я тебя познакомлю с моими родителями и братом.

Напиши мне, пожалуйста, когда и на какое время ты сможешь приехать, сколько времени у тебя каникулы. Что бы ты ещё хотел посмотреть на Тайване кроме моря. Ты любишь горы? В горах летом не так жарко, как на море.

В Тайбэе есть интересный музей китайского искусства, если тебе это интересно, мы обязательно сходим туда. Чем ты интересуешься, у тебя есть хобби? Моё увлечение - иностранные языки. Какие языки ты знаешь? Мы можем с тобой говорить по-русски, по-английски или по-китайски.

Жду тебя в гости. Пиши!

Обнимаю,

Саша

15/8/2015

此篇的對象為朋友，所以切記不得用敬語，而要以ты稱呼對方，我們可以用Здравствуй, дорогой Пётр!，既簡單、又完整，希望大家一定要會用。接著是進入主文的部分。第一個提綱是要說說假期何時開始，我們用很簡單的句型через＋一段時間的第四格，再來用у＋кого＋начинаются的句型來完整說明假期的開始時間；當然考生也可以用一個準確的日期說明假期的開始時間，例如Наши каникулы начинаются с 25 июня. 接下來閒聊一句，問問朋友的暑假計畫，如果考生還不會表達，不妨藉此機會好好熟記該句，提升程度：Какие у тебя планы на лето? 請注意，一定要用前置詞на，之後加名詞第四格。接下來依照提綱回答，用最基本的句型即可，說明自己常在假期做些什麼。在回答下一個提綱之前，我們用一個一般假設句來做為上下提綱的連結，使提綱之間更具邏輯性、文章更完整，當然也增加了篇幅：Если ты ещё не решил, что делать летом, приезжай ко мне в гости на Тайвань. 「如果你還沒決定暑假要做甚麼，那就來台灣找我做客吧」。

信中第二大段的主角是朋友，我們依照題目的提綱來發揮，但是如果有自己的想法時，當然也可以穿插一些連貫或是點綴的句子。請注意範本第二段的第一句中的詞組用法：на какое время ты сможешь приехать 「你可以來多久」，切記要用前置詞на＋名詞第四格。第三段的主角還是朋友，繼續提問。注意到сходить的用法，它的意思是「去一趟」，是個完成體動詞，後加前置詞＋名詞第四格或是表移動的地方副詞。接著完全利用提綱：Чем ты интересуешься, у тебя есть хобби? 而最後在結束問朋友懂哪些外語之前說說自己的嗜好，作為連結，使得結尾較為通順、自然。

信的結束或許可以用一個慣用俄式的целую「親吻」或是обнимаю「擁抱」，或許也不用，可以自行決定，之後加上署名做結束。切記，целую或是обнимаю一定是一個段落的開始，所以要換行，且該單詞之後要用逗點，而非句點，這是習慣。

下面再提供1篇範例供考生參考。

Дорогой Иван, здравствуй!

Через два месяца у меня начнутся летние каникулы. Этим летом студенты нашего университета отдыхают 2 месяца. У тебя, кажется, каникулы начнутся немного раньше? Что ты будешь делать на каникулах? Планы есть?

Если ты ещё ничего не решил, я хотела бы пригласить тебя ко мне в гости. Ты сможешь приехать? Помнишь, ты спрашивал меня про Озеро Солнца и Луны? Мы сможем поехать и посмотреть это красивое место. Недалеко от озера есть интересный парк - абористенская деревня, туда мы тоже сможем заехать по пути. Ты знаешь, Тайвань - замечательное место - есть горы, море, прекрасная природа, хорошие люди. Если ты приедешь ко мне, ты будешь жить у нас дома. Я тебя познакомлю с моими родителями и братом.

Ты мне говорил, что увлекаешься йогой, я тоже недавно начала заниматься, так что сможем вместе ходить в спортивный зал или заниматься в горах, на море и дома.

Напиши мне, когда ты сможешь приехать. Я встречу тебя в аэропорту. Жить ты будешь у меня, мои родители мечтают с тобой познакомиться.

Жду ответа. Пиши!

Обнимаю,

Саша

15/8/2015

第二題：寫一個便條

Вы не были на занятиях. Напишите записку своему преподавателю и объясните, почему вас не было.

В вашей записке должно быть не менее 5 предложений.

您沒去上課。請寫一個便條給老師，並解釋缺課原因。

便條不得少於5個句子。
以下就以實際例子來示範書信的寫作。

Дорогая Елена Ивановна, добрый день!

На прошлой неделе я не посещала занятия. Простите меня, пожалуйста. Ко мне в гости приезжал мой близкий друг. Мы с ним не виделись уже полгода. Он работает и обычно очень занят. На прошлой неделе он прилетел в Тайбэй в командировку, а всё его свободное время мы проводили вместе. Вчера утром он улетел домой. Я сделала все домашние задания. Прошу прощения за пропуски занятий.

Всего доброго!

Саша

15/8/2015

我們要了解，便條的書寫方式與信件類似，雖然有些差異，但大致相同，也是要有開頭、主體與結尾。

開頭。寫便條的對象是老師，所以自然要用Вы來稱呼對方，所有的稱謂語、動詞變化皆要用敬語，不可犯錯。我們這裡用 Дорогая Елена Ивановна, добрый день! 有稱謂、問候，簡單、明瞭，請考生務必各記一組俄國男人及女人人名。順道一提，請俄文系的考生在學校就養成稱呼俄籍老師名字 + 父名的習慣，對於寫作、口說能力及日後留學的應對進退皆很有幫助。

主體部分。寫便條的原因當然就是跟老師說缺課的原因以及請求老師的原諒。開頭的時間與動詞如果考生還未能掌握，則請利用機會學會。請記住，星期неделя的前置詞要用на，所以на прошлой неделе為「上星期」之意；動詞 посещала的原形動詞為посещать（完成體動詞為посетить），後接受詞第四格。再來就要解釋缺課原因，這裡的示範是因朋友難得來訪，所以不得已才缺課，請求老師原諒。其中一些單詞另做解釋，供考生參考：приезжал - 因為朋友已經離開台灣了，所以我們用不定向移動動詞；прилетел - 為定向移動動詞，那是因為前面有明確的時間（на прошлой неделе）說明；командировка - 出差；проводили свободное время - 渡過空閒時間；прошу прощения與 извините 「請原諒」後接前置詞за＋名詞第四格，請注意，只能用за；пропуски為複數形式，單數為пропуск，其動詞形式為пропускать，為「錯過、略過」之意。

結尾。結束的時候送上問候、署名與日期即可。

下面再提供1篇範例供考生參考。

Дорогой Иван Иванович, здравствуйте!

Позавчера я неожиданно уехала на экскурсию в Озеро Солнца и Луны. Моя подруга меня очень пригласила, и я согласилась поехать. Экскурсия была замечательная. Мы провели там 2 дня, поэтому вчера я не смогла прийти на занятия. Простите, меня, пожалуйста. В следующий раз, я постараюсь предупредить заранее, если не смогу прийти на занятия. К экзаменам я почти готова.

Всего доброго!

Саша
15/8/2015

📝 項目五：口說

A 版

考試規則

本測驗共有3大題。作答時間為25分鐘。準備第三大題時可使用詞典。

⬤ 第一大題

第一大題共有5小題，答題時間至多5分鐘。答題是以對話形式進行，並無準備時間，口試官問問題，您就問題作答。請注意，您的回答應為完整回答，類似 да, нет, не знаю的選項皆屬不完整回答，不予計分。

1 Скажите, пожалуйста, как доехать до вашего дома?
2 Скажите, где вы проведёте лето?
3 В какое время года вы любите отдыхать? Объясните почему.
4 Вы опоздали на экзамен. Что случилось?
5 Вы любите домашних животных? У вас есть кошка, собака, птицы, рыбки?

1 請問要到你們家怎麼走？
2 請問您暑假怎麼過？
3 您喜歡在哪個季節渡假？請說明原因。
4 您考試遲到了，發生了甚麼事？
5 您喜歡寵物嗎？您有養貓、狗、小鳥、魚嗎？

第一大題答題技巧：

在這一大題中共有5個小題，每個題目都是以問句型態表示，要能答對每個題目並取得高分（滿分），絕對不是一件困難的事情，我們只要能堅守下列的答題技巧，一定能滿分過關。

（1）一定要非常仔細地聽口試老師的問題。聽懂問題是答題的第一步，唯有聽懂問題，才有可能正確地回答。我們發現，考生常常因為緊張，明明是很簡單的問題，但是因為緊張而聽不懂，答非所問，無法在簡單的題目中得分，甚為可惜。例如本大題的第三題время года是「季節」的意思，看似再簡單不過的詞組，如果是俄文系的學生，這詞組在大學一年級就學過了，但是，因為考試的時候過於緊張，考生聽到время года就開始很興奮，覺得聽懂了、沒問題，就開心地亂答，有可能的錯誤回答是：2015 год，Сейчас 15 июля 2015 года，Сейчас 10 часов 20 минут. 結果就是考生把время года拆開回答，沒有思考或意會出這是個詞組，是季節的意思，而分別答說今年的年份、完整的年月日，或是現在幾點，另人不解。所以，一定要仔細了解問題，給自己5秒鐘思考、沉澱一下，然後從容地做答。如果聽完問題之後有疑慮，千萬不要害怕請老師再重複一次問題。

（2）是Вы，還是ты？跟第一點一樣，重點還是在仔細聽問題。經驗告訴我們，很多考生在緊張的情況之下，把該用的人稱混淆，造成回答的錯誤，明明老師請你以路人角度回答，我們就應該使用敬語Вы，如果交談的角色是朋友（口試老師擔任的角色是你的朋友），那就應該用ты。最多的情況是考生誤用ты為Вы，相反的情形較少，例如，口試老師問：Марина, почему ты не была на занятиях вчера? 考生聽到自己的角色是Марина，而且是口試老師（對談者）的朋友（因為用人稱代名詞ты），所以如果需要稱呼對方的話，也該用ты，而不能

用Вы。一般來說，考生認為考試是與口試老師對談，而產生「先入為主」的觀念，所以較容易將Вы代替ты。

（3）動詞的時態及形式。一般來說，第一大題的題目中，動詞的時態算是簡單的，不會有故意要混淆考生的情形，但是考生要活用動詞的其他形式，例如命令式的使用。這一大題中常常會有問路或是如何到達某處之類的題型，回答的時候除了可用一般動詞形式，例如Вам можно идти прямо...，也可以用命令式Идите прямо...。所以，掌握命令式的用法對於在這大題的回答是非常有幫助的。

（4）回答力求簡單明瞭。聽懂老師的題目之後，思考並沉澱5秒鐘之後作答。選項力求簡單，動詞變位、名詞變格務求正確，切忌長篇大論、囉哩囉嗦，只要回答到問題的重點即可，這樣就可以得滿分。

（5）除非是對答案非常有把握，所以除了簡單的回答之外，可以再做一些延伸。依照考試評分規則，如果考生的選項用詞豐富、句型多變，評分老師可酌予加分，但是切記，一定是要在非常有把握的狀況之下進行，以免弄巧成拙，多說多錯。

以下就來看看實際的簡單回答吧。

1 Скажите, пожалуйста, как доехать до вашего дома?

  - До моего дома можно доехать на автобусе, там остановка автобуса.

2 Скажите, где вы проведёте лето?

  - Я поеду в гости к моей бабушке на юг.

3 В какое время года вы любите отдыхать? Объясните почему.

  - Я люблю отдыхать летом, потому что я люблю купаться в море, загорать.

4 Вы опоздали на экзамен. Что случилось?

  - Извините, пожалуйста, за опоздание. Я попал в пробку.

5 Вы любите домашних животных? У вас есть кошка, собака, птицы, рыбки?

   - Я люблю собак. У меня раньше была собака.

以下再提供簡單回答範例，請參考。

1 Можно доехать на метро, станция метро справа.

2 Я собираюсь с моими друзьями поехать за границу.

3 Я люблю отдыхать зимой. Я не люблю, когда очень жарко.

4 Извините, автобус, на котором я ехал, сломался.

5 Я люблю кошек. У меня дома есть две кошки.

🔘 第二大題

　　第二大題也是共有5小題，答題時間至多5分鐘。答題是以對話形式進行，並無準備時間。第一大題與第二大題不同之處在於第一大題是老師問問題，考生回答，而第二大題則是由口試老師說出對話的背景（場景），由考生首先發言、首先展開對話（口試老師不需就你的發言做任何回答）。

6 У вас есть билет на поезд. Поменяйте его на авиабилет（на билет на самолёт）. Объясните, почему вы хотите это сделать.

7 Пригласите своих друзей на день рождения. Сообщите, где и когда он будет.

8 Вы не были на занятиях по русскому языку. Узнайте, что было на занятиях.

9 Вы посмотрели фильм. Расскажите, что вам понравилось, а что не понравилось.

10 У вашего друга день рождения. Поздравьте его.

6 您有一張火車票。請將它換成機票，並解釋您為什要換票。

7 請邀請朋友來參加自己的生日聚會，並告知聚會的時間與地點。

8 您俄語課缺席了，請詢問一下課堂做了些什麼。

9 您看了一部電影，請說說您喜歡與不喜歡的部分。

10 您的朋友過生日，請祝賀他。

第二大題答題技巧：

　　本大題要比第一大題的題目較為複雜，因為第一大題的題目為問答方式，考生只需要依據提示（問題）回答即可，而本大題的題目為實際對話之背景，雖然題目中也是有提示考生的地方，可依據提示作答，然而創作性較高，所以相對來說，較為困難。因此，掌握答題技巧更顯得重要。

（1）確實聽懂問題。唯有聽懂問題，才能正確回答。如果真的沒有百分之百的把握，就請口試老師再說一次題目，不要因為聽不懂題目，又不好意思請老師重複問題，而造成回答紊亂或是完全文不對題的狀況。

（2）聽懂題目之後，盡量迎合題目內容發揮答案。例如第6題需要把火車票換成機票，我們就可以利用題目中的句型，只要把人稱換成「我」即可：*Мне надо поменять свой билет на поезд на авиабилет.* 這兩句已經是答案的80%了，只需要再加上問候語及理由即可。又如第7題，邀請朋友參加生日派對，所以我們就利用原來句型，把人換成「你們」（題目為複數своих друзей）即可：*Я хочу пригласить вас на день рождения*，之後題目要我們說明生日派對的地點與時間，所以我們就說一個簡單的時間及地點即可，但是不要忘了最初的打招呼或是問候語。

（3）是Вы，還是ты？考生在緊張的心理狀態下，明明聽到的是ваш друг「您的朋友」，卻還是稱朋友為「Вы」，造成對話

禮儀的錯誤，必須扣分。所以，一定要聽清楚題目中的背景需要我們對談的對象是誰，是Вы，還是ты，務必要清楚掌握。

（4）問候語的重點。在俄語的對談中，問候語是個必要的元素，這是我們說中文的人所欠缺的文化，建議大家一定要慢慢地養成說問候語的習慣。問候語與對談對象有密不可分的關係，如果對方是Вы，那麼我們不妨以Добрый день!、Здравствуйте!、Простите, пожалуйста,...、Извините, пожалуйста,...、或是Скажите, пожалуйста,...、Вы не скажите... 做為問候語（召喚語）；如果對方是ты，選項也是很多，例如Привет, Инна!、Здравствуй, Антон!、Слушай Марина!、Иван, ты（не）знаешь...、Антон, скажи, пожалуйста,... 等等做為開頭的問候語（召喚語）。

（5）建議考生多用動詞命令式。在實際的俄語對話中，命令式出現的頻率非常高，尤其是對陌生人用的Скажите, пожалуйста,...、Простите, пожалуйста,...、Извините, пожалуйста,...等等；另外對於稱呼對方為ты的熟人，多多利用命令式，如Слушай!、Посмотри!、Скажи!、Приходи!等等的好用單詞。

（6）如果還不會祝人家「生日快樂」及說祝福話，現在正是學會的大好機會。請注意，「祝賀」поздравлять / поздравить後接人＋第四格，祝賀的事物則為＋前置詞с＋名詞第五格；而「祝福」則是加人＋第三格，祝福的事物為第二格，非常重要。

（7）盡量避免不必要的回答。只需依據提示做答，避免長篇大論，多說多錯！

以下就來看看實際的簡單回答吧。

6 Извините, я хочу поменять мой билет на поезд на билет на самолёт. Мне нужно быть в Москве как можно быстрее.

7 Приглашаю вас всех ко мне на день рождения. Приходите ко мне домой завтра вечером в 7 часов.

8 Скажите, пожалуйста, что вы делали вчера на занятиях по русскому языку? Какое домашнее задание нам задали?

9 Вчера я посмотрела фильм о любви. Замечательный фильм! Мне понравилось, как играли молодые актёры, но мне не понравилось то, что фильм был очень длинный.

10 Дорогой Пётр! Поздравляю тебя с днём рождения! Желаю тебе крепкого здоровья и успехов в жизни!

以下再依各題提供答案，請參考。

6 Я хотел бы поменять мой билет на поезд на авиабилет. Мой друг решил лететь на самолете, и он уже купил билет. Мы хотим лететь вместе.

7 В субботу мой день рождения и я приглашаю вас всех. Я хочу отметить день рождения в кафе "Яблоко" у станции метро "Университет". Пожалуйста, приходите в кафе в субботу вечером в 6 часов.

8 Вчера я ходил в посольство, поэтому не был на уроке. Что вы вчера делали на занятиях, что задали?

9 Вчера я посмотрела новый фильм о любви. Мне понравилась игра актрисы. Но фильм идёт слишком медленно.

10 Дорогая Лена! От всей души поздравляю тебя с днём рождения и желаю тебе счастья, любви и успешно закончить учебу.

● 第三大題

　　第三大題是唯一在考試當中有準備時間的一題。準備時間為10分鐘、答題時間為5分鐘，準備時可以使用詞典。

　　第三大題題型非常接近「寫作」的第一個題目，內容較為生活化，但是是要以口語形式闡述12到15個句子，所以難度較「寫作」高，但是如果我們能夠依照答題技巧，相信必能從容通過考試。

　　第3題要求我們依照題目準備一篇敘述，我們可以將敘述內容寫在試場供應的草稿紙上，但是要記住，在真正考試的時候，考生雖然可以帶著草稿紙應考，但不宜在回答的全程盯著草稿唸，基本上，這樣是不被允許的，口試老師也或許會不贊同這種做法。所以我們建議，考生要盡全力將草稿完成，如果可能，在有限的時間內最好是寫出完整的敘述，以免忘記當時草稿的內容，而在回答的時候，先大膽地按草稿唸著剛寫的內容，但是一定要記得，眼睛一定要偶而看看口試老師，讓老師感覺你不是在完全按照草稿唸，如果老師制止，那麼就暫時不要再看著草稿回答，等到經過一小段時間之後，再看草稿回答。

第三大題答題技巧：

（1）快速看懂題目。

（2）快速掃描題目的大綱（回答要求之內容）。

（3）依照大綱快速書寫回答。也就是說，多多利用大綱內的單
　　　詞、詞組與句型來造句，減輕自己創作的負擔。

（4）如果可以，答案盡量用完整句子呈現，以利考試時回答，若
　　　是因時間限制而無法快速書寫，也一定要用自己可以理解的
　　　方式做替代答案的筆記，避免考試時忘記自己的答案。

（5）如果篇幅夠，不一定要按照題目所給的大綱（問題）一一作
　　　答，力求文章通順、上下文連貫即可。

以下就以本版本之題目示範答題要點。

Подготовьте сообщение на тему «Моя семья».

- Какая у вас семья? Сколько человек в семье?
- Вы женаты（замужем）?
- Кто ваши родители? Сколько им лет? Чем они занимаются?
- Кто ваши сёстры и братья? Какие у них характеры? На кого они похожи?
- Где живёт ваша семья?
- Какой у вас дом（квартира）?
- Кто делает работу по дому: убирает в комнатах, ходит в магазин, покупает продукты?
- Как ваша семья проводит свободное время, праздники?
- Какие традиции есть в вашей семье?
- Кто из членов семьи играет большую роль в вашей жизни? У кого вы чаще всего просите совета и помощи?

請準備一篇題為「我的家庭」的報告。

- 您的家庭為何？家裡幾個人？
- 您結婚了嗎？
- 您的父母親工作為何？他們幾歲？他們從事什麼樣的活動？
- 您的兄弟姊妹是誰？他們的個性為何？他們長得像誰？
- 您的家在哪？
- 你們有什麼樣的房子（公寓）？
- 家中是誰做家事：打掃房間、購物、採買食物？
- 您的家人如何打發空閒時間、如何過節？
- 您的家中有甚麼傳統？
- 家人中的哪一位在您的生命中扮演較大的角色？您比較常向誰請求建議與協助？

У меня не очень большая семья - мама, папа, старшие брат и сестра. Я не замужем. Мои родители инженеры, сейчас они уже на пенсии. Брат работает в университете. Он преподаватели. Сестра работает в больнице. Она врач. Они оба похожи на маму. И только я похожа на папу.

У нас очень дружная семья, мы всегда помогаем друг другу и заботимся друг о друге. Иногда мы все вместе, если все свободны, ездим за границу. Путешествия - это самое любимое наше увлечение. Мои родители живут в Гаосюне, а брат и сестра живут в Тайбэе. Самый любимый праздник у нашей семьи - Китайский новый год. Накануне нового года мы все собираемся у родителей дома, ужинаем. На следующее утро мы все вместе идём в храм.

Мои родители самые главные и любимые для меня люди, если мне нужны помощь или совет, я иду к ним, и они всегда мне помогают.

以下再提供1篇答案，請參考。

Моя семья - это моя мама и мой младший брат. Я работаю в торговой компании, занимаюсь продажей ноутбуков. Ещё не женат.

Мои родители развелись несколько лет назад. Мы с братом захотели остаться с мамой. Наш отец сейчас живёт и работает в Китае. Моя мама работает медсестрой. Младший брат ещё школьник. Он хорошо учится и собирается поступать в университет, собирается стать программистом. Всё свободное время он сидит за компьютером и учится писать программы. А я в свободное время люблю заниматься спортом, люблю плавать и бегать.

Так как наша мама работает, мы с братом помогаем ей делать домашнюю работу, иногда я готовлю для мамы и для брата, покупаю продукты, а брат убирает квартиру. Мама занимается йогой и иногда бегает в парке вместе со мной.

Мама наш с братом лучший друг, с ней всегда весело, с ней можно обо всём поговорить, она лучшая и самая красивая мама в мире.

B 版

● 第一大題

1 Вы умеете водить машину? Где вы учились?

2 Какие книги русских писателей вы читали на родном языке?

3 У вас есть мечта? Какая?

4 Как называется центральная улица вашего города? Почему?

5 С какой целью вы изучаете русский язык?

1 您會開車嗎？您在哪裡學的？

2 哪一些俄國作家的書您用母語讀過？

3 您有夢想嗎？什麼樣的夢想？

4 你們城市的主要街道名稱為何？為什麼如此稱呼？

5 您學俄語的目的為何？

以下為回答的示範。

1 Вы умеете водить машину? Где вы учились?

- Да, умею. Мой отец научил меня.

2 Какие книги русских писателей вы читали на родном языке?

- Я читал рассказы Чехова на китайском языке.

3 У вас есть мечта? Какая?

- Да, у меня есть мечта. Я хотел бы встретить хорошую девушку и жениться на ней.

4 Как называется центральная улица вашего города? Почему?

- Центральная улица нашего города называется Джуньшань в честь нашего президента.

5 С какой целью вы изучаете русский язык?

- Я изучаю русский язык, потому что я хочу учиться в России.

以下再提供簡單回答範例，請參考。

1 Нет, не умею. Я собираюсь пойти учиться в автошколу.

2 Я ещё не читал книг русских писателей на китайском языке, но я хочу почитать стихи Пушкина на китайском языке.

3 Да! Моя мечта - поскорее закончить университет и найти интересную работу.

4 В нашем городе центральная улица называется Джонг Ян. Я не знаю, почему она так называется, может быть, в честь какого-то известного человека.

5 Русский язык мне нужен для работы. В нашем офисе есть русские инженеры.

● 第二大題

6 Вы пришли в библиотеку. Скажите, что вы хотите, Узнайте, как работает библиотека, на какое время дают книги, на каких языках есть книги.

7 Вы познакомились с молодым человеком (с девушкой) в Интернете. Что вы спросите у него (у неё) ?

8 Вы должны встречать друга в аэропорту, но забыли, в какое время прилетает его самолёт. Позвоните в аэропорт и узнайте.

9 Вы решили пойти в бассейн. Позвоните другу и пригласите его. Договоритесь с ним о встрече.

10 У вашего друга проблемы с любимой девушкой. Посоветуйте, что ему делать.

6 您來到圖書館。請說明您的來意，並詢問圖書館借書的期限為何、有幾種外語書籍。

7 您在網路認識了一位年輕人（女生），您想問他（她）甚麼問題？

8 您應該在機場接朋友，但是您忘了他的班機抵達時間，請打電話去機場問問。

9 您決定去游泳，請打電話給朋友邀請他去，並請跟他講好碰面的事宜。

10 您的朋友跟她心愛的女友之間有些問題，請建議他做些甚麼。

以下為回答範例。

6 Здравствуйте, скажите, пожалуйста, у вас есть учебник грамматики русского языка? Как работает библиотека, до которого часа? На какое время вы даёте книги? У вас есть книги на китайском языке?

7 Здравствуйте, Антон! Скажите, пожалуйста, вы работаете или учитесь? Чем увлекаетесь? Каким видом спорта занимаетесь?

8 Алло, добрый день! Скажите, пожалуйста, когда прилетает рейс 555 из Москвы?

9 Алло, Иван. Привет! Ты не хочешь завтра пойти в бассейн? Мы можем встретиться с тобой в 3 часа на станции метро «Университет».

10 Антон, ты поссорился со своей девушкой? Думаю, если ты её любишь, вам надо поговорить и помириться.

以下再依各題提供參考答案，請參考。

6 Извините, скажите, пожалуйста, как работает библиотека? На каких языках есть книги в вашей библиотеке? Мне нужен учебник истории России. У вас есть этот учебник? На какое время вы даёте книги?

7 Здравствуйте, Антон! У вас есть хобби? Какое? Какие фильмы вам нравятся? Какой иностранный язык вы бы хотели изучать?

8 Алло, здравствуйте! Скажите, пожалуйста, в какой день и в котором часу прилетает самолет из Киева, рейс 656?

9 Алло, Иван. Привет! Я хочу пригласить тебя завтра в бассейн. Ты не занят завтра? Давай встретимся завтра у бассейна в 5 часов.

10 Почему вы поссорились? Что случилось? Поговорите обо всём. Вы же любите друг друга. Вам нужно помириться.

● 第三大題

Подготовьте сообщение на тему «Изучение иностранных языков».

- Какой ваш родной язык?
- Какие иностранные языки вы знаете? Где и когда вы их изучали?
- Когда и с какой целью вы начали изучать русский язык?
- Трудно ли его изучать и почему?
- Как вы изучаете русский язык? Что вы делаете, чтобы лучше знать этот язык?
- Можете ли вы посоветовать, как лучше заниматься языком?
- Где и с кем вы говорите по-русски?
- Как вы думаете, нужен ли вам русский язык в вашей будущей профессии?
- Где вы можете использовать знание иностранного языка?
- Как вы думаете, зачем люди изучают иностранные языки?

請準備一篇題為「學習外語」的報告。

- 您的母語為何？
- 您懂哪些外語？您在哪裡、何時學習這些外語的？
- 您何時開始學俄語的、目的為何？
- 俄語難學嗎？為什麼？
- 您俄語怎麼學？您怎麼做來更加理解俄語？
- 您可以建議一下怎麼學外語最好？
- 您在哪、跟誰說俄語？
- 您認為您未來的職業需要俄語嗎？
- 您可以在哪裡運用外語的知識？
- 您認為人們為什麼要學習外語？

Мой родной язык - китайский. Когда мне было 7 лет, я начала изучать английский язык. В университете на первом курсе я стала изучать русский и японский языки. В будущем, я надеюсь, русский будет мне нужен в работе, так как я хотела бы работать в торговой фирме, которая работает с российскими партнёрами.

Изучать русский язык очень сложно - в русском языке очень сложная грамматика. А самое главное - не хватает языковой практики. На Тайване не очень много русских и практиковать язык просто не с кем. Конечно, можно говорить с преподавателями, но, если бы у меня появилась русская подруга, я бы лучше знала язык.

Я думаю, в изучении любого иностранного языка очень важно учить грамматику, стараться больше читать и, конечно, нужно не бояться говорить. Знание иностранных языков может пригодиться любому человеку в путешествиях, в общении с иностранцами.

Люди изучают иностранные языки по разным причинам, для кого-то это хобби, кто-то сначала начинает интересоваться культурой какой-то страны, потом уже изучает язык. Кто-то сначала едет куда-то, потом думает, что язык этой страны очень интересный. Я считаю, современный человек должен знать хотя бы один иностранный язык.

以下再提供1篇答案，請參考。

Я начал изучать русский язык три года назад на первом курсе университета. Сначала мне казалось, что выучить русский язык совершенно невозможно. Мой родной китайский язык, как говорят иностранцы, очень сложный, но русский - это что-то невероятное.

После первого курса летом я поехал в Россию на соревнования по плаванию и там у меня появился русский друг. Сначала мы с ним говорили по-английски, но постепенно перешли на русский. Я удивился - я говорю по-русски и это совсем не сложно. Я, конечно, еще не очень свободно владею русским, но я могу говорить и мне это очень нравится.

Главное в изучении иностранного языка - стараться больше говорить и не бояться ошибаться. После окончания университета я хочу учиться в магистратуре в Москве, я хочу изучать экономику, поэтому мне нужно хорошо знать язык.

Наверное, не всем людям нужно изучать иностранные языки. Если человеку не нужен язык для работы или он может оплачивать услуги переводчика, то можно и не учить иностранный язык. Но если человек говорит хотя бы по-английски, он будет чувствовать себя свободнее в любой стране.

第二題本

項目一：詞彙、文法

考試規則

本測驗有四個部分，共100題，作答時間為50分鐘。作答時禁止使用詞典。拿到試題卷及答案卷後，請將姓名填寫在答案卷上。

將正確的答案圈選於答案卷上。如果您認為答案是Б，那就在答案卷中相對題號的Б畫一個圓圈即可；如果您想更改答案，只需將答案畫一個圓圈就好，並將原來您認為是錯的選項打一個X即可。請勿在試題紙上作任何記號！

第一部分

第1-29題：請選一個正確的答案

Преподаватель … (1) нам, что экзамен будет в среду и … (2) серьёзно готовиться к нему, потому что экзамен очень трудный.

選項：(А) разговаривал (Б) посоветовал (В) рассказал (Г) сказал

分析：選項 (А) разговаривал的原形動詞為разговаривать，意思是「聊天」，動詞後面如果接人的話，需要加上前置詞с＋第五格，例如Антон разговаривает с Анной по телефону. 安東跟安娜在電話上聊天。選項 (Б) посоветовал的原形動詞為посоветовать，是「建議」的意思，為完成體動詞，未完成體動詞形式為советовать，通常後接人第三格 ＋ 原形動詞，是「建議某人做某事」之意，例如 Отец посоветовал Антону учиться за границей. 父親建議安東出國念書。選項

(В) рассказал的原形動詞為рассказать，意思是「敘述」，為完成體動詞，未完成體動詞形式為рассказывать，通常後接人第三格＋第四格或是前置詞о＋第六格（較為常用），例如Антон рассказывает о своей жизни в России. 安東正敘述著自己在俄國的生活。選項 (Г) сказал的原形動詞為сказать，未完成體動詞形式為говорить，意思為「說、告訴」，用法非常簡單，通常後面加人用第三格，例如 Антон сказал нам, что он хочет поехать учиться в Россию. 安東告訴我們說他想去俄國念書。值得一題的是，這裡的в Россию為第四格，它作為動詞поехать的補充，而非учиться的狀態，因為учиться後面為靜態的第六格，所以這裡是поехать в Россию，而非учиться в России，請特別注意。

★ Преподаватель *сказал* нам, что экзамен будет в среду и *посоветовал* серьёзно готовиться к нему, потому что экзамен очень трудный.

老師告訴我們考試將在星期三舉行，並建議我們用功準備，因為考試很難。

> Когда мой ... (3) брат уезжал в другой город, он отдал мне ... (4) компьютер.
>
> 選項：(А) старик (Б) старше (В) старший (Г) старый

分析：選項 (А) старик為陽性名詞，詞意為「老人」，例如Антон будет стариком через 60 лет. 60年之後安東會成為一位老人。選項 (Б) старше為形容詞старый的比較級，為「較老的」的意思，例如Антон старше своего брата на 2 года. 安東比弟弟大兩歲。請注意，形容詞比較級後接第二格，如為年紀的比較，則需加前置詞на＋第四格。選項 (В) старший為

形容詞，是「較年長的」的意思，所以старший брат是「哥哥」，старшая сестра是「姊姊」，相反詞為младший「較年幼的」，所以младший брат是「弟弟」，младшая сестра是「妹妹」，例如У Антона нет старшего брата. 安東沒有哥哥。選項 (Г) старый是形容詞，意思是「老的、舊的」，例如Антон любит старые вещи. 安東喜歡舊的東西；Антон и Анна старые друзья. 安東跟安娜是老朋友。

★ Когда мой *старший* брат уезжал в другой город, он отдал мне *старый* компьютер.

當我的哥哥要離開去另外一個城市的時候，他把舊的電腦給了我。

Сегодня ... (5) . Но вчера было ещё ... (6) .
選項：(А) холодно (Б) холодный (В) холоднее (Г) холод

分析：選項 (А) холодно是副詞，為「寒冷」之意，例如Завтра будет холодно. 明天天氣冷。選項 (Б) холодный為形容詞，是「寒冷的」，例如Антон не любит холодную погоду. 安東不喜歡冷的天氣。選項 (В) холоднее為形容詞холодный的比較級，例如В Москве холодно, а в Тайбэе холоднее. 莫斯科天氣冷，而台北更冷。選項 (Г) холод是名詞，為「寒冷」之意，例如Антон любит холод. 安東喜歡冷天。

★Сегодня *холодно*. Но вчера было ещё *холоднее*.
今天天氣冷，而昨天還要更冷。

Недавно я ... (7) письмо от друга. Он ... (8)его неделю назад, но у меня не было Интернета, поэтому я не мог посмотреть почту.
選項：(А) взял (Б) прислал (В) получил (Г) дал

分析：選項 (A) взял的原形動詞為взять，意思是「取、拿」，要特別注意的是，它的未完成體動詞是брать，是一對完全《長得不一樣》的未完成體動詞／完成體動詞。動詞後接名詞第四格，例如Антон взял учебник в библиотеке. 安東在圖書館借了一本課本。選項 (Б) прислал的原形動詞為прислать，為完成體動詞，意思是「寄至」，未完成體動詞為присылать，用法為後面加人第三格，或加物用第四格，例如Антон прислал Анне новый журнал. 安東寄了一本新的雜誌給安娜。選項 (В) получил的原形動詞為получить，是完成體動詞，意思是「獲得、收到、得到」，未完成體動詞為получать，用法為動詞後加名詞第四格，例如Антон получил диплом в прошлом году. 安東在去年取得畢業證書。選項 (Г) дал的原形動詞為дать，為完成體動詞，未完成體動詞為давать，意思是「給予」，動詞後面加人用第三格，加物用第四格，例如Антон дал Анне тетрадь. 安東把筆記本給了安娜。

★ Недавно я *получил* письмо от друга. Он *прислал* его неделю назад, но у меня не было Интернета, поэтому я не мог посмотреть почту.
不久前我收到朋友的一封信，他一個星期前就把信寄來了，但是當時我沒有網路，所以無法看信箱。

Я ... (9) играть в шахматы, но сейчас не ... (10) играть, потому что у меня болит голова.
選項：(А) могу (Б) знаю (В) умею (Г) интересуюсь

分析：選項 (А) могу的原形動詞為мочь，是未完成體動詞，表「可以」之意，這種的「可以」指的是內在或外在條件（現實

狀況）允許下所可以做的事情，例如Антон может ходить в кино раз в неделю. 安東可以一個禮拜去看一次電影。這個意思是說，安東有意願，加上有錢、有時間。有意願、有錢、有時間就是內在或外在允許的條件，所以他可以一個禮拜去看一次電影；又如Антон не может пойти в кино, потому что завтра у него будет экзамен. 安東不能去看電影，因為明天他有個考試。因為有個外在條件（考試）的影響，所以即使安東願意去、有錢可以買票，他還是不能去。選項 (Б) знаю的原形動詞為знать，意思是「知道、認識」，後加名詞第四格，例如Антон знает моего старшего брата. 安東認識我的哥哥。選項 (В) умею的原形動詞為уметь，意思是「會」，用法為後面加原形動詞，表示會一種技能，例如Антон умеет плавать. 安東會游泳。選項 (Г) интересуюсь的原形動詞為интересоваться，意思是「對……有興趣」，後可加原形動詞或是名詞第五格，例如Антон интересуется музыкой. 安東對音樂有興趣。試比較：Музыка интересует Антона. 這兩句的句意是一樣的，然而主詞卻不相同，第一句的主詞是Антон，而第二句的主詞是музыка，而Антона變成了受詞第四格。

★ Я *умею* играть в шахматы, но сейчас не *могу* играть, потому что у меня болит голова.

我會下棋，但是我現在無法下，因為我頭痛。

Антон заболел, но ... (11) не сказал об этом.

選項：(А) кому (Б) никому (В) никого (Г) никуда

分析：選項 (А) кому 是кто的第三格。選項 (Б) никому是代名詞никто的第三格，用在否定句中。選項 (В) никого是никто的

第二格。選項 (Г) никуда是副詞，為「任何地方（也不）」之意，用在否定句中。本題的關鍵在於動詞сказал，該動詞後接人用第三格，故應選選項 (Б) никому。

★ Антон заболел, но *никому* не сказал об этом.
　安東生病了，但是他沒跟任何人說。

Мои ... (12) часто звонят мне.
選項：(А) родители (Б) родной (В) родственник (Г) родина

分析：選項 (А) родители是複數名詞，意思是「雙親」。選項 (Б) родной是形容詞，也可當名詞使用，意思是「親近的、親生的、自己的；親屬」，例如Москва - это родной город Антона. 安東的故鄉是莫斯科；Китайский язык - это наш родной язык. 中文是我們的母語。選項 (В) родственник是名詞，為「親戚」的意思。選項 (Г) родина是名詞，意思是「祖國」。本題的動詞звонят為第三人稱複數形式，所以主詞也應為第三人稱複數形式，故選 (А) родители。請注意，動詞звонить為不及物動詞，後接人用第三格，接地點用前置詞＋第四格，例如Антон позвонил Анне. 安東打了個電話給安娜；Антон позвонил в аэропорт. 安東打了通電話到機場。

★ Мои *родители* часто звонят мне.
　我的父母親常常打電話給我。

Лекция была очень ... (13), поэтому студенты ... (14) слушали её. Даже те, кто не ... (15) этой темой раньше, решили всегда приходить на лекции.

選項：(А) интересовался (Б) с интересом (В) интересно (Г) интересная

分析：選項 (А) интересовался的原形動詞為интересоваться，相關詳解請參考上方第（10）題說明。選項 (Б) с интересом是一定要學會並且能夠運用自如的詞組，前置詞с＋名詞интерес的第五格，表示「有興趣地」，請注意，千萬不要翻譯成「帶著興趣」，例如Антон с интересом изучает китайский язык. 安東興致勃勃地學習中文；又如名詞удивление為「驚訝」的意思：Антон с удивлением смотрит на нас. 安東驚訝地看著我們。選項 (В) интересно是副詞，是「有趣地、想知道」的意思，例如Антону интересно, куда пошла Анна. 安東想知道安娜去哪裡了。選項 (Г) интересная是形容詞，意思是「有趣的」，例如Антон читает интересную книгу. 安東讀著一本有趣的書。

★ Лекция была очень *интересная*, поэтому студенты *с интересом* слушали её. Даже те, кто не *интересовался* этой темой раньше, решили всегда приходить на лекции.

課非常的有趣，所以學生興致勃勃地聽著課，甚至那些以前對這個主題沒有興趣的學生都決定了以後都要來上課。

Все ... (16) этой школы хотят ... (17) иностранные языки. Многие мечтают ... (18) после школы в институте иностранных языков.

選項：(А) учёные (Б) ученики (В) изучать (Г) учиться

分析：選項 (A) учёные是複數名詞，意思是「學者」。選項 (Б) ученики為複數名詞，意思是「學生」。選項 (В) изучать是動詞，意思是「學習」，動詞後必須接名詞第四格，例如 Антон изучает китайский язык. 安東在學中文。與изучать用法及詞義相同的動詞還有учить，例如Антон учит китайский язык. 選項 (Г) учиться是動詞，後面通常接表時間或表地點的詞，意思是「念書、就學」，例如Антон учится в Москве. 安東在莫斯科念書；Антон начал учиться, когда ему было 6 лет. 安東在六歲的時候開始上學。

★ Все *ученики* этой школы хотят *изучать* иностранные языки. Многие мечтают *учиться* после школы в институте иностранных языков.

這個中學的所有學生都想學外語，很多人渴望中學畢業後在外國語大學念書。

Конечно, хорошо ... (19) много денег, но главное, чтобы ... (20) была интересная.
選項：(А) работать (Б) зарабатывать (В) рабочий (Г) работа

分析：選項 (А) работать是動詞，是「工作、運作」的意思，例如 Антон много работает. 安東努力工作。選項 (Б) зарабатывать 是動詞，其完成體動詞形式為заработать，是「賺錢」的意思，例如Антон заработал сто рублей. 安東賺了一百盧布。選項 (В) рабочий是形容詞，為「工作的」之意，也當名詞，是「工人」的意思，例如Рабочие строят новый дом. 工人在建新的房子。選項 (Г) работа是動詞работать的名詞形式，例如Антон закончил трудную работу. 安東完成了困難的工作。

★ Конечно, хорошо *зарабатывать* много денег, но главное, чтобы *работа* была интересная.

賺很多錢當然好，但重要的是工作要有趣。

Виктору ... (21) музыка. Особенно он ... (22) современной музыкой.

選項：(А) нравится (Б) интересуется (В) любит (Г) знает

分析：選項 (А) нравится的原形動詞為нравиться，完成體動詞為понравиться，為「喜歡」之意，當它出現在句中時，主體（非主詞，通常為人或動物）用第三格，而被喜歡的人或物才是用第一格，例如Антону нравится Анна. 安東喜歡安娜。選項 (Б) интересуется的原形動詞為интересоваться，詳解請參考上方第（10）題說明。選項 (В) любит的原形動詞為любить，是「愛」或「喜歡」的意思，動詞後接名詞第四格或是原形動詞，例如Антон любит Анну. 安東愛安娜；Антон любит смотреть телевизор. 安東喜歡看電視。選項 (Г) знает的原形動詞為знать，詳解請參考上方第（10）題說明。

★ Виктору *нравится* музыка. Особенно он *интересуется* современной музыкой.

維克多喜歡音樂，尤其他對現代音樂有興趣。

Фильм «Дом Солнца» идёт сейчас во многих кинотеатрах города. ... (23) новый фильм. Мой друг посоветовал мне посмотреть ... (24) фильм.

選項：(А) этот (Б) этого (В) этому (Г) это

分析：選項 (A) этот是指示代名詞，為陽性，其陰性、中性及複數形式分別為：эта、это及эти，意思是「這個、這些」。選項 (Б) этого是этот的第二格或第四格（指有生命的代名詞）。選項 (В) этому是этот的第三格。選項 (Г) это 為中性指示代名詞，例如Антон пьёт только это молоко. 安東只喝這種牛奶（молоко的意思是「奶」，但是我們因為最常喝的是「牛奶」，所以多譯為「牛奶」）；это也是指示語氣詞，例如Это Антон. 這是安東。

★ Фильм «Дом Солнца» идёт сейчас во многих кинотеатрах города. *Это* новый фильм. Мой друг посоветовал мне посмотреть *этот* фильм.

電影《太陽屋》現正在很多的電影院上映中，這是新的電影，我朋友建議我去看這部電影。

Новая книга Пелевина очень интересная. Я хочу купить ... (25) книгу. Я много слышал ... (26) книге.
選項：(A) эта (Б) об этой (В) с этой (Г) эту

分析：選項 (A) эта是指示代名詞，陰性，意思是「這個」，例如 Мне нравится эта девушка. 我喜歡這個女孩（эта девушка 是第一格）。Антон много раз читал эту книгу. 安東已經讀過好幾次這本書（эту книгу是第四格）。選項 (Б) об этой 是前置詞о＋第六格，意思為「關於這個」，例如Антон много рассказал об этой девушке. 安東說了很多關於這個女孩的事。選項 (В) с этой是前置詞с＋第五格，意思為「與這個」。選項 (Г) эту是第四格。

★ Новая книга Пелевина очень интересная. Я хочу купить *эту* книгу. Я много слышал *об этой* книге.

匹雷明的新書非常有趣。我想買這本書。關於這本書我聽聞很多。

> Приглашаем ... (27) в наш клуб! Интересные встречи, беседы, дискуссии и многое другое! ... (28) понравится у нас!
>
> 選項：(А) к вам (Б) вам (В) вас (Г) с вами

分析：選項 (А) к вам是人稱代名詞вы的第三格用法，前置詞к表示方向，所以к вам即為「到您（你們）這來」之意。選項 (Б) вам是人稱代名詞вы的第三格。選項 (В) вас是人稱代名詞вы的第二格或第四格。選項 (Г) с вами是人稱代名詞вы的第五格用法。此處應探討題目中動詞приглашать / пригласить「邀請」的用法：動詞後接人應用第四格，之後用前置詞＋名詞第四格，表示邀請某人去某處之意，例如Антон пригласил Анну на дискотеку. 安東邀請安娜去跳舞。另外，句中有動詞нравиться / понравиться的用法請參考上面第（21）題之說明。

★ Приглашаем *вас* в наш клуб! Интересные встречи, беседы, дискуссии и многое другое! *Вам* понравится у нас!

我們邀請你們來我們的俱樂部！有好玩的見面會、談話會、討論會以及許多其他的活動！你們一定會喜歡我們這裡的！

> Я хочу познакомить ... (29) с моим другом.
>
> 選項：(А) с тобой (Б) у тебя (В) к тебе (Г) тебя

分析：本題的選項係由人稱代名詞ты所派生之變格，相關用法已於上題詳述，請參考。考生須詳記動詞знакомить /

познакомить與знакомиться / познакомиться用法：знакомить / познакомить後接人第四格＋с＋名詞第五格，意思是「介紹某人與某人或物（名詞）認識或了解」，例如 Антон познакомил меня с Анной. 安東介紹安娜給我認識；знакомиться / познакомиться 後接前置詞с＋名詞第五格，意思是「與某人或物（名詞）認識、了解」，例如 Антон и Анна познакомились на Тайване. 安東與安娜是在台灣認識的。

★ Я хочу познакомить *тебя* с моим другом.
我想把你介紹給我朋友認識。

■ 第二部分
第30-44題：請選一個正確的答案

　　Меня зовут Марина. У меня есть друг. Его зовут Михаил. Мы вместе учились ... (30). В прошлом году мы закончили школу и поступили ... (31). Я поступила ... (32), а мой друг - на исторический. Мне очень нравится учиться в университете, нравится даже сдавать ... (33). А ... (34) не нравится ничего. Михаил давно мечтает стать рок-музыкантом. Он очень любит играть на гитаре. У него есть группа - четыре ... (35). Они часто выступают ... (36), много репетируют Михаил сам организовал ... (37)и сам пишет ... (38) для неё. Поэтому у него нет времени учиться в университете. Но ...(39)считают, что он должен получить образование. Раньше он уже интересовался ... (40) и хотел стать футболистом. Он участвовал ... (41), тренировался ... (42), был капитаном команды и знал о футболе всё. Потом он серьёзно занимался рисованием и хотел стать ... (43). Он даже ходил в специальную школу. Родители говорят ... (44), что и новое увлечение музыкой скоро закончится. Но Михаил считает, что это навсегда.

30. (А) в школу

(Б) к школе

(В) о школе

(Г) в школе

31. (А) в университет

(Б) из университета

(В) в университете

(Г) к университету

32. (А) на филологическом факультете

(Б) о филологическом факультете

(В) на филологический факультет

(Г) на филологическом факультете

33. (А) к экзаменам

(Б) экзамены

(В) об экзаменах

(Г) экзаменов

34. (А) моего друга

(Б) с моим другом

(В) о моём друге

(Г) моему другу

35. (А) музыканта

(Б) музыкант

(В) музыкантов

(Г) музыканты

36. (А) в популярные клубы

(Б) в популярных клубах

(В) к популярным клубам

(Г) популярные клубы

37. (А) этой группой

(Б) эта группа

(В) эту группу

(Г) об этой группе

38. (А) все песни

(Б) всех песен

(В) всем песням

(Г) всеми песнями

39. (А) его родителям

(Б) с его родителями

(В) о его родителях

(Г) его родители

40. (А) футболом

(Б) футбол

(В) о футболе

(Г) футбола

41. (А) многие соревнования

(Б) во многих соревнованиях

(В) о многих соревнованиях

(Г) на многих соревнованиях

42. (A) спортивная школа

    (Б) о спортивной школе

    (В) спортивной школы

    (Г) в спортивной школе

43. (A) художником

    (Б) художник

    (В) художника

    (Г) о художнике

44. (A) его

    (Б) ему

    (В) с ним

    (Г) о нём

    第30題。關鍵是動詞учились。原形動詞為учиться，是「學習、念書、就學」的意思，動詞之後通常加時間或是地點的狀態，例如Антон учится в университете. 安東在念大學。所以我們知道，учиться後接前置詞＋名詞第六格表示地點，故答案應選擇 (Г) в школе。

    第31題。關鍵詞為動詞поступили，其原形動詞為поступить，而未完成體動詞為поступать，後接куда，也就是說，後加前置詞＋名詞第四格，表示「考進、進入」之意，所以答案應選擇 (A) в университет。

    第32題。與第31題解題方式一樣，應選答案（B）на филологический факультет。

    第33題。動詞сдавать / сдать後接名詞第四格，故應選答案 (Б) экзамены。但是要注意，這組未完成體動詞與完成體動詞在詞意上有些不同：未完成體сдавать экзамен意思為「參加考試」，而完成體сдать экзамен則作「通過考試」解釋。

    第34題。作答的關鍵在於動詞нравиться「喜歡」。這個動詞在題本中出現過很多次了，考生一定要掌握其用法：被喜歡的人或物要用第一格，而喜歡的人則用第三格，是為主體，例如Антону нравится Анна. 安東喜歡安娜。本題的第一格是ничего，所以要選的答案應是主體第三格，故應選 (Г) моему другу。

第35題。重點是數詞：1用單數第一格，2、3、4用單數第二格，5以及包含5以上則用複數第二格，但是要記住，11到19皆用複數第二格，其他數字的尾數如為1至5者，則按照數詞1至5的單複數規則，例如один студент、два студента、три студента、5 студентов、13 студентов、21 студент、24 студента、66 студентов. 本題數字為4（четыре），所以答案選 (A) музыканта。

第36題。動詞выступать / выступить 之後接где，也就是前置詞＋名詞第六格，表示「在某地表演」，所以答案為 (B) в популярных клубах。另外，本句的後面還有一個動詞репетировать，是「排演」的意思。

第37題。動詞организовать「組織、舉辦、籌辦」為及物動詞，後接名詞第四格，所以答案為 (B) эту группу。

第38題。動詞писать「寫、創作」亦為及物動詞，後接名詞第四格，所以答案為 (A) все песни。

第39題。看到了動詞считают，為第三人稱複數現在式，然而卻沒有主詞，所以答案必須是主詞，也就是複數第一格的名詞，應選答案 (Г) его родители。

第40題。關鍵詞是интересовался，原形動詞為интересоваться，在本題本中出現過多次，考生務必要掌握其用法：動詞後接名詞第五格，表「對…感興趣」，例如Антон интересуется искусством. 安東對藝術有興趣。另外也要靈活使用不加 -ся動詞нтересовать，例如Искусство интересует Антона. 安東對藝術有興趣。所以，這兩句的句意是一樣的，然而主詞卻不相同，第一句的主詞是Антон，而第二句的主詞是искусство，而Антона變成了受詞第四格。本題答案為 (A) футболом。

第41題。關鍵詞為動詞участвовал，原形動詞為участвовать，是「參與、參加」的意思，該動詞後面一定是加前置詞 в＋名詞第六格，千萬記住，無論名詞為何，該名詞之前只能用в，而且

名詞一定是第六格，沒有其他選擇，所以答案為 (Б) во многих соревнованиях。

第42題。тренировался的原形動詞為тренироваться，意思是「練習」，後面可加地點，為靜止狀態，應用前置詞＋名詞第六格，答案為 (Г) в спортивной школе。

第43題。動詞стать在題本已經出現過很多次，其未完成體動詞為становиться，是「成為、變成」的意思，後加名詞第五格，例如Антон мечтает стать врачом. 安東渴望成為一位醫生。答案選擇 (А) художником。

第44題。主詞為родители，動詞為говорят，所以答案應選受詞，而動詞говорить後接受詞應為第三格，答案選 (Б) ему。

【翻譯】

我的名字是瑪麗亞，我有一個朋友，他叫米海伊爾。我們一起在中學念書，去年我們中學畢業，而後考取了大學。我考上了語言系，而我的朋友考上了歷史系。我非常喜歡在大學念書，甚至喜歡考試，而我的朋友則是什麼都不喜歡。米海伊爾長久以來夢想成為一位搖滾歌手，他非常喜歡彈吉他，他有一個樂團，有四個樂手。他們常常在熱門的俱樂部演出，並勤奮的排演。米海伊爾親手成立樂團，並且親自為樂團寫所有的歌曲，所以他沒有時間在大學學習。但是他的父母親認為他應該要受教育。以前他對足球產生興趣，並想成為一位足球員，他參加很多比賽、在運動學校練習，他曾經是球隊隊長，對足球的一切瞭若指掌。後來他認真地畫畫，並想成為畫家，他甚至還上過專門的學校。他的父母親對他說，他這個音樂的新嗜好很快就會消失，但是米海伊爾認為這嗜好是永遠的。

第45-59題：請選一個正確的答案

Коктебель - это небольшой город в Крыму. Он находится ... (45) Чёрного моря. Это очень ... (46). Невысокие горы окружают ... (47). Если подняться на гору Карадаг, можно увидеть очень красивый пейзаж.

В этом городе есть очень ... (48). Это дом ... (49) жил поэт и художник Максимилиан Волошин. В начале XX века мать Волошина купила ... (50). Волошин так любил это живописное место, что остался здесь навсегда. Он рисовал горы и море, писал стихи о Коктебеле, много ходил ... (51).

Сюда приезжали ... (52) Волошина - поэты, писатели, художники, артисты. Они тоже полюбили Коктебель и возвращались ... (53) снова и снова. Здесь было много ... (54). Известный поэт Марина Цветаева встретила здесь ... (55). Они часто отдыхали здесь. Вечером Волошин и его гости читали ... (56), показывали спектакли.

И сейчас в Коктебель приезжает много ... (57). Они приходят в дом ... (58), смотрят его рисунки, поднимаются на гору Карадаг и удивляются необычной красоте ... (59).

45. (А) на берегу
    (Б) по берегу
    (В) берега

46. (А) красивого места
    (Б) красивому месту
    (В) красивое место

47. (А) маленький город
    (Б) о маленьком городе
    (В) в маленьком городе

48. (А) интересного музея
    (Б) интересный музей
    (В) интересному музею

49. (А) в котором

　　(Б) которого

　　(В) который

50. (А) этого дома

　　(Б) этому дому

　　(В) этот дом

51. (А) о горах

　　(Б) по горам

　　(В) горы

52. (А) хороших друзей

　　(Б) хорошим друзьям

　　(В) хорошие друзья

53. (А) здесь

　　(Б) туда

　　(В) там

54. (А) интересными встречами

　　(Б) об интересных встречах

　　(В) интересных встреч

55. (А) своему будущему мужу

　　(Б) своего будущего мужа

　　(В) со своим будущему мужем

56. (А) стихи и рассказы

　　(Б) стихов и рассказов

　　(В) стихами и рассказами

57. (А) люди

　　(Б) людям

　　(В) людей

58. (А) известного поэта

　　(Б) известному поэту

　　(В) об известном поэте

59. (А) это место

　　(Б) этому месту

　　(В) этого места

　　第45題。本句主詞為 Он，動詞為第三人稱單數現在式 находится，該動詞之原形動詞形式為 находиться，是「座落於」的意思，後面通常接地點，使用方式為接前置詞＋名詞第六格[1]。

---

[1]　動詞 находиться 意思為「座落於」，後通常接地點，使用方式大多為加前置詞 в 或 на＋名詞第六格。但是也可加其他前置詞，例如 около「靠近」＋名詞第二格；рядом с「旁邊」＋名詞第五格等等。本書說明大多以前置詞 в、на 為基礎，故稱後加名詞第六格，特此說明，以下皆同。

所以答案應選擇 (A) на берегу。請注意，名詞берег有兩個第六格形式，一是береге，另外一個是берегу（重音在最後音節 -гу），而берегу形式只用在表地點，例如на берегу Чёрного моря「黑海岸邊」。這種名詞常用的還有：сад（花園）、мост（橋）、пол（地板）、угол（角落）等等。

第46題。句中有指示語氣詞 это，所以答案應該選一個第一格的名詞，所以應選擇 (B) красивое место。

第47題。主詞是невысокие горы「一些不高的山」，動詞是окружают「環繞」，其原形動詞為окружать，該動詞後接受詞第四格，故應選 (A) маленький город。如果考生不知道動詞окружать，很有可能會選錯答案，所以務必趁此機會將該動詞學會。

第48題。句中看到動詞есть，卻不見第一格的名詞，所以答案就是第一格名詞，選 (Б) интересный музей。

第49題。本題考關係代名詞который的用法。只要是考關係代名詞который，考生只要清楚知道，在который所在的句子中，這個который所扮演的角色為何，就可以知道應該用第幾格的語法形式，例如當主詞用第一格Это новый студент, который приехал с Тайваня. 這位新生來自台灣；當直接受詞用第四格Это новый студент, которого я встретил на станции метро. 我在地鐵站遇到的是個新學生；當間接受詞第三格Это новый студент, которому я позвонил вчера. 我昨天打了電話給新學生。本題的主句Это дом，所以который是代表дом，而который所在的句子中，有主詞поэт и художник、動詞жил（原形動詞為жить，是「居住」的意思），所以後應接前置詞＋名詞第六格，所以應選 (A) в котором。

第50題。關鍵詞為動詞купила。該動詞的原形動詞是купить，是完成體動詞，其未完成體動詞為покупать，動詞後接人應加第三格，為間接受詞，若加物，則為直接受詞用第四格，例如Антон купил Анне новую машину. 安東買了一輛新車給安娜。本題應選第四格 (B) этот дом。

第51題。動詞ходил的原形動詞為ходить，是不定向的移動動詞，其成對的定向移動動詞為идти，是為「去」之意，通常後接前置詞＋名詞第四格，例如Сегодня Антон идёт в бассейн. 安東今天要去游泳；Антон ходит на дискотеку каждое воскресенье. 安東每個星期日去跳舞。請注意，идти в бассейн不要翻譯成「去游泳池」，就像ходить на дискотеку也不要翻譯為「去舞廳」一樣。另外，如果後面不是加前置詞＋名詞第四格，而是по＋名詞第三格，則其意思為「漫步、逛、沿著」，例如Антон любит ходить по магазинам. 安東喜歡逛街；Антон и Анна долго шли по этому проспекту. 安東與安娜沿著這條大街走了好久。而本題答案要選(Б) по горам則可譯為「漫步山林間」。

第52題。句子組成成份單純，是非常簡單的語法題。我們發現，句中缺乏的就是主詞，因為有動詞приезжали（第三人稱複數形式），也有補充的副詞сюда（到這裡來），所以答案為 (B) хорошие друзья。

第53題。關鍵詞是возвращались，意思是「返回」，其原形動詞為возвращаться，其成對的完成體動詞為вернуться，這動詞與移動動詞意義與用法一樣，通常後接前置詞＋名詞第四格，而非表示靜止狀態的第六格，例如Антон возвращается в Москву раз в год. 安東一年回到莫斯科一次；Вчера Антон вернулся домой поздно. 安東昨天晚回家。選項中只有туда（去那裡）是表示移動的動作，здесь與там都是表示靜止的狀態，故應選 (Б) туда。

第54題。副詞много之後若是可數名詞，則用複數第二格，若為不可數名詞，則用單數第二格，例如У Антона много времени. 安東有很多時間；У Антона много друзей. 安東有很多朋友。要注意，время當不可數名詞時，意思為「時間」，當可數名詞時，當「時代」解釋。本題應選 (B) интересных встреч。

第55題。動詞встречаться / встретиться與встречать / встретить在基礎級的各項測驗中已經出現多次，考生應該已經掌握相關用

法，如果還有疑問，那就再解釋一次。встречаться / встретиться通常後面接前置詞с＋人第五格，意思是「與某人約好見面」，例如Антон часто встречается со старыми друзьями. 安東常常跟老朋友見面；而встречать / встретить 後加人則用第四格，通常是指「碰巧遇見」的意思，例如Антон встретил Анну, когда он шёл на почту. 安東在去郵局的路上遇見安娜。請注意，встречать / встретить還有一個與自身衝突的意義，不能當「碰巧遇見」，而要作「迎接」解釋，作「迎接」解釋時通常後都會有表示交通運輸工具的地點，如火車站、機場等，例如Антон поехал в аэропорт встретить Анну. 安東去機場接安娜。本題應選 (B) со своим будущим мужем。

　　第56題。關鍵詞是動詞читать，後接名詞第四格，例如Антон читает газету. 安東在看報紙。如果動詞後先接人，再接物，則人用第三格，物還是用第四格，例如Антон читает Анне газету. 安東讀報給安娜聽。本題毫無疑問應選第四格 (A) стихи и рассказы。

　　第57題。有關много用法請參閱上方第54題。本題的對象為人，為可數名詞，應選第二格的答案 (B) людей。

　　第58題。名詞加上名詞第二格，作為從屬關係，例如стол Антона安東的桌子；друзья моего старшего брата我哥哥的朋友，所以本題應選 (A) известного поэта。

　　第59題。解題方式同第58題，也是從屬關係的運用。值得一提的是動詞удивляться / удивиться的用法，動詞意思是「對……感到驚訝」，要注意，後接名詞第三格，例如Антон удивился неожиданному приезду Анны. 安東對於安娜的突然到來感到驚訝。本題答案為 (B) этого места。

【翻譯】

　　卡可特貝爾是個克里米亞的小城，它座落在黑海岸邊。這是非常漂亮的地方，小城被小山所環繞，如果爬上卡蘭達科山的話，就可看到非常漂亮的風景。

在這個城市有個非常有趣的博物館，這是一棟詩人及畫家馬克西米李安·瓦羅申所居住過的房子。二十世紀初，瓦羅申的母親購得這棟房子，瓦羅申如此地愛上了這個如詩如畫的地方，於是在此永遠地住了下來。他畫山、畫海，寫有關卡可特貝爾的詩，常常漫步於山林中。

瓦羅申的好朋友常來拜訪，朋友中有詩人、作家、畫家以及演員，他們也都愛上了卡可特貝爾，所以一次又一次地回到那裡。在這裡曾有許多有趣的晤面，著名的詩人馬琳娜·茨葳塔耶娃在這裡遇到了自己未來的丈夫，他們常常在這裡度假，在晚上，瓦羅申與他的客人們讀詩歌與故事，演舞台劇。

現在還是有許多的人來到卡可特貝爾，他們來參觀著名詩人的房子，欣賞他的畫作，爬上卡蘭達科山，並且對這地方特殊的美景感到驚訝。

● 第三部分
第60-71題：請選一個正確的答案

В понедельник, в 9 часов 30 минут, Антон ... (60) из дома и ... (61) в университет. «Занятия начинаются в 10 часов, у меня много времени!» - подумал он. Антон медленно ... (62) по улице и думал о том, какой тяжёлый день понедельник. Вчера вечером он ... (63) на дискотеку в центр города и ... (64) в общежитие в 2 часа ночи. Поэтому сейчас он очень хотел спать. И конечно, он не сделал домашнее задание. Он ... (65) к метро и вдруг вспомнил, что ему надо послать письмо домой. Он ... (66) в интернет-кафе, быстро написал письмо и ... (67) на улицу. Когда он ... (68) в метро, было 10 часов. Он ... (69) из метро, и решил ... (70) в магазин и купить кока-колу, потому что он очень хотел пить. Когда он ... (71) в аудиторию, было уже 10 часов 30 минут. «Странно! Опять опоздал!» - удивился

Антон.

60. (А) пошёл
    (Б) вышел
    (В) перешёл

61. (А) шёл
    (Б) пришёл
    (В) пошёл

62. (А) ходил
    (Б) шёл
    (В) идёт

63. (А) ездил
    (Б) шёл
    (В) идёт

64. (А) подъехал
    (Б) приехал
    (В) переехал

65. (А) ушёл
    (Б) пошёл
    (В) перешёл

66. (А) ушёл
    (Б) пошёл
    (В) перешёл

67. (А) вышел
    (Б) перешёл
    (В) прошёл

68. (А) вышел
    (Б) вошёл
    (В) ушёл

69. (А) перешёл
    (Б) пришёл
    (В) вышел

70. (А) пойти
    (Б) подойти
    (В) уйти

71. (А) вышел
    (Б) вошёл
    (В) подошёл

　　與第一題本一樣，在本題本中「語法、詞彙」項目的第三部分也是考移動動詞（行動動詞）基本的使用掌握能力。談到移動動詞，我們必須清楚了解移動動詞的定向與不定向的對比概念。不帶前綴的定向移動動詞通常與某個時間點有關係，而不定向的移動動詞通常與頻率有關，表示反覆、重複性的習慣動作。

另外要注意，帶前綴的定向動詞與不定向動詞跟原本沒有前綴的動詞有了「本質」的改變：沒有前綴的動詞，無論是定向動詞或是不定向動詞，都是未完成體動詞。如果加上前綴，原來的定向動詞，例如идти變成了прийти之後，同時也由原本的未完成體動詞變成了完成體動詞；而原來的不定向動詞ходить，變成了приходить之後，還是維持其未完成體動詞的角色。此外，熟悉各種前綴的意義也是必要的，這是基本功夫。

　　第60題。答案選項的三個移動動詞пошёл、вышел、перешёл的前綴分別為по-、вы-、пере-，意思是「出發、出去、移到」之意，另外，前綴 по- 亦有「開始某種行為、從事某種行為短暫的時間」的意思，依據句意，安東是要離開家到學校，所以應該選擇 (Б) вышел。

　　第61題。延續上題，安東離開家之後，然後出發前往學校，所以是有「結束了一個動作之後，開始另一個新的動作」的意思，所以應用前綴по-，宜選答案 (B) пошёл。

　　第62題。本題答案選項的動詞無前綴，只需考慮第一個答案ходил及第二個答案шёл即可，因為第三個答案為現在式，與句意不符，無須考慮。動詞ходить是「去、行走」的意思，為不定向的移動動詞，與定向移動動詞идти成對。根據句意，安東「慢慢地沿著街道走」，因為是「沿著街道走」，所以表示是定向的移動，而非走來走去的不定向移動動作，所以應選擇 (Б) шёл。

　　第63題。本題是典型的不定向移動動詞用法，考生一定要掌握。如果說明一個行程的完成（去了，也回來了），那就一定要用不定向的移動動詞，這個移動動詞可以是走路的，也可以是搭乘交通工具的，不管是走路或是搭交通工具，務必要使用不定向動詞，例如Вчера Антон ходил ко мне в гости. 昨天安東來我家作客：安東來過我家，而且已經走了，所以動詞要用不定向移動動詞。如果用答案選項шёл，那就意味著，他走著走著（或許是從家裡往外

走），到過去的某個時間點還在一直走，並無終點，那就毫無意義可言，與句意不符，所以本題要選 (A) ездил。

　　第64題。答案選項подъехал、приехал、переехал的詞意分別為「駛近、抵達、搬家」，例如Антон подъехал к музею и остановился. 安東駛近了博物館，然後停了下來；Антон приехал в Тайбэй 3 дня назад. 安東三天前抵達了台北；Антон переехал в новую квартиру. 安東搬了新的公寓。請注意，前綴 под- 表示「走近、駛近」之意，後面通常接前置詞 к＋名詞第三格。依照句意，安東是回到宿舍，所以應選擇 (Б) приехал。

　　第65題。首先可參考上題前綴под- 之說明，另外，前綴y- 與вы- 的意思相近，考生常常會混淆，要特別注意。y- 是「離開」，而вы- 只是「出去」，並無離開之意，有「還會返回」的意涵，例如Антона нет на работе. Он ушёл. 安東不在工作崗位上，他離開了。意思是，安東下班了，或著是回家了，或著是去辦事了，總之，今天是不會再回到辦公室了；Антона сейчас нет. Он вышел. 安東現在不在位置上，他出去了。這句子告訴我們，安東現在不在位置上，但是他還在附近，他還沒下班，他只是出去一下子，或許是去洗手間，或許是去買的東西、抽根菸之類的，總之，人還在，還沒下班。本題答案應選擇 (В) подошёл。

　　第66題。本題的解題技巧與第61題相同。句中主角突然想起他必須要寄一封信回家，所以他就前去網咖，而「前去網咖」就是一個動作的開始，所以要選 (Б) пошёл。

　　第67題。首先可參考第60題的說明，另外要提醒考生的是，動詞выйти的意思是「出去」，其用法還可歸納如下：выйти＋前置詞 из 或是 с＋名詞第二格，表示「從何處出去」，例如Антон купил кофе и вышел из магазина. 安東買了咖啡後走出了商店；另外，выйти後面還可加前置詞 в 或 на＋名詞第四格，表示出去之後「往哪裡去」，例如Антон купил кофе и вышел на улицу. 安東買了咖啡後（走出商店）走到街上。依照本題句意，主角很快地寫

了信之後（走出網咖）走到街上，所以應選則答案 (A) вышел。至於答案的前綴про- 則有「通過、經過、穿越」的意思，例如Антон прошёл площадь в лес. 安東穿越廣場去森林；Антон прошёл мимо меня. 安東從我旁邊走過去。請注意，動詞後接前置詞мимо＋名詞第二格。

第68題。前綴во- 與 вы- 意義相反，вы- 是「出去」，во- 則是「進入」，例如Антон вошёл в аудиторию. 安東進了教室。根據本題句意，主角進入到地鐵，所以應選則答案 (Б) вошёл。

第69題。請參閱第67題的解題說明。本題應選 (В) вышел。

第70題。請參閱第61及66題的解題說明。本題主角從地鐵出去之後決定要去商店，所以是另一個動作的開始，故應選 (A) пойти。

第71題。請參考第68題的說明。主角是「進入」教室，而不是「走出」教室，也不是「走近」教室，所以本題應選答案 (Б) вошёл。

【翻譯】

星期一9點30分安東走出家門往大學去。他想了想：「課是10點開始，我還有很多時間！」。安東慢慢地沿著街道走，邊走邊想著星期一是多麼痛苦的一天啊！昨晚他去市中心跳舞，然後回到宿舍已經是半夜2點了，所以他現在非常想睡覺，所以當然啦，功課也沒寫。他走近地鐵，突然想到他應該要寄封信回家，於是他往網咖走，他很快地寫了信，然後離開網咖走到街上。當他進到地鐵，已經是10點了。他走出地鐵，因為他非常渴，所以他決定去商店買可口可樂。當他進到教室的時候，已經是10點30分了。他驚訝的想著：「奇怪了！我又遲到了！」。

■第四部分

第72-84題：請選一個正確的答案

Юрий Никулин - известный российский актёр. Он родился в 1921 году и умер в 1997 году. После школы он ушёл в армию, на войну. Ещё на войне Юрий Никулин ... (72) о том, чем ... (73) в мирной жизни. Он ... (74) поступать в театральный институт. Но преподаватели ... (75), что Юрий недостаточно талантливый и не очень красивый для кино. Юрий очень ... (76) цирк и ещё в детстве ... (77) стать клоуном. Поэтому он решил поступить в Московский цирк. Скоро он ... (78) работать клоуном в этом цирке. Но самое главное - его пригласили в кино. Он ... (79) в комедиях, которые всем очень нравились. Юрий Никулин стал любимым артистом всего народа. В 1984 году он ... (80) директором Московского цирка. Но он всегда ... (81) играть в кино. В последние годы у него ... (82) своя телевизионная программа «Белый попугай». Кроме того, он ... (83) три книги и коротких юмористических историй. На памятнике Юрию Никулину нет его фамилии, потому что все ... (84) : это Юрий Никулин.

72. (А) подумает
    (Б) думал
    (В) будет думать

73. (А) будет заниматься
    (Б) занялся
    (В) занимался

74. (А) решит
    (Б) решил
    (В) будет решать

75. (А) посчитают
    (Б) считают
    (В) считали

76. (A) любит

　　(Б) любил

　　(В) полюбит

77. (A) мечтал

　　(Б) будет мечтать

　　(В) мечтает

78. (A) начнёт

　　(Б) начал

　　(В) будет начинать

79. (A) играл

　　(Б) будет играть

　　(В) играет

80. (A) становился

　　(Б) стал

　　(В) станет

81. (A) продолжит

　　(Б) будет продолжать

　　(В) продолжал

82. (A) были

　　(Б) была

　　(В) был

83. (A) будет собирать

　　(Б) соберёт

　　(В) собрал

84. (A) узнали

　　(Б) знают

　　(В) будут знать

　　這個部分的考題與第一題本的部分一樣，是在考動詞時態。時態的判斷首先取決於句意以及句中其他動詞或是副詞的運用，例如Недавно Антон окончил университет. 不久前安東大學畢業了。因為有副詞недавно「不久之前」，所以自然要用動詞過去式。此外，時態的選擇也與未完成體動詞／完成體動詞有很大的關係，我們要知道，未完成體動詞有三個完整的時態：現在、過去及未來，而完成體動詞只有兩種時態：過去及未來。

　　我們以動詞решать / решить「解決、決定」來說明：

　　Антон быстро решает задачи. 安東作習題的速度快。因為有副詞быстро「快」，表示一種常態，所以要用未完成體現在式。如

果要用過去式也可以，但是句中必須要有與過去時間相關的詞彙，例如раньше「以前」。

Антон решал задачи 30 минут. 安東作習題作了30分鐘。因為有30минут「30分鐘」表示一個過程，所以我們用未完成體過去式。

Антон будет решать задачи завтра. 安東明天要作習題。因為有「明天」，所以用未完成體未來式。這種未完成體未來式通常代表的意義是指未來時間會作某事，但不表示一定會作完，強調的是過程，而非結果。

Антон решил все задачи. 安東作完了所有的習題。因為有все「所有的」表示結果，所以用完成體過去式。

Антон сказал, что он завтра решит все задачи. 安東說他明天會作完所有的習題。這種完成體未來式通常代表的意義是指未來時間會作某事，而且會取得一定的結果，強調的是結果，所以用完成體動詞。

第72題。根據上文，主角在中學畢業後從軍、投入戰場，並且在戰爭的時後作了相關的思考，所以本題應選擇動詞的過去式，而非現在式或是未來式的動詞，表示「想、思考」之意。選項 (A) подумает為完成體動詞подумать的變位，表未來式，而 (Б) думал則是думать的過去式形式，而 (В) будет думать為未來式，故應選 (Б) думал。

第73題。本題是上題的延伸，主角在戰爭的時後思考著未來要從事什麼工作，答題技巧則是要置身主角當時的時空，雖然「思考」是過去的時間，然而是思考「未來的動作」，所以這未來的動作、未來的工作必須使用未來式，故應選擇 (A) будет заниматься。

第74題。根據句意，主角決定考大學。這是一個典型的完成體動詞過去式表達「一次性」的動作用法。考生可以思考，一個人決定作某事是個當下瞬間的動作，並不是一個過程，雖然決定之前的思考是個過程，但是決定的當下，絕對是一瞬間，一定要用完成體動詞過去式，請牢記。本題應選 (Б) решил。

第75題。根據上下文，故事的情節是過去的背景，所以應用過去式，而非未來式或現在式，故選 (B) считали。

第76題。本題也是描述過去的時空背景，主角以前非常「喜歡馬戲團」，所以應用過去式 (Б) любил。

第77題。本題與第76題的背景相同，皆為過去「孩童時代」的經驗，所以要選過去式 (A) мечтал。

第78題。根據句意，主角在進入莫斯科馬戲團工作之後，很快的就「開始了」扮演小丑的任務，依舊是描寫過去的歷史，應選 (Б) начал。

第79題。依照上下文判斷，故事仍然是在描述過去的事實，應用過去式，另外，根據本句的另外一個動詞判斷，主角在電影中演出，而觀眾也非常「喜歡」нравились他，「喜歡」нравились是過去式，所以他的演出當然也是過去式，答案需選 (A) играл。

第80題。1984年主角當上了莫斯科馬戲團的團長，時間屬於過去的狀態，動詞合理應用過去式，而動詞становиться / стать的選擇也是不用太過傷神，畢竟，本句中當上團長就是當上團長了，當上團長就是一瞬間的動作，同時並無其他詞彙表示「反覆的過程」，而只是「一次性」的動作，所以要選完成體過去式 (Б) стал。

第81題。在本題所處的句子當中我們看到了關鍵詞всегда「總是」，所以應該要選未完成體過去式的動詞，只有選項 (В) продолжал符合這個條件。這個動詞很重要，值得牢記：продолжать / продолжить，後面常加動詞原形，意指「持續、繼續」，很重要的是，該動詞後所加的原形動詞一定要是未完成體動詞，千萬要記住，例如：После университета Антон продолжил учиться в магистратуре. 大學畢業後安東繼續念碩士班。

第82題。應該是送分題。基本句型У＋名詞第二格，表示「…有」，如為現在式，則後接есть（есть的用法，請參考本題詳解最後），例如У Антона есть старший брат и младшая сестра. 安東有一個哥哥、一個妹妹。如為過去式，則需用был、была、было或

были，後接第三人稱單數陽性第一格名詞則用為был、單數陰性則用為была、中性則用為было、複數則用были，例如У Антона был большой письменный стол. 安東曾經有個大書桌；У Антона была старая машина. 安東曾經有一部老車；У Антона было длинное пальто. 安東曾經有一件長大衣；У Антона были старые фотографии. 安東曾經有過一些舊照片。未來式單數則用будет，複數用будут，例如У Антона будет новый компьютер. 安東將會有部新電腦；У Антона будут новые часы. 安東將會有支新錶。請千萬注意，如為否定形式「沒有」，則後面的名詞不論性或數，皆用第二格：現在式為нет，過去式為не было（重音在не），未來式為не будет（一定要記住，後接的名詞雖為複數也是用не будет），例如У Антона нет младшей сестры. 安東沒有妹妹；У Антона не было модных часов. 安東不曾有時髦的手錶；У Антона не будет много денег. 安東以後不會有很多錢。本題的名詞第一格為своя телевизионная программа為陰性單數，故應選答案 (Б) была。

有關есть有時後可以省略，有的時後又不得省略，其用法如下：如果是強調某項事物（名詞第一格的單數或複數形式皆可）的「存在」，那麼есть不得省略；但是如果是強調該項事物的質或量，則есть可省略，例如：

У Антона есть подруга. 安東有個女朋友。強調女友的「存在」。

У Антона красивая подруга. 安東有個漂亮的女朋友。強調女友的「外觀」。

У Антона есть билет на самолёт. 安東有機票。強調機票的「存在」。

У Антона билет на самолёт, а не на поезд. 安東的票是機票，而不是火車票。強調票的「性質」。

第83題。我們要根據句子的意思來判斷動詞的時態、用未完成體動詞還是完成體動詞。動詞為собирать / собрать「收藏、收

集」，句中提到主角已經收集了三本短篇的幽默故事書，關鍵詞是「三個」，表示結果，所以要用完成體動詞，因為是過去的行為，所以要用過去式，而非未來式，答案應選擇 (B) собрал。

第84題。根據句子的描述：「因為大家都知道」，這就是主角本人，所以這是事實的陳述，用現在式即可，應選 (Б) знают。

【翻譯】

尤里・尼庫林是一位著名的俄國演員。他1921年出生，於1997年去逝。中學畢業之後他離家從軍、投入戰場。還在打仗的時候尤里・尼庫林就思考著未來在太平生活中要從事什麼工作。他決定要考進戲劇學院，但是老師們都認為尤里缺乏才華，對電影來說，他長的也不夠俊美。尤里非常喜歡馬戲團，孩童時期就渴望成為一位小丑，所以他決定要進入莫斯科馬戲團工作。很快地在這個馬戲團他開始了小丑的工作，可是最重要的是，有人邀請他去演電影。他在喜劇中演出，大家都很喜歡他的戲劇，尤里・尼庫林成為了全民最喜愛的演員。1984年他成為莫斯科馬戲團的團長，但是他仍持續地在電影中演出。在最後的幾年他還曾有過一個名為「白鸚鵡」的電視節目。此外，他還收藏了三本短篇幽默故事的書籍。在尤里・尼庫林的墓碑上並沒有他的姓名，因為大家都知道這就是尤里・尼庫林。

◼第五部分

第85-100題：請選一個正確的答案

> - Когда ты уезжаешь в Петербург?
> - Я уезжаю ... (85).
> - А сколько времени ты будешь там?
> - Я буду там ... (86)
>
> 選項： (А) 2 дня назад (Б) через 2 дня (В) на 2 дня (Г) 2 дня

分析：選項 (А) 2 дня назад的關鍵在於назад，意思為「之前」，所以該詞運用在句子當中需使用動詞的過去式，以配合詞義，例如Антон купил новую машину 2 дня назад. 安東兩天前買了一部新車。選項 (Б) через 2 дня的前置詞через為「經過……之後」的意思，句中的動詞可使用未來式，也可使用過去式，例如Антон купит（купил）машину через 2 дня. 安東兩天之後要（已經）買新車。請注意，在口語的形式中也可以使用現在式。選項 (В) на 2 дня在本題的意思是「去兩天」，請注意，前置詞на是必要的，如果沒有前置詞на，則不能解釋為「去」兩天。選項 (Г) 2 дня，表示動作的一段時間，它前面並無前置詞，表示某種動作進行的時間，在句中為第四格，回答сколько времени或是как долго的問句，例如Антон учится в университете уже 2 года. 安東在大學已經讀了2年。所以第85題應選擇 (Б) через 2 дня，而第86題則是應該選擇 (Г) 2 дня，表示動作的一段時間。

★ • Когда ты уезжаешь в Петербург?

• Я уезжаю *через 2 дня.*

• А сколько времени ты будешь там?

• Я буду там *2 дня.*

• 妳（你）什麼時候去彼得堡？

• 我兩天之後去。

• 那妳（你）要在那待多久呢？

• 我將待在那裡兩天。

Извини, что звоню тебе так поздно. Я был на концерте. Я не смог позвонить раньше, ... (87), а ... (88) позвонить нельзя.

選項：(А) до концерта (Б) во время концерта (В) после концерта
　　　(Г) на концерт

分析：本題要考的是對前置詞詞意的理解。до為「之前」的意思，во время為「某時間範圍之內」的意思，после為「之後」的意思，而на концерт為第四格，可當作「去聽演唱會」解釋，根據句意，第87題空格之前的意思是：「我無法早點打電話」，所以應選擇 (А) до концерта，而第88題則應選擇 (Б) во время концерта。

★ Извини, что звоню тебе так поздно. Я был на концерте. Я не смог позвонить раньше, *до концерта,* а *во время концерта* позвонить нельзя.

抱歉這麼晚打電話給妳（你）。我去了演場會，我無法提早在演唱會之前打給妳（你），而演唱會進行中是禁止打電話的。

Мой друг живёт в Петербурге, ... (89) поэтому он хорошо знает свой город. Мой родной город Москва. Я ... (90) хорошо знаю свой город.

選項：(A) тоже (Б) а (В) и (Г) но

分析：選項 (A) тоже為副詞，是「也、也是」的意思，例如Антон тоже любит кататься на велосипеде. 安東也喜歡騎腳踏車。選項 (Б) а為連接詞，表示對比或是上下內容有接續之意，建議考生參考辭典解說，例如Антон любит заниматься дома, а его младший брат любит заниматься в библиотеке. 安東喜歡在家念書，而他的弟弟喜歡在圖書館自習。選項 (В) и為連接詞，意思很多，有「與、所以、然後」之意，必須依照上下文來決定其意思，例如Антон и Маша - хорошие друзья. 安東與瑪莎是好朋友；Антон пришёл домой, и мама начала готовить ужин. 安東回到了家，然後媽媽開始準備晚餐。選項 (Г) но也是連接詞，有「但是、然而」之意，例如Антон любит виноград, но не любит яблоко. 安東喜歡吃葡萄，但不喜歡吃蘋果。依照句意，第89題應選擇 (В) и，而第90題則應選 (A) тоже。

★ Мой друг живёт в Петербурге, *и* поэтому он хорошо знает свой город. Мой родной город Москва. Я *тож*е хорошо знаю свой город.

我的朋友住在彼得堡，所以他對自己的城市很熟。我的故鄉是莫斯科，我也對自己的城市非常了解。

Я хочу показать тебе фотографию подруги, ... (91) я тебе много рассказывал. Это девушка, ... (92) я учился в школе.

選項：(A) которая (Б) которую (В) о которой (Г) с которой

分析：本題為關係代名詞 который 的考題，此處為陰性 которая，
我們只要清楚了解該詞在句中所扮演角色，即可輕鬆解
答。選項 (A) которая 為第一格，在句中當作主詞。選項
(Б) которую 為第四格，可作為動詞後之受詞。選項 (В) о
которой 為第六格，表「有關」之意。選項 (Г) с которой 為
第五格，前置詞表「與、和」之意。根據句意，第91題的主
詞為 я，動詞為 рассказывал。該動詞通常接前置詞 о ＋名詞
第六格，故選 (В) о которой。第92題應選 (Г) с которой，因
為已經有主詞 я，而動詞為 учился，關係代名詞不能為本動
詞之受詞，所以只能接 с которой，表示「與（關係代名詞）
一起念書」。

★ Я хочу показать тебе фотографию подруги, *о которой* я тебе
много рассказывал. Это девушка, *с которой* я учился в школе.
我想給妳（你）看我朋友的照片，我跟妳（你）說過很多有關
她的事。我跟這女孩以前一起念中學。

В театре идёт новый спектакль, ... (93) писали газеты. Это
спектакль, ... (94) поставил известный российский режиссёр
Житинкин.
選項：(A) которого (Б) о котором (В) к которому (Г) который

分析：本題亦為關係代名詞 который 的考題。選項 (A) которого 為
第二格或第四格，第二格代表否定之意，而第四格可為動
詞後之受詞，為有生命之關係代名詞。選項 (Б) о котором
為第六格，表「有關」之意。選項 (В) к которому 為第三
格，前置詞 к 表方向，有「朝向、找＋名詞第三格」之意。
選項 (Г) который 為第一格，在句中當作主詞。根據句意，
第93題應選 (Б) о котором，因為主詞為 газеты，動詞為

писали，所以後面只能接о котором（о спектакле）。第94
題主詞為известный российский режиссёр Житинкин，動詞
поставил「編導」，該動詞後接受詞第四格，而句中缺乏
受詞，спектакль「戲劇」為無生命陽性名詞，故應選 (Г)
который。

★ В театре идёт новый спектакль, *о котором* писали газеты. Это
спектакль, *который* поставил известный российский режиссёр
Житинкин.
劇院正上演著新的舞台劇，報紙寫過關於它的文章。這齣舞台
劇是由著名的俄羅斯導演吉琴欽所執導的。

> На кинофестивале идут фильмы, ... (95) я давно хотел
> посмотреть, потому что это фильмы, ... (96) я много слышал.
> 選項：(А) которым (Б) с которыми (В) о которых (Г) которые

分析：本題亦為關係代名詞который的考題，只是這裡的代名詞為
複數形式которые。選項 (А) которым為第三格，可作為動詞
後之受詞。選項 (Б) с которыми為第五格，前置詞表「與」
之意。選項 (В) о которых為第六格，表示「有關」。選項
(Г) которые為第一格，在句中當作主詞，或是非生命的名
詞第四格，作為受詞。根據句中結構，第95題的主詞為я，
動詞為хотел посмотреть，所以關係代名詞的角色為受詞，
所以應選 (Г) которые。而第96題的關鍵詞為слышал「聽
說」，後接前置詞о＋名詞第六格，故應選 (В) о которых。

★ На кинофестивале идут фильмы, *которые* я давно хотел
посмотреть, потому что это фильмы, *о которых* я много слышал.
影展上正上映著一些我很早就想看的電影，因為這些電影我以
前聽聞甚多。

... (97) вы хотите поступить в университет, вам надо серьёзно заниматься, ... (98) экзамены очень трудные.

選項：(А) Чтобы (Б) Поэтому (В) Если (Г) Потому что

分析：選項 (А) Чтобы「為了是」；(Б) Поэтому「所以」；(В) Если「如果」；(Г) Потому что「因為」。根據句意選擇答案，所以第97題要選 (В) Если，而第98題應選 (Г) Потому что。

★ *Если* вы хотите поступить в университет, вам надо серьёзно заниматься, *потому что* экзамены очень трудные.

如果你們想考上大學，你們就應該用功念書，因為考試很難。

Летом лучше уезжать из города, ... (99) отдохнуть от шума. ... (100) у вас есть дача, надо ездить туда в субботу и воскресенье.

選項：(А) что (Б) чтобы (В) потому что (Г) если

分析：與上兩題相同，我們只要了解句意，就能輕鬆解題。第99題為表「目的」之意：「為了遠離塵囂」，所以本題選 (Б) чтобы。第100題是個一般條件句，我們選 (Г) если，是「如果」的意思。

★ Летом лучше уезжать из города, *чтобы* отдохнуть от шума. *Если* у вас есть дача, надо ездить туда в субботу и воскресенье.

為了遠離塵囂，夏天最好常常出城去，如果你們有鄉村小屋的話，星期六星期日就應該去那裡。

項目二：聽力

考試規則

聽力測驗共有5大題，作答時間為30分鐘。

作答時禁止使用詞典。拿到試題卷及答案卷後，請將姓名填寫在答案卷上。

每則短訊或是對話播放二次，聽完之後請選擇正確的答案，並將答案圈選於答案卷上。如果您認為答案是Б，那就在答案卷中相對題號的Б畫一個圓圈即可；如果您想更改答案，只需將答案畫一個圓圈就好，原來您認為是錯的選項只需再打一個X即可。

第一部分

第1題到第5題：聆聽每則短訊，之後選一個與短訊意義相近的答案。

ЧАСТЬ 1

1. Экзамен по русскому языку будут сдавать все студенты.

   (А) Через неделю будет экзамен по русскому языку.

   (Б) Декан сказал, что все должны сдать экзамен по русскому языку.

   (В) Преподаватель сказал, что экзамен по русскому языку очень трудный.

　　本題的主角是экзамен по русскому языку「俄語考試」，而關鍵則是все студенты「所有的學生」，請注意，экзамен所連用的動詞通常就是сдавать／сдать：未完成體動詞通常譯為「參加考試」，而完成體動詞則譯為「通過考試」，例如Антон будет сдавать экзамен по грамматике русского языка. 安東要參加俄語語法的考試；Антон сдал экзамен по грамматике русского языка. 安東通過了俄語語法的考試。本題的三個選項都有不同的訊息：選項 (А) через неделю「一個星期之後」；選項 (Б) все должны сдать экзамен「所有人都必須通過考試」；選項 (В) очень трудный「非常困難」。聽過之後，我們清楚發現題目中並無時間與考試難易的成分，而雖然「參加考試」並非等於「通過考試」，但是兩者較其他答案的意思為近，所以本題應選擇 (Б)。

1. 所有的學生都要參加俄語考試。

   (А) 俄語考試在一周後舉行。

   (Б) 系主任說所有的學生都要通過俄語考試。

   (В) 老師說俄語考試非常難。

2. Новый сезон в театрах обычно начинается в начале сентября

   (А) В сентябре театры обычно не работают.

   (Б) Обычно театры начинают работать в сентябре.

   (В) Новый сезон в театрах обычно начинается в октябре.

　　本題應該注意的地方有兩處：動詞начинается「開始」與時間в начале сентября「九月初」，題目的意思是「在九月初開始新的一季」。選項 (А) 的意思是「九月份不營業」，與題目的意思幾乎相反；選項 (В) 的時間是「в октябре」在十月，也與題目不合，所以本題應選擇 (Б)。

2. 劇院新的一季通常在九月初開始。

   (А) 九月劇院不營業。

   (Б) 通常劇院在九月開始營業。

   (В) 劇院新的一季通常在十月初開始。

3. В Петербурге в любое время года много туристов.

   (А) Петербург - очень интересный город. Многие хотят посмотреть его.

   (Б) Туристы особенно любят осматривать центр Петербурга.

   (В) Дети могут увидеть много интересного в Петербурге.

　　本題聽懂之後，我們發現，答案的選項與題目本身的意思多少都不同，嚴格說起來，甚至沒有一個是跟題目意思符合的，我們只能選一個較為接近的答案。題目中的詞組время года「季節」，非常值得考生利用機會好好學起來，以後利用在口說及寫作上。另外，турист為「遊客」之意，為可數名詞，所以在много之後用複數第二格。選項 (А) 的многие後沒有接任何名詞，所以要當成「很多人」解釋。選項 (Б) 有與題目一樣的名詞туристы，但是在詞意強烈的詞особенно「特別」後的說明為любят осматривать центр

Петербурга「喜歡參觀彼得堡市中心」，似乎是題目沒有的訊息。選項 (B) 之中的主詞為дети「孩子們」，與題目的主角туристы也不相符，所以本題只能選擇意思較為接近的 (A)。

3. 彼得堡在任何的季節都有很多觀光客。

    (A) 彼得堡是個非常有趣的城市，很多人想看看它。

    (Б) 觀光客特別喜歡參觀彼得堡的市中心。

    (B) 孩子們可以在彼得堡看到很多有趣的事物。

4. Многие молодые люди сейчас изучают английский язык.

    (A) Английский язык сейчас изучают во многих школах.

    (Б) Английский язык не всегда был самым популярным иностранным языком.

    (B) В наше время молодые люди хотят знать английский язык.

    本題主詞為молодые люди「年輕人」，動詞為изучают（原形動詞為изучать，為未完成體動詞，意思是「學習」，後必須接名詞第四格），而受詞是английский язык「英文」。答案選項 (A) 與題目很接近，但是有個多餘的訊息，那就是во многих школах「在很多學校」，與題目不符。選項 (Б) be動詞過去式後接第五格самым популярным иностранным языком是「最受歡迎的外語」，語法規則值得好好學習，但也是與題意不符。選項 (B) 中的片語в наше время「在我們的時代」，意思就是「現代、現在」，考生要掌握意思，主詞與題目的主詞相同，所以答案應選 (B)。

4. 現在許多年輕人學英文。

    (A) 現在在很多學校中學習英文。

    (Б) 英文不全然是為最受歡迎的外語。

    (B) 現在很多年輕人想懂英文。

5. В нашем зоопарке вы увидите много животных и птиц.

    (А) Дети и взрослые смогут увидеть в нашем зоопарке разных животных и птиц.

    (Б) Дети и взрослые любят ходить в наш зоопарк.

    (В) В нашем зоопарке нельзя кормить животных и птиц.

　　本題句型完整、樸實，沒有任何艱澀之處：主詞是вы，動詞是увидите（原形動詞為увидеть，意思為「看到」，為完成體動詞，未完成體動詞為видеть），受詞為много животных и птиц「很多的動物與鳥禽」，是複數第二格形式。另外句首有表地方的前置詞＋名詞第六格в нашем зоопарке，зоопарк是「動物園」。選項 (А) 主詞дети и взрослые「小孩與大人」符合題目的主詞вы，動詞смогут увидеть也與題目的動詞吻合，受詞也是животных и птиц，為第四格，只是多了一個修飾用的形容詞разных「不同的」，單數第一格為разный。選項 (Б) 的主詞也是「大人與小孩」，但是動詞與題目的動詞出入很大любят ходить「喜歡去」，而題目並無此意，故不符題目句意。選項 (В) 為無人稱句，我們看到副詞нельзя＋原形動詞形式，表「不能、禁止作某動作」，動詞為кормить，為「餵食」之意，整句句意與題目不符，故選 (А)。

5. 在我們的動物園你們可以看到很多的動物與鳥禽。

    (А) 小孩與大人可以在我們的動物園看到不同的動物與鳥禽。

    (Б) 小孩與大人喜歡來我們的動物園。

    (В) 在我們的動物園禁止餵食動物與鳥禽。

第二部分

第6題到第9題：聆聽每則對話並答題。您必須了解對話的主題。

ЧАСТЬ 2

6. • Что ты обычно делаешь в свободное время?

   • Больше всего я люблю слушать музыку. А ещё я люблю играть на гитаре, петь песни.

   • Как интересно! Я тоже люблю играть на гитаре. Правда, я ещё не очень хорошо играю. Я всё свободное время читаю. Так много интересных книг!

Слушайте диалог ещё раз.

Они говорили ...

(А) о занятиях музыкой

(Б) о свободном времени

(В) об интересных книгах

6. • 你空閒時間通常作些什麼？

   • 我最喜歡聽音樂，我還喜歡談吉他、唱歌。

   • 真有趣啊！我也喜歡彈吉他。說真的，我彈的還不好，我空閒時間都在閱讀。有那麼多有趣的書籍啊！

再聽一次對話。

他們談論 _____。

(A) 有關音樂的活動

(Б) 有關空閒的時間

(B) 有關有趣的書籍

依據本題先發言的人提問，我們聽到了我們熟悉的詞組 в свободное время「在空閒時間」，所以我們心裡有底，大概整個對話應該就圍繞著這個話題，後來我們發現他們都會彈吉他，而最後，首先發言的人提到自己喜歡在空閒時間作的事情，所以我們可以判斷本題的主要話題是談論空閒的時間，所以答案應該選擇 (Б)。請藉此機會記住，彈奏樂器為 играть на＋樂器第六格，而球類運動（含下棋）則是 играть в＋球類（含棋類）第四格。

7. • Где ты будешь отдыхать летом?

• Хочу поехать в Италию. А ты?

• Я ещё не решила. Сначала поеду к бабушке, в деревню. Там свежий воздух, река. Можно загорать, плавать. Правда, долго там жить - скучно.

• Может, поедем вместе в Италию?

• Неплохая идея

Слушайте диалог ещё раз.

Они говорят ...
(А) об Италии
(Б) о летнем отдыхе
(В) о бабушке

7. • 妳夏天要在哪裡度假？

• 我想去義大利，妳呢？。

• 我還沒決定。首先去鄉下找奶奶，那裡有新鮮的空氣，有河流，可以曬太陽、游泳。說真的，在那生活太久會無聊。

• 或許我們一起去義大利？

• 還不錯的主意喔！

再聽一次對話。

他們談論 _____ 。
(A) 有關義大利
(Б) 有關夏天的渡假
(B) 有關奶奶

　　聽完之後我們不難發現，主題都是圍繞著где отдыхать летом「夏天在哪裡渡假」。兩位對談人談到自己的計畫：去鄉下看奶奶、去義大利，所以答案很清楚的就是 (Б)。另外，「去找某人」的用法為移動動詞後接前置詞к＋名詞第三格，例如Вчера Антон ходил к Анне в гости. 昨天安東去安娜家作客。

8. • Говорят, завтра будет холодно, дождь, ветер.
   • Да, по телевизору передавали, что всю неделю будут дожди.
   • Странно! Середина лета, а погода, как осенью.
   • А мой друг вчера звонил из Петербурга, говорит, там очень жарко!

Слушайте диалог ещё раз.

Они говорят ...
(А) о лете
(Б) о Петербурге
(В) о погоде

8. • 聽說明天天氣冷、會下雨、有風。
   • 是啊，昨天電視有報導，說一整個星期都會下雨。
   • 奇怪，夏天才過一半，天氣卻像秋天一樣。
   • 而我的朋友昨天從彼得堡打電話給我說那裡很熱。

再聽一次對話。

他們談論 ＿＿＿＿。
(А) 有關夏天
(Б) 有關彼得堡
(В) 有關天氣

　　對話的每一句都有提到與天氣相關的單詞，例如：холодно 冷、дождь雨、ветер風、жарко熱，所以答案很清楚的就是 (В)。

9. • Здравствуй, Анна!

　• Доброе утро, Марина!

　• Ты поедешь в воскресенье на экскурсию во Владимир?

　• Нет, не поеду. Я уже была во Владимире.

　• Жаль! А я думала, поедем вместе! Говорят, это интересная экскурсия.

　• Да, это очень интересная экскурсия. У вас будет хороший экскурсовод. И ехать недалеко - два часа на автобусе. Ещё у вас будет обед в ресторане. Советую тебе поехать!

Слушайте диалог ещё раз.

Они говорят ...
(А) об экскурсии
(Б) о Владимире
(В) о ресторане

9. • 妳好，安娜！

   • 早安，馬琳娜！

   • 妳星期天要去弗拉基米爾旅遊嗎？

   • 不，我不去。我已經去過弗拉基米爾了。

   • 太可惜了！我還以為我們會一起去呢！聽說這是個有趣的
     旅遊。

   • 是的，這是個非常有趣的旅遊。你們會有個好導遊，加上又
     不遠，搭巴士只要兩個小時。還有啊，你們午餐在餐廳用
     餐，我建議妳去！

再聽一次對話。

他們談論 _____ 。

(А) 有關旅遊

(Б) 有關弗拉基米爾

(В) 有關餐廳

　　本題的關鍵詞為экскурсия（旅遊、參訪活動），這個單詞在初級、基礎級與第一級都常出現，意思也很簡單，這活動大到「旅遊」，小到「校外教學」，需視上下文而定，相信考生已經很習慣此單詞了。對話的內容雖然出現過城市名稱Владимир「弗拉基米爾」，但是仔細分析，我們就可知道內容並無談論到城市的情節，而大多是討論「旅遊」本身的特性，例如有экскурсовод「導遊」，搭車不用很久ехать недалеко - два часа на автобусе，而在餐廳用餐也是在旅遊的特色之中，所以本題應選擇選項 (A)。

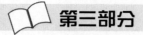

第三部分

第10題到第13題：聆聽每則對話並答題。

ЧАСТЬ 3

10. Когда начнётся спектакль?

- Дайте, пожалуйста, два билета на балет «Жизель».

- Пожалуйста.

- Спасибо. Скажите, спектакль начнётся, как обычно, в семь часов?

- Обычно в нашем театре спектакли начинаются в шесть часов, но завтра спектакль начнётся в 6:30.

Слушайте диалог ещё раз. Когда начнётся спектакль?

Спектакль начнётся ...

(А) в 6:00

(Б) в 6:30

(В) в 7:00

10. 戲劇什麼時候開演？

- 請給我兩張「吉賽爾」的芭蕾票。

- 好的。

- 謝謝。請問戲劇跟往常一樣是在7點開始嗎？

- 我們劇院的戲劇通常是6點開始，但是明天的戲劇是6點30分開始。

再聽一次對話。戲劇什麼時候開演？

戲劇將在 _____ 開始。

(A) 6點

(Б) 6點30分

(B) 7點

　　這是典型問時間的題目。通常這種題目比較會混淆考生的反應能力，所以仔細地聆聽是件非常重要的事情。這種題目通常會設下小小的陷阱：第一人先說一個時間，而第二個人會說另一個其他不同的時間，而這不同的時間卻也不是答案，因為第二個人會強調答案並不是他先前所說的另一個時間，所以，我們一定要掌握內容中的每一個時間，另外，更重要的是要抓住對談者真正要說的答案，而這答案往往會有線索的，在這個題目中，線索就是非常重要的「關鍵詞」но。有關這種關鍵詞我們在上個題本中的「閱讀」測驗解析就已經說明，因為но「但是」是一個語氣轉折詞，該詞的後面陳述才是重點，請考生細細體會。本題答案為 (Б) 6點30分。另外，「票」билет的用法要特別記住，票的後面並不是用名詞第二格表從屬關係，而是要接前置詞＋名詞第四格，例如билет на балет「芭蕾舞票」，билет на концерт「音樂會票」，билет в кино「電影票」。

11. Какой троллейбус идёт до вокзала?
    - Скажите, пожалуйста, четвёртый троллейбус идёт до вокзала?
    - Нет, до вокзала идёт десятый троллейбус. Раньше ходил ещё тринадцатый, но сейчас он идёт только до метро.

Слушайте диалог ещё раз. Какой троллейбус идёт до вокзала?

До вокзала идёт ... троллейбус.

(А) десятый

(Б) тринадцатый

(В) четвёртый

11. 哪一班無軌電車到火車站？

- 請問4號無軌電車有到火車站嗎？
- 不，到火車站是10號無軌電車。以前13號也有到，但是現在只到地鐵。

再聽一次對話。哪一班無軌電車到火車站？

到火車站是 _____ 無軌電車。

(А) 10號

(Б) 13號

(В) 4號

　　數字當然也是必考的主題。本題的數詞是序數數詞：четвёртый「第4」、десятый「第10」、тринадцатый「第13」。內容非常簡短，考生必須聽出第一個對談人所說的четвёртый「第4」、回答人斬釘截鐵的否定回答нет，當然還要聽到否定回答之後的數字десятый「第10」才是最關鍵，而且整句與題目非常接近，不難判斷，至於第三個數字根本不重要，而且不容易造成混淆。本題應選(А)。

12. Где она хочет жить?

- Алло! Это курсы русского языка?
- Да. Слушаю.
- Я хочу приехать в Москву изучать русский язык. Скажите, где я буду жить?
- Вы можете жить в гостинице, в общежитии или в квартире.
- Нет, в общежитии и в квартире я не хочу.
- Значит, вам надо заказать номер в гостинице.

Слушайте диалог ещё раз. Где она хочет жить?

Она хочет жить ...

(А) в общежитии

(Б) в квартире

(В) в гостинице

12. 她想住哪裡？

- 喂，這是俄文班嗎？
- 是的，請說。
- 我想來莫斯科學俄文，請問我要住哪呢？
- 您可以住在旅館、宿舍或是公寓。
- 不，我不想住在宿舍或公寓。
- 那您必須訂一個旅館的房間。

再聽一次對話。她想住哪裡？

她想住在 _____ 。

(А) 宿舍

(Б) 公寓

(В) 旅館

本題的關鍵是在對話的中段，大意是說，女生說想到莫斯科學俄文，詢問住宿的問題，而詢問的方式與題目的本身非常類似：Где я буду жить? 與 Где она хочет жить? 我們當然知道я與 она是同一人，所以我們應當把握對談人的回答，而這回答的三個單詞，對於考生應該不會造成任何問題：гостиница「旅館」、общежитие「宿舍」、квартира「公寓」，這些是基本的單詞。接下來主角非常明確地說了一個「語意強烈」的詞нет，所以我們更要小心地聽看看нет的後面說些什麼，結果主角利用消去法把宿舍與公寓排除掉了，而回答的人也確定說要訂旅館的房間，所以答案應選 (B) 住旅館。

13. Почему Марина не могла позвонить раньше?

- Алло! Вика, привет!

- Марина?! Здравствуй! Все уже здесь, а тебя нет! Опаздываешь, как всегда! Даже на мой день рождения! Но мы тебя ждём.

- Нет, Вика, я не опаздываю. Я не могу прийти. Извини, пожалуйста. Я заболела. Я хотела позвонить раньше. Но я была в поликлинике, а мобильный телефон забыла дома.

- Как жаль.

Слушайте диалог ещё раз. Почему Марина не могла позвонить раньше?

Марина не могла позвонить раньше, потому что...

(А) она забыла о дне рождения

(Б) её телефон не работает

(В) она забыла мобильный телефон

13. 為什麼馬琳娜無法早點打電話？

- 喂，嗨，薇卡！
- 是馬琳娜嗎？妳好！大家都到了，就缺妳了！妳一如往常又遲到了！連來參加我的生日也遲到！可是我們會等妳的。
- 不，薇卡，我沒遲到，我沒法來了，請原諒我，我生病了。我想早點打電話給妳，但是我去了診所，而把手機忘在家裡了。
- 太可惜了。

再聽一次對話。為什麼馬琳娜無法早點打電話？

馬琳娜無法早點打電話是因為 _____。
(A) 她忘了生日的事
(Б) 她的電話壞了
(В) 她忘了手機

　　本題花了大半篇幅在鋪陳故事的情節，薇卡抱怨馬琳娜愛遲到，就連參加她的生日派對也遲到，劇情至此，簡單明瞭，相信考生不會有任何問題。接著就是關鍵詞нет，就像一般的情形，這種「語意強烈」的詞出現的時候，我們一定要特別專注在該詞後的敘述。基本上，後半段的劇情，相信考生也不會有任何理解上的困難，因為與答案相關的敘述只有一個，那就是：мобильный телефон забыла дома，而其他兩個答案 (A) забыла о дне рождения，雖然也是забыла，但是對象不同，所以不考慮；而 (Б) телефон не работает在內容中從未有相關字句，所以也不會去選，所以答案很清楚，應選擇 (В)。如果考生對於мобильный телефон還不熟悉，建議藉此機會好好背熟，將來可以利用在口說及寫作上。

第四部分

第14題到第19題：題目在答案卷。聽完對話後，將易拉請求轉達給
維克多的訊息寫在答案卷上。

ЧАСТЬ 4

• Алло! Добрый день, Анна Петровна. Это Ира.

• Здравствуйте, Ира!

• Можно Виктора?

• Его нет. Он будет поздно вечером. А что ему передать?

• Вы знаете, что завтра у нас экскурсия в Петербург?

• Да, я знаю.

• Мы уезжаем завтра, но в другое время. Виктор этого не знает. Вы можете записать информацию?

• Да-да, конечно. Минутку, я возьму ручку.

• Поезд уходит в 8 часов.

• Я записала. В 8 часов. А где и когда вы встретитесь?

• Наша группа встречается около кассы в 7:30.

• Около кассы?

• Да, и ещё. Скажите ему, пожалуйста, чтобы он взял фотоаппарат. У меня нет фотоаппарата, потому что я отдал его брату.

• Хорошо, скажу. А вы знаете, что Виктор поедет не один? Он поедет с младшей сестрой. Она никогда не была в Петербурге и очень хотела поехать с ним.

• Да, он говорил. Я думаю, ей понравится экскурсия.

• Она первый раз поедет без меня. Ей только 12 лет.

• 12 лет? Она уже большая! Не волнуйтесь! Всё будет хорошо.

- Ира, что ещё передать Виктору?
- Спасибо. Ничего не надо. До свидания.
- Всего доброго!

Слушайте диалог ещё раз.

答案卷

	Ира позвонила（кому?）	*Виктору*
14	Поезд уходит（когда?）	
15	*Экскурсия будет（куда?）*	
16	Студенты встречаются（где?）	
17	Виктор поедет（с кем?）	
18	*Сестре Виктора（сколько лет?）*	
19	У Иры нет（чего?）	

- 喂，您好，安娜‧彼得羅夫娜，我是易拉。
- 您好，易拉。
- 可以請維克多聽電話嗎？
- 他不在家，他很晚才會回來，要留話給他嗎？
- 您知道我們明天要去彼得堡旅遊嗎？
- 是的，我知道。
- 我們明天出發，但是是另一個時間，維克多不知道這件事。您可以把訊息抄下來嗎？
- 是的，是的，當然可以。請等一下，我拿支筆。
- 火車8點鐘出發。
- 我抄下來了，8點鐘。那你們在哪裡、什麼時後碰面呢？
- 我們班7點30分在票口附近碰面。
- 票口附近嗎？
- 是的。恩，還有，請跟他說，請他帶照相機，我沒有相機，因為我把它借給了弟弟。

- 好的，我會跟他說。您知道維克多不是一個人去嗎？他會跟妹妹一起去，她沒去過彼得堡，所以非常想跟他去。
- 是的，我知道，他曾經說過。我想她會喜歡這個旅遊的？
- 她是第一次出門而沒有我作伴。她才12歲。
- 12歲嗎？她很大了啊！別擔心，一切都會很好的。
- 易拉，還有什麼要轉告維克多的嗎？
- 謝謝，沒了，再見。
- 祝您一切都好！

再聽一次對話。

答案卷

	易拉打電話（給誰？）	給維克多
14	火車出發（何時？）	*в 8 часов*
15	旅遊將會（去哪裡？）	*в Петербург*
16	學生碰面（在哪裡？）	*около кассы*
17	維克多要去（跟誰？）	*с младшей сестрой*
18	維克多的妹妹（幾歲？）	*12 лет*
19	易拉沒有（什麼？）	*фотоаппарата*

就像第一題本的題目一般，電話的內容與題目並沒有一些想要考倒考生的陷阱，相信如果每一題都是選擇題的話，考生一定可以拿到滿分。所以我們一定要特別注意單詞拼寫的問題。我們要記住，如果是數字，只要用阿拉伯數字表現即可，千萬不要用文字表示，自找麻煩。

 第五部分

第20題到第25題：題目在答案卷。聽完導遊的通知後，將要轉述給
　　　　　　　朋友聽的主要訊息寫在答案卷上。

ЧАСТЬ 5

Мы находимся на центральной улице Москвы. Это Тверская улица. Она называется так, потому что здесь начиналась дорога в старинный русский город Тверь.

Площадь, которую вы сейчас видите, называется Пушкинская. Здесь находится памятник известному русскому поэту Александру Сергеевичу Пушкину. Это очень старый памятник. Его открыли в 1880 году. На его открытии выступал писатель Фёдор Михайлович Достоевский. Москвичи любят этот памятник. В день рождения Пушкина, 6 июня, сюда приходит много людей послушать стихи, вспомнить о поэте, положить цветы к памятнику.

Рядом находится кинотеатр. На площади есть ресторан и кафе. Один из ресторанов называется «Пушкин». Это очень популярный ресторан.

В любую погоду на Тверской улице можно интересно провести время. Здесь много больших магазинов, театров и музеев.

Слушайте сообщение ещё раз.

答案卷

	Вы прослушали	сообщение экскурсовода
20	Экскурсовод рассказывал（о чём?）	
21	На площади находится памятник（кому?）	
22	Памятник открыли（в каком году?）	
23	На открытии памятника выступал（кто?）	
24	День рождения Пушкина（когла?）	
25	На площади есть（что?）	

　　我們現正位於莫斯科市的中心街道。這是特維爾街，它之所以這樣命名，那是因為這條街開始通往俄羅斯的古城特維爾。

　　你們現在所看到的廣場是普希金廣場，這裡有個著名俄羅斯詩人亞歷山大·謝爾蓋維奇·普希金的雕像。這是年代非常久遠的雕像，它在1880年設立的，在它的揭幕典禮上作家費德爾·米海爾羅維奇·杜斯托也夫斯基曾發表演說。莫斯科人喜歡這座雕像，六月六日普希金的生日這一天，很多人會前來此處聽詩歌、緬懷詩人、獻花在雕像旁。

　　旁邊有個電影院，在廣場上有餐廳及小餐館，其中有個餐廳叫做「普希金」，這是非常受歡迎的餐廳。

　　不管什麼天氣，在特維爾街都可以盡興地渡過時光，這裡有很多大規模的商店、劇院及博物館。

再聽一次通告。

答案卷

	你們聽了	導遊的介紹
20	導遊敘說（有關什麼？）	*о Тверской улице*
21	在廣場上有個雕像（紀念誰？）	*А.С. Пушкину*
22	雕像設立於（哪一年？）	*в 1880 году*
23	雕像揭幕式上（誰？）來演說	*Достоевский*
24	普希金的生日是（何時？）	*6 июня*
25	廣場上有（什麼？）	*кафе и рестораны*

　　本篇的專有名詞及數字較多，考生或許聽起來較為吃力，此外，答案中專有名詞的拼寫也是個難題，但是沒辦法，這是俄語檢定考試出題委員沒有考慮到的問題，他們的思維以俄羅斯為中心，他們沒想到考試的是外國人，而外國人雖然有可能聽過這些俄羅斯名人，但是要考生拼寫出這些名人的名字，其實不是件容易的事，有關這點，很多教授俄語的俄籍教師對此也多有詬病，但是沒辦法，考生只能盡力而為。另外，以下列舉幾個必須注意的地方：

- Дорога в старинный русский город：「通往俄羅斯的古城」。此處必須了解дорога「道路」之後必須接前置詞＋名詞第四格，作為「通往、前往」解釋。

- Памятник Пушкину：「普希金雕像」。考生常常會誤認памятник「雕像、建念碑、遺址等等」就像一般名詞一樣，其後接第二格，表「從屬關係」，殊不知，памятник這個單詞後面只能接第三格，切記。

- проводить / провести время：是個非常值得背起來的詞組「渡過時間」，例如Антон обычно проводит свободное время в книжном магазине. 安東通常在書店打發空閒時間；Антон очень хорошо провёл каникулы на юге. 安東在南部渡過了很好的假期。

📝 項目三：閱讀

考 試 規 則

閱讀測驗有4個部分，共30題選擇題，作答時間為50分鐘。作答時可以使用紙本詞典，有些考場也可以使用電子詞典，但是禁止攜帶智慧型手機。拿到試題卷及答案卷後，請將姓名填寫在答案卷上。

請選擇正確的答案，並將答案圈選於選項紙上。如果您認為答案是Б，那就在答案卷中相對題號的Б畫一個圓圈即可；如果您想更改答案，只需將答案畫一個圓圈就好，原來您認為是錯的選項只需再打一個X即可。

第一部分

　　如同第一題本一般，閱讀的第一部分有5題，每一題是一個簡短的敘述，考生要在三個答案的選項中，找出合乎這個簡短敘述的「下文」或是「延伸」。

ЧАСТЬ I

1. В последнее время самыми популярными профессиями среди молодых людей стали профессии экономиста и юриста.

   (А) Социологи считают, что через несколько лет этих специалистов будет слишком много.

   (Б) Многие молодые люди после школы не хотят учиться.

   (В) Актёр - самая популярная профессия в наше время.

　　題目的敘述可分為三部分：в последнее время「最近」、самыми популярными профессиями среди молодых людей「年輕人心目中最受歡迎的職業」、экономист и юрист「從事經濟相關行業及律師」。順道一提，俄語中表示職業或專長的單詞在翻譯成中文時，不一定要翻譯成「××家」，例如Антон учится в университете. Он экономист. 安東在大學念書，他念經濟。在這裡，экономист就不要翻譯成「經濟學家」，因為安東還在念大學，還不是位經濟學家，所以只要按照當時背景翻譯即可；又如Антон любит современную музыку. Он музыкант. 安東喜愛現代音樂，他是搞音樂的。像「搞音樂的」一詞，不可諱言，是學中國方面的用法，雖然對台灣人來說不是那麼的文雅，但用法完全符合句意。或許台灣的說法可以是：「從事音樂創作（或活動）的」，是創作或只是彈彈吉他、打打鼓的活動，完全取決於當句所在的

上下文而定，考生可靈活應變。本句主詞為профессии экономиста и юриста，動詞是стали，原形動詞為стать，後接第五格，所以是самыми популярными профессиями среди молодых людей，所以題目的意思是：**「最近從事經濟相關行業及律師成為年輕人心目中最受歡迎的職業」**。

選項 (А) 為複合句，前句的主詞為социологи「社會學家」，動詞為считают「認為」，其原形動詞為считать，此動詞多出現在複合句中，非常好用，考生應學會利用，對於寫作及口語表達有很大幫助，例如Антон считает, что Анна очень хорошая девушка. 安東認為安娜是個非常好的女孩。而後從句的動詞будет表未來式，слишком много этих специалистов「太多這些專家」，時間為через несколько лет「經過幾年之後」，所以句子意思為：**「社會學家認為，經過幾年之後這些專家會非常多」**，非常合乎題目的「延伸」，但是先保留，看看其他選項作決定。

選項 (Б) 的主詞為многие молодые люди「很多年輕人」，動詞為не хотят учиться「不想學習」，整句看來毫無複雜的語法結構，敘述簡單明瞭：**「很多年輕人在中學畢業之後就不想念書了」**，敘述與題目內容並無任何關聯，不考慮。

選項 (В) 破折號左右為同謂語：左邊是актёр「演員」，右邊是самая популярная профессия「最受歡迎的職業」，在в наше время為「現在」的意思，值得好好學起來，整句意思為：**「演員是現在最受歡迎的職業」**，演員與題目內容並無任何關聯，所以不是答案。本題最有邏輯性的延伸為選項 (А)。

2. Чтобы решить проблему городского транспорта, в Москве построили новую дорогу - Третье транспортное кольцо.

(А) Кольцевую структуру имеют многие старые города.

(Б) Эта новая дорога сделала движение на центральных улицах свободным.

(В) В Москве построили много новых зданий в последние годы.

本題的名詞кольцо在這裡太專業，考生不易瞭解，希望可以藉著其他的字詞幫助考生把握句子的意思。從頭分析，чтобы решить проблему городского транспорта動詞решить＋名詞第四格 проблему＋名詞第二格городского транспорта表示與проблему的從屬關係，意思是「為了要解決城市交通的問題」，而後句則是說明解決的方法：построили новую дорогу - Третье транспортное кольцо，строить / построить為「建築、建造」之意，後接受詞第四格，所以本句受詞為новую дорогу「一條新的道路」，而破折號後為同謂語第四格Третье транспортное кольцо「第三條交通環狀線」，кольцо一般指「戒指」，但在交通方面的意思為「環狀線」，所以整句的翻譯為：「**為了要解決城市的交通問題，在莫斯科建造了新的道路，就是第三條交通環狀線**」。

選項 (A) 也有相關的詞кольцевую структуру，但是整句缺乏故事延續性：主詞為многие старые города「許多老城市」，動詞為имеют「擁有」，動詞後加受詞第四格，與題目無任何關係，也不是「延伸」或「下文」，只是個獨立的敘述：「**許多老城市有環狀線的結構**」。

選項 (Б) 也有與題目相關的詞組эта новая дорога：為句子的主詞，動詞為сделала，後接受詞第四格движение「活動、動線」，後接形容詞第五格свободным「自由的、無礙的」，考生可以藉此機會學會此用法：「將動線作得順暢」，全句為：「**這條新的道路將中心街道的動線變得順暢了**」，與題目的關係緊密，是為「延伸」，所以就是答案。

選項 (B) 為一個簡單的敘述：句子為泛人稱句，故無主詞，而動詞為построили，受詞為много новых зданий「很多新的建築」，敘述與交通或是新的道路無關，並非答案，本句的翻譯為：「**近年來在莫斯科蓋了許多新的建築物**」。考生可注意в последние годы的意思與用法：前置詞в之後為第四格，並非第六格。

3. На кинофестивале в этом году не было российских фильмов.

   (А) Несколько лет назад фильм «Возвращение» режиссёра Андрея Звягинцева получил первый приз.

   (Б) А в прошлом году было три российских фильма.

   (В) Каждый год в Москве проходит кинофестиваль.

     本題的關鍵詞為не было「沒有」，是過去式，在口說時請特別注意，該詞組的重音在否定小品詞не。名詞кинофестиваль為「電影節」，所以題目為：「**今年的電影節並沒有俄羅斯的電影**」。

     選項 (А) 主詞為фильм «Возвращение» режиссёра Андрея Звягинцева，構造是名詞第一格與同謂語（電影片名）＋名詞第二格與同謂語（名字），動詞為получил，受詞為形容詞＋名詞第四格 первый приз「首獎」，所以句子為：「**數年前導演安德烈・茲亞金策夫的電影 《回家》獲得首獎**」，應與題目的敘述沒有上下文關係。

     選項 (Б) 與題目в этом году「今年」對比的詞組в прошлом году「去年」，此外，加上一個語氣轉折詞а「而」，似乎有延伸上下文的關係：было три российских фильма「有三部俄羅斯電影」。請注意形容詞與數詞之關係：數量為單數（1個）的陽性名詞，形容詞用單數第一格、名詞為單數第一格，例如хороший мальчик；數量為複數（2-4個）的陽性名詞，形容詞用複數第二格、名詞為單數第二格，例如два красивых мальчика；數量為複數（5個及5個以上）的陽性名詞，形容詞用複數第二格、名詞為複數第二格，例如пять красивых мальчиков。若為陰性名詞：одна красивая девушка（1個：形容詞單數第一格＋名詞單數第一格）、две красивые девушки（2個：形容詞複數第一格＋名詞單數第二格）、пять красивых девушек（5個及5個以上：形容詞複數第二格＋名詞複數第二格）。選項 (Б) 的句意為：「**而去年有三部俄羅斯的電影**」，句意與題目成對比，是「延伸」的答案。

選項 (B) 也有「電影節」一詞，然而該詞當作主詞，而動詞為 проходит「通過、進行」，在本句中該動詞作「舉辦」最好，所以句意為：「**每年在莫斯科會舉辦電影節**」，與主題並無上下文關係。

4. На одной из станций московского метро открыли памятник собаке.

(А) Говорят, московское метро - самое красивое в мире.

(Б) В последние годы появилось много гостиниц для собак.

(В) Таких памятников в метро больше нигде нет.

本題為泛人稱句，動詞為 открыли，在此為「設立」解釋，而受詞為 памятник「紀念碑、雕像」，後接名詞第三格，這種特殊形式我們在先前也看過，要注意，不是用名詞第二格來代表從屬關係。紀念碑的設立是在莫斯科地鐵的其中一站，所以用前置詞加上名詞第六格 на одной，所以本句的意思是：「**在莫斯科地鐵的其中一站設立了狗的紀念雕像**」。

選項 (А) 的 говорят 是個很好的用法，考生一定要學會，當作「聽說」解釋，本句翻譯為：「**聽說莫斯科地鐵是世界最美的地鐵**」。或許真的是世界最美的地鐵系統，但是與題目並無關聯，也不是延伸。

選項 (Б) 有複數第二格 собак，因為前置詞為 для 的關係，另外請記住動詞 появляться / появиться「出現」，例如 У Антона появилась возможность поехать учиться на Тайвань. 安東有希望去台灣念書。全句翻譯為：「**最近幾年出現了很多狗旅館**」。

選項 (В) 有關鍵詞 памятников，為複數第二格，因為句中有 больше нет「再也沒有」，另還有 метро，所以整句為：「**那樣的紀念碑在地鐵站裡再也沒有了**」，與主題相呼應，所以應選選項 (В)。

5. Фильм «Москва слезам не верит» перевели на многие языки мира.

    (А) И теперь люди в разных странах мира могут смотреть этот фильм.

    (Б) Для изучения иностранного языка очень полезно смотреть фильмы на этом языке.

    (В) Итальянские фильмы популярны во всём мире.

  本題的主題是名為Москва слезам не верит「莫斯科不相信眼淚」的電影。這部電影在句中為第四格當受詞，動詞是перевели，原形動詞為переводить / перевести「翻譯」，用法要特別記下來：將一個語言翻成另一個語言為переводить＋前置詞с＋語言第二格＋前置詞 на＋語言第四格，例如Антон перевёл текст с русского яызка на китайский. 安東將俄文文章翻譯成中文。題目句意為：**「《莫斯科不相信眼淚》這部電影被翻譯成世界很多的語言」**。

  選項 (А) 的第一個單詞и就有連接、延續的表徵，因為它可以作為「所以」的意思。接著是主詞люди「人們」，動詞могут посмотреть「可以看到」，в разных странах「在不同的國家」：**「所以現在在世界不同國家的人們可以看到這部電影」**，句子為題目的完全延伸，應作為答案。

  選項 (Б) 的句子中有些地方值得我們好好學習：副詞полезно「有益地」，其形容詞形式為полезный，例如У Антона есть полезные книги. 安東有一些有益的書。副詞形式之後加原形動詞，表示「作什麼事情有益」，例如Антону полезно читать китайские стихи на китайском языке. 對安東來說，用中文來讀中國詩是有益的。本句句意為：**「對學外語來說，用該語言來看電影是非常有益的」**，純粹是一個獨立的敘述，與題目內容無關。

  選項 (В) 的形容詞短尾形式популярны「受歡迎的」，為複數形式，陽性為популярен，陰性為популярна，中性為популярно：**「義大利的電影在全世界都受歡迎」**。

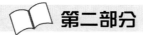

ЧАСТЬ II

6. В Москве решили установить памятник писателю Михаилу Булгакову. Лучшее место для памятника, конечно, Патриаршие пруды. Булгаков очень любил это место. Кроме того, здесь начинается его знаменитый роман «Мастер и Маргарита». Пруды решили ликвидировать, а на их месте, рядом с памятником, построить казино. Эта идея, как и проект памятника, конечно, никому не понравилась. Поклонники Булгакова организовали митинг и несколько месяцев проводили демонстрации. В результате они победили: любимые пруды Булгакова остались на месте, а рядом будет памятник писателю.

В этой статье рассказывается...

(А) о романе Булгакова

(Б) о памятнике Булгакова

(В) о строительстве казино

誠如先前所提過的，如果題目問的是短文的主要議題，那麼我們就必須把文章從頭到尾讀過一遍，找出答案，因為沒有其他的題目可供參考以推敲文章的主題。

文章的開始提到памятник писателю Михаилу Булгакову，我們已經從先前的講解知道了「紀念碑、雕像」之後必須接名詞第三格，而非第二格，所以這雕像是要紀念作家米海易爾·布爾加可夫的。動詞是решили установить「決定要設置」，所以此處的памятник是受詞第四格。第二句提到雕像的設置位置лучшее место，位置是一個專有名詞Патриаршие пруды「大主教池塘」，

接下來提到作家生前很喜歡這個地方，也是他著名小說「大師與瑪格莉特」的故事起點。接著看到下句句首пруды，要注意，它不是主詞，而是受詞第四格，本句為泛人稱句，而動詞ликвидировать是「清除、剷除」的意思，動詞之後有個詞組非常重要，但是結構非常簡單：на месте：我們知道место是「地方、位置」的意思，所以在這裡на их месте就是「在池塘的地方」，их是複數，指的是池塘。另外再舉一個例子說明на месте，例如На твоём месте я бы поехал за границу на каникулы. 換成是我的話（如果我是你的話）我就出國渡假了。所以本句是要剷除池塘，在雕像旁邊蓋一個賭場。再來提到沒人喜歡這個計畫，所以布爾加可夫的支持者（поклонники）組織了遊行（митинг）及示威（демонстрации）活動，最後結果（в результате）是粉絲取得了勝利，池塘保住了，而雕像會蓋在池塘邊。顯而易見，本篇短文討論的主題是設置雕像的相關問題，應該選則答案 (Б)。

【翻譯】

在莫斯科決定要設立紀念作家米海易爾・布爾加可夫的雕像，最好的設立地點當然就是在「大主教池塘」。布爾加可夫生前非常喜歡這個地方，此外，這裡是他著名小說「大師與瑪格莉特」的故事起點。後來決定要把池塘剷除，而在原來池塘的地方、也就是雕像的旁邊，蓋一座賭場。這個主意就像蓋雕像的計畫一樣不受到人們的青睞，於是布爾加可夫的支持者舉辦了遊行，並且示威達數月之久。最後支持者勝利了，布爾加可夫最愛的池塘得以保留，而作家的雕像將會蓋在池塘邊。

在這篇文章敘述的是 _____。
(A) 有關布爾加可夫的小說
(Б) 有關布爾加可夫的雕像
(B) 有關蓋賭場的事情

7. Новый фильм по роману Ф.М. Достоевского «Идиот» режиссёра Владимира Бортко очень понравился зрителям. Многие думали, что невозможно сделать фильм по такому серьёзному роману и что никто не будет смотреть его каждый день по телевизору во время ужина. Но замечательный режиссёр и талантливый актёры Инна Чурикова, Андрей Миронов и другие сумели создать хороший фильм. Роман Достоевского стал ещё более популярным после фильма: резко увеличилось количество покупателей романа «Идиот».

Автор этой статьи считает, что...
(А) до фильма роман Достоевского не был популярным
(Б) Инна Чурикова - самая талантливая актриса
(В) создатели фильма сумели сделать хороший фильм

　　從題目中得知，本題考的是文章作者的意見，所以我們就先看看答案的三個選項，先瞭解選項的句意，而後回到文章中找答案。
　　選項 (А) 的主詞是роман Достоевского「杜斯妥耶夫斯基的小說」，動詞是не был「不曾」。be動詞後接第五格，所以後有形容詞популярный「受歡迎的」陽性第五格，而句首還有詞組до фильма「在電影之前」，所以答案 (А) 的意思是：「在電影（上映）之前，杜斯妥耶夫斯基的小說並不受歡迎」。
　　選項 (Б) 的主詞是Инна Чурикова是人名，而破折號之後為其同謂語самая талантливая актриса「最有才華的女演員」，句意清楚。另外，我們要注意，形容詞最高級在閱讀測驗中屬於「語氣強烈」的詞，一定要注意相關訊息在文章中的敘述。
　　選項 (В) 主詞是создатели фильма「電影創作者」，動詞是сумели сделать，сумели的原形動詞形式為суметь，為完成體動詞，表「能夠」之意，而受詞為хороший фильм，所以句意大概是：「電影的創作者完成了一部好的電影」。

了解答案的選項之後，回到文章找答案。第一句大意是說觀眾非常喜歡一部根據杜斯妥耶夫斯基小說「白痴」所拍的新電影。接著，很多人認為（многие думали）小說太沉重，很難拍成電影，更何況不會有人會在晚餐的時間欣賞。我們注意во время「在……的時候」詞組的用法，它就像英文的during，非常好用，例如Во время экзамена нельзя задавать вопросы. 在考試的時候不能提問。接下來文章提到，雖然大家認為這電影要成功很難，但是（но）有知名的導演及演員通力合作共同成功地創作了這部電影。依據我們所強調過的閱讀重點，我們就應該知道，在語氣轉折詞но之後的訊息，必定是重要的訊息，否則文章根本就不需要提，所以考生一定要掌握這個技巧。最後提到由於電影的成功，杜斯妥耶夫斯基的小說變得更受歡迎，小說銷售數量大大地增加。

答案的選項 (A) 稱：「在電影（上映）之前，杜斯妥耶夫斯基的小說並不受歡迎」，但是我們在文章的最後看到：「……杜斯妥耶夫斯基的小說變得更受歡迎」，更受歡迎並不代表以前不受歡迎，所以選項 (A) 並不適合答案；選項 (Б) 中提到：「Инна Чурикова是最有才華的女演員」，然而在文章中這名女演員僅僅是「有才華的」，並未用最高級來形容她，所以也不是答案。所以本題應選擇選項 (B)。

【翻譯】

觀眾非常喜歡導演弗拉基米爾・巴爾特科依據杜斯妥耶夫斯基小說「白痴」所拍的新電影。很多人認為要依照那麼艱深的小說來拍攝電影是不可能的，另外，也不會有人想在每天的晚餐時間看電視轉播這電影。但是了不起的導演以及像安娜・裘莉可娃、安德烈・米隆諾夫以及其他有才華的演員共同創作了這部佳作。杜斯妥耶夫斯基的小說在電影之後變得更受歡迎了，購買小說「白痴」的讀者數量大大地增加了。

這篇文章作者認為 _____。

(A) 在電影之前，杜斯妥耶夫斯基的小說並不受歡迎

(Б) 安娜・裘莉可娃是最有才華的女演員

(В) 電影的創作者完成了一部好的電影

8. Получение квартиры остаётся серьёзной проблемой для многих людей в России. Социологи считают, что только 5% населения страны могут взять кредит в банке. Купить квартиру сразу могут только люди, которые получают очень большую зарплату. Таких людей очень мало. Поэтому многие молодые семьи должны арендовать квартиру или жить вместе с родителями. Конечно, это никому не нравится, потому что все хотят иметь отдельную квартиру.

В этой статье говорится...

(А) о молодых семьях

(Б) о кредите в банке

(В) о квартирной проблеме

　　本篇為「大意」題。我們必須快速地把文章從頭到尾讀過一遍，從內容中歸納、分析文章的重點，進而解題。

　　我們還是要遵照解題技巧，首先看看答案的選項，讓我們對於文章內容有個初步的了解。選項 (А) о молодых семьях「有關年輕的家庭」；選項 (Б) о кредите в банке「有關銀行的貸款」：кредит 是外來語，同英文 credit「貸款」，雖然不是個常見的單詞，但是考生不妨學會，以利日後運用；選項 (В) о квартирной проблеме「有關公寓的問題」：квартирный 是 квартира 的形容詞。看過了三個選項，我們大概知道了文章所要探討的議題，接著就來找答案吧。

在文章的第一句中我們就看到了與答案選項中類似的敘述：主詞получение квартиры「得到公寓」。получение是動詞получать / получить的名詞形式；動詞為остаётся，其原形動詞為оставаться（完成體動詞為остаться），意思是「停留、仍然」，後接名詞第五格серьёзной проблемой「嚴重的問題」，所以整句大意為：「在俄羅斯對年輕人來說，公寓的取得仍是一個嚴重的問題」，幾乎就是答案了，但是為了保險起見，我們還是再看下去。

第二句的主詞социологи「社會學家」在之前就看過，出現頻率很高，動詞считать更是常用，考生一定要會。名詞население是「人口」的意思，此為第二格，因為前有百分之五的關係，而只有這百分之五的人口能夠取得кредит в банке「銀行的貸款」，貸款訊息在答案的選項中有出現，我們必須看看它是不是文章重點，再來判斷答案。

接下來我們看到主詞люди，搭配詞意強烈的詞только，所以要特別留意句意：「只有……的人能夠馬上買下房子」，意思就是說，不用貸款，用現金買房，而是哪些人呢？關係代名詞之後接著：「賺大錢的人」，зарплата是「薪水」的意思，大的薪水也就是賺錢賺的多。但是這種人非常少，所以很多年輕的家庭必須арендовать квартиру「租房子」，或是跟父母親一起住。注意動詞арендовать「租賃」後接名詞第四格，其名詞形式為аренда。最後文章告訴我們，因為大家都想要有個人的房子（отдельная квартира），所以年輕家庭不想租屋或是與父母親同住。綜合以上，我們可以了解，文章的重點在квартира，更精確的說，是探討房屋取得困難的問題，故選擇選項 (B)。

【翻譯】

在俄羅斯對年輕人來說，公寓的取得仍是一個嚴重的問題。社會學家認為，只有百分之五的國家人口能夠獲得銀行貸款，只有賺錢很多的人們才有辦法不貸款而直接購屋，而那種人非常少，所以

很多年輕的家庭只得租房子或是與父母親同住。當然沒有人喜歡這種情形，因為所有的人都想要有各自的公寓。

在這篇文章敘述的是 _____ 。

(A) 有關年輕的家庭

(Б) 有關銀行的貸款

(В) 有關公寓的問題

9. Инфляция в России продолжает расти. Правда, скоро, по мнению экономистов, темп инфляции должен уменьшиться. Не все верят этим обещаниям. Правительство каждый год увеличивает зарплату. Но вместе с увеличением зарплаты растёт инфляция - так проблему не решить. Изменить ситуацию может только интенсивное развитие экономики страны.

Автор статьи считает, что...

(A) быстрое развитие экономики поможет решить проблему инфляции

(Б) темп инфляции скоро должен уменьшиться

(В) в России решили проблему инфляции

依據解題技巧，我們先看看答案的三個選項，讓我們對文章的內容有所掌握。選項 (A) 主詞為詞組быстрое развитие экономики「快速的經濟發展」：развитие 是動詞развивать／развить的名詞形式，意思是「發展」，而экономики為名詞экономика的第二格，作為развитие的從屬關係；動詞為поможет решить，原形動詞為помочь，未完成體動詞為помогать，後接人第三格，此為接原形動詞решить，意思是「將幫忙解決」。решить後接名詞第四格，而инфляции為инфляция的第二格，與前詞проблему為從屬關係：

「通貨膨脹的問題」。инфляция是一個詞意較難的單詞，為外來語，考生如果不知道這個單詞，也不用太緊張，仔細分析句子，就可掌握句子的語法結構，進而解題。所以選項 (A) 的大意為：「快速的經濟發展將可幫助解決通貨膨脹的問題」。選項 (Б) 有兩個單詞要解決，一個是名詞темп，另一個是動詞уменьшиться：темп的意思是「速度」，例如Темп жизни. 可譯為「生活步調」；動詞уменьшаться / уменьшиться是「減少、減輕、縮短」的意思，例如Боль уменьшилась. 疼痛減輕了。所以選項 (Б) 的意思是：「通貨膨脹的速度應該很快就會緩慢下來」。而第三個選項 (B) 意思很清楚：「在俄國通貨膨脹的問題已經解決」。

　　在文章中的第一段第一行我們看到主詞是инфляция，動詞是продолжает расти「持續地升高」，動詞продолжать / продолжить是「持續、繼續」的意思，後面如果接原形動詞的話，只能接未完成體的動詞，這是非常重要的觀念，已經講解過數次，考生要記住。而расти / вырасти是「成長、增長」的意思，所以第一句的大意就是：「通貨膨脹在俄國持續地上升」，此一陳述與答案選項 (B) 完全相反，所以選項 (B) 不可能是答案。接著，文章說「經濟學家認為通貨膨脹的速度應該很快地就會趨緩」，這裡有很好的詞組по мнению＋名詞第二格，表示「依照……的意見」，мнение是「意見」的意思，在這裡是第三格。此處的敘述與答案選項 (Б) 幾乎一樣，但是這陳述是依據經濟學家的意見，而非文章作者的主張，所以本答案的選項還需要後文的支持才行，我們不妨先列入答案的考慮。接著說，все не верят этим обещаниям「不是所有人都相信這承諾」，動詞верить / поверить通常後接名詞第三格，也可接в кого-что，考生可參考詞典的解釋。而обещание為抽象名詞，意思是「承諾」，其動詞為обещать / пообещать，動詞後通常接人第三格，例如Антон обещал Анне, что он придёт к ней завтра. 安東答應安娜明天會去看她。再來是主詞правительство「政府」，動詞увеличивает「提高、提升」，原形動詞是

увеличивать / увеличить，與前面的動詞расти類似，受詞為名詞第四格зарплату，本句大意為：「政府每年提高工資」，接著有個詞意強烈的но，表示後面的陳述與前文沒有正面的因果關係：вместе с увеличением зарплаты растёт инфляция - так проблему не решить「通貨膨脹隨著加薪而升高，如此問題並沒解決」，經過分析，我們知道инфляция是主詞，動詞是растёт，句意清楚。最後又看到詞意強烈的только「僅僅、唯有、只有」，而主詞是интенсивное развитие экономики страны「國家經濟的密集發展」，動詞是может изменить「可以改變」，изменять / изменить「改變」後接名詞第四格，所以ситуация「狀況、情勢」變為第四格ситуацию，大意就是：「唯有國家經濟的密集發展才能改變現況」，至此，答案已經明朗，應選擇 (A)，而解題技巧又再次證明是有效的，考生依定要注意「詞意強烈」單詞出現的上下文，並據此做出正確的判斷。

【翻譯】

　　通貨膨脹在俄國持續地上升，雖然經濟學家認為通貨膨脹的速度應該很快地就會趨緩，但不是所有人都相信這個承諾。政府每年加薪，但是伴隨著薪資的調高，通貨膨脹也升高，所以問題還是無法解決。惟有國家經濟的密集發展才能改變現況。

這篇文章作者認為 _____ 。

(A) 快速的經濟發展將能幫助解決通貨膨脹的問題

(Б) 通貨膨脹的速度很快就會下降

(B) 在俄國通貨膨脹的問題已獲得解決

10. В Риме, на улице Систина, над дверью одного из домов висит мемориальная доска. На ней на итальянском языке надпись: «Здесь в 1838-1842 гг. жил Николай Васильевич Гоголь».

Н.В. Гоголь очень любил Италию, особенно Рим. Он быстро выучил итальянский язык и свободно говорил по-итальянски. Здесь Н.В. Гоголь писал свою книгу «Мёртвые души». В Риме у него было много друзей - писателей и художников, с которыми он часто встречался. В память об этом периоде жизни великого русского писателя в декабре 2002 года в римском парке Вилла Боргазе открыли памятник.

В этой статье говорится...

(А) о Риме

(Б) о книге «Мёртвые души»

(В) о жизни Н.В. Гоголя в Италии

　　本篇文章是「情節」題，解題技巧與第9題一樣，我們只要將題目與答案的選項讀懂，之後回到文章，找到與題目相關的字句，即可解答。

　　題目的選項 (A) 認為本篇文章的重點是「羅馬」，所以我們回到文章後，如果發現文章的敘述是以羅馬這個城市為中心，或許是關於該城的歷史、人文等故事為主，則應選 (A)；選項 (Б) 說本篇文章是講述一本名為「死靈魂」的書，所以我們如果在文章中看到大篇幅的介紹本書的背景或情節方面的敘述，則應該選 (Б)；最後的選項 (В) 是「果戈里在義大利的生活」：果戈里是著名的俄國作家，如果在本篇文章中大多的敘述是圍繞著這個作家在義大利的生活點點滴滴，則就應該選擇這個答案。

　　在文章中的第一段我們就看到了「羅馬」，該敘述大意是說：「在羅馬的西斯奇納街上，有一棟房子門的上方掛著一個紀念牌，

在牌子上用義大利文寫著：1838 - 1842年間尼古拉‧瓦西里維奇‧果戈里曾住在此」。所以，我們清楚知道，這一段所說的兩個主題：羅馬與作家果戈里。所以兩者「各得一分」，看看誰得分最多，就是答案。其中有些地方，希望考生能確實掌握：前置詞над是指「……之上」的意思，後接名詞第五格，例如Над столом висит лампа. 有一盞燈吊掛在桌上方；名詞доска是「牌子、板子」的意思，陰性名詞；形容詞мемориальный是「紀念的」，例如Мемориальный музей Чжан Кай-ши就是台北的「中正紀念堂」；陰性名詞надпись「題字、銘文」。

接著在第二段的第一行寫到果戈里非常喜歡義大利，特別是羅馬。所以果戈里與羅馬又分別得到一分，形成二比二的局面。接下來果戈里很快地學會了義大義文，並且說的一口流利的義大利文。三比二：果戈里暫時領先。果戈里在羅馬寫了名為「死靈魂」的小說。果戈里四分、羅馬三分、死靈魂一分。果戈里在羅馬有很多的朋友，有作家、有畫家。果戈里五分、羅馬四分、死靈魂一分。2002年為了紀念這位偉大作家在這段時期的生活，在羅馬的薇拉‧泊爾傑哲公園設立了紀念碑。果戈里六分、羅馬五分、死靈魂一分。果戈里獲勝！當然，我們都知道，本篇文章看下來，大多是敘述果戈里在義大利的生活片段，雖然羅馬也得五分，我們清楚知道，羅馬在文章中指是一個地名，而非主角，整段文章並非在描寫羅馬的歷史或是其他的種種特點，所以，答案要選擇 (B)。

【翻譯】

在羅馬的西斯奇納街上，有一棟房子的門的上方掛著一個紀念牌，在牌子上刻著義大利文的銘文：「1838 - 1842年間尼古拉‧瓦西里維奇‧果戈里曾住在此」。

果戈里非常喜歡義大利，特別是羅馬。他很快地學會了義大利文，並說的一口流利的義大利文。在這裡果戈里寫了名為「死靈魂」的書。他在羅馬有很多作家、畫家朋友，他常常跟他們見面。

2002年為了紀念這位偉大作家在這段時期的生活，在羅馬的薇拉·
泊爾傑哲公園設立了紀念碑。

在這篇文章敘述的是 _____ 。

(A) 關於羅馬

(Б) 關於名為「死靈魂」的書

(B) 關於果戈里在義大利的生活

第三部分

第11-20題。閱讀下列文章，瞭解記者訪問那些不同的人們是如何渡過空閒的時光之後做答。

ЧАСТЬ III

Выходные дни

Ольга учится на факультете журналистики МГУ. Недавно она получила задание: написать для газеты «Московский университет» о том, как отдыхают москвичи. Ольга взяла диктофон и поехала в центр Москвы брать интервью у прохожих. Она всем задавала один вопрос: «Как вы провели последние выходные?» Вот что она услышала.

Валерий, 34 года, бизнесмен. В субботу я работал. Я всегда работаю в субботу. Вечером у меня была деловая встреча в ресторане. Я очень доволен её результатами. И наши партнёры, я думаю, тоже. В воскресенье утром я ходил в фитнес-клуб - в бассейн и в тренажёрный зал. Мне надо поддерживать хорошую физическую форму. А вечером мы с подругой были в театре.

Моника, 26 лет, туристка. В субботу мы ходили на экскурсию в Кремль и на Красную площадь. Мне очень понравился Кремль, но я устала, потому что мы весь день ходили пешком. Вечером мы ездили в Большой театр на балет «Лебединое озеро». Я давно мечтала увидеть этот знаменитый театр. Очень боялась, что не успею, потому что его скоро закроют на реконструкцию. Когда я узнала об этом, я сразу решила поехать в Москву. Это действительно замечательный театр, а балет Чайковского я не забуду никогда. В воскресенье мы ездили на экскурсию в Суздаль. Там мы видели много монастырей, красивых соборов. Ещё мы ходили в музей, много гуляли по городу.

Николай, 18 лет, студент. Мы с другом любим ходить на дискотеки и в клубы. В субботу мы сначала пошли в кафе, потом, вечером, на дискотеку. А в воскресенье мы ходили на день рождения однокурсника. Там было очень весело! Родители всё приготовили и ушли. Мы пили шампанское, потом пиво и вино. Кажется, я выпил слишком много. Потом танцевали. Я плохо помню, что было дальше. Кончился день не очень весело: я пришёл домой поздно, в четыре утра. Родители были, конечно, очень недовольны, я не успел написать реферат по информатике и в понедельник опоздал на семинар. А на лекцию вообще не пошёл.

11. Этот человек всегда работает в субботу.

12. Этому человеку надо поддерживать хорошую физическую форму.

13. Родителям этого человека не нравится, как он проводит свободное время.

14. В воскресенье вечером этот человек смотрел спектакль.

15. Этот человек не был на лекции.

16. Этому человеку очень понравился центр Москвы.

17. Этот человек был доволен результатами деловой встречи.

18. Этот человек не очень серьёзно относится к учёбе.

19. На экскурсии этот человек видел много монастырей и соборов.

20. Этот человек давно мечтал увидеть Большой театр.

(А) студент

(Б) туристка

(В) бизнесмен

依照解題技巧，我們要將題目先快速地閱讀一遍，除了速度之外，更要精準掌握題目的重點（關鍵），如此才能在文章中具有方向性地尋找劇情的出處。所以，我們先將所有的題目先看過一遍。

11. 這個人星期六總是要上班。

12. 這個人必須保持良好的體型。

13. 這個人的父母親不喜歡他打發空閒時間的方式。

14. 這個人在星期日晚上看了戲劇。

15. 這個人沒去上課。

16. 這個人非常喜歡莫斯科市中心。

17. 這個人對商務會談的結果滿意。

18. 這個人對課業的態度是漫不經心。

19. 這個人在旅遊當中看到了許多修道院與教堂。

20. 這個人長久以來渴望看到大劇院。

(A) 大學生

(Б) 觀光客

(В) 商人

現在我們就將11-20題的情節做詳細的分析。但是在分析之前，文章還有「前言」，為了使我們對下面三段短文有初步的瞭解，我們不妨花一點時間來看看前言。題目是выходные дни「休假日」，在翻譯上我們應把выходной（形容詞當名詞使用）解釋為「休假日」，而非「假日」，這一點請考生注意，例如Завтра у Антона выходной день. Он поедет к родителям на юг. 明天安東休假，他要去南部探望父母。

前言大意為：歐莉嘉現在讀莫斯科大學新聞系，她有個作業，需要寫一篇莫斯科人是怎麼渡假的文章，於是她跑到市中心去問路人，看看他們是怎麼渡過最近的休假日。其中有些地方值

得我們來探討：動詞учиться是「學習、上學」的意思，後面通常接表示時間或地點的詞，而鮮少連接受詞，例如Антон учится на третьем курсе. 安東現在讀三年級；念什麼系要用前置詞на＋系第六格факультете，而非前置詞в，所以на факультете журналистики是「新聞系」。журналистики是第二格，第一格為журналистика「新聞學」，值得背起來；詞組брать / взять интервью у кого「訪問某人」，名詞интервью為外來語，不變格；動詞加名詞задавать / задать кому вопрос「問某人問題」，這個詞組一定要牢記，千萬不要誤用為спрашивать / спросить вопрос，例如Студенты не любят задавать преподавателю вопросы. 學生不愛問老師問題；動詞проводить / провести время「渡過（打發）時間」已經出現多次，考生一定要掌握用法，動詞後接名詞第四格，例如Как вы провели последние выходные? 妳們最近的休假方式為何？看完了前言，我們知到本篇文章的內容是一個訪問，歐莉嘉到街頭訪問三位路人，分別是商人瓦烈里、觀光客莫妮卡與大學生尼古拉，看看他們最近是以何種方式休假。

好的，先將題目看一遍。

第11題：Этот человек всегда работает в субботу. 表示星期幾一定要用前置詞в＋名詞第四格，而不是第六格，切記。副詞всегда是「總是」的意思，整個句子意思非常簡單，毫無生詞。

第12題：Этому человеку надо поддерживать хорошую физическую форму. 有副詞надо「必須、應當」，所以我們知到本句為無人稱句，надо之後用原形動詞，而人為「主體」，而非「主詞」，要用第三格呈現，所以是этому человеку。動詞поддерживать / поддержать「支持、援助、保持」後接名詞第四格，所以是хорошую физическую форму，形容詞физический是「物理的、身體的」，而名詞форма為「形態、形狀、外形、形式」，所以хорошая физическая форма就解釋為「好的體型」，整句意思就是：「這個人必須保持良好的體型」。

第13題：Родителям этого человека не нравится, как он проводит свободное время. 看到動詞нравиться / понравиться「喜歡」我們立刻知道這是個特殊的句子，因為被喜歡的人或物是第一格，而「主體」是第三格，所以這裡的主體是родителям этого человека「這個人的父母親」，而不喜歡не нравится的事情是後面整個句子как он проводит свободное время「他打發空閒時間的方式」。句子經過分析變得簡單明瞭，考生務必要學會分析相關句子。本句句意：「這個人的父母親不喜歡他打發空閒時間的方式」。

第14題：В воскресенье вечером этот человек смотрел спектакль. 本題主詞為этот человек，動詞為смотрел，受詞為名詞第四格спектакль，句子結構簡單，無需多做解釋：「這個人在星期日晚上看了齣戲」。

第15題：Этот человек не был на лекции. 主詞還是主角，動詞為не был，記住這個be動詞過去式若是否定形式則不能有重音，重音應落在否定小品詞не。之後接前置詞＋名詞第六格，因為是be動詞，所以表示靜止的狀態，而非第四格。另外值得一提的是，雖然為靜止第六格，但是在翻譯的時後宜譯為移動的第四格狀態，所以本句應譯為：「這個人沒有去上課」；不宜譯為：「這個人不在課堂上」。

第16題：Этому человеку очень понравился центр Москвы. 與第13題的句型一樣，所以意思是：「這個人喜歡莫斯科市中心」。

第17題：Этот человек доволен результатами деловой встречи. 主詞為第一格этот человек，動詞為be動詞現在式，所以省略，後接形容詞довольный「滿意的、滿足的」短尾陽性形式доволен（довольна, довольны）。請注意，該形容詞短尾形式之後需接名詞第五格，為固定用法，一定要記住，所以是複數第五格результатами「結果」。形容詞деловой為「商務的、事務的」之意，而встреча為動詞встречать（ся）/ встретить（ся）的名詞形式

「見面、晤面、面談」。所以本句可譯為：「這個人滿意商務面談的結果」。

第18題：Этот человек не оень серьёзно относится к учёбе. 主詞依舊是「這個人」，而動詞就需要特別背一下。這是個非常好的動詞，不僅詞義重要，用法更須牢記：原形動詞為относиться / отнестись，是「對待，對……持（某種）態度」，動詞後接前置詞к＋名詞第三格，例如Антон хорошо относится ко мне. 安東對我好。需要補充的是，這裡的對某人好並不指的是物質方面的層次，而較強調是是精神層面的，所以安東對我好的意思就是安東對我的態度好，我們互動良好的意思。本句大意為：「這個人對課業的態度是漫不經心」。

第19題：На экскурсии этот человек видел много монастырей и соборов. 主詞為人，動詞是видел，原形動詞為видеть「看到」，受詞為много монастырей и соборов。много後接名詞第二格，可數名詞用複數第二格，不可數名詞用單數第二格。陽性名詞монастырь「修道院」與собор「教堂」皆為可數名詞，故用複數形式：「這個人在旅遊中看了許多修道院及教堂」。

第20題：Этот человек давно мечтал увидеть Большой театр. 動詞мечтать在先前講解過，後可接原形動詞或前置詞о＋名詞第六格，例如Антон мечтает о счастливой жизни с Анной. 安東嚮往與安娜的幸福生活；Антон мечтает стать врачом. 安東渴望成為一位醫師。本句大意為：「這個人長久以來渴望看到大劇院」。

看完所有的題目之後，我們依照答案選項各個不同主角的「屬性」，參考每一題的劇情敘述，可以大致判斷答案：

(А) 大學生：12、13、14、*15*、*18*

(Б) 觀光客：11、12、13、14、*16*、*19*、*20*

(В) 商人：11、12、13、14、*17*

從上面的統計可以看出，第15、16、17、18、19、20題「應該」是專屬於這三種不同身分的人，而其他的題目「似乎」符合所有人的敘述，例如學生就是跟上課（第15題）、學業（第18題）有關；而觀光客的敘述內容應與喜歡上（完成體過去式）莫斯科（第16題）、旅遊（第19題）、大劇院（第20題）有關；而商人則是跟商務洽談（第17題）有直接關係。當然，如此的判斷方式或許無法達到百分之百的準確，但是相信距離正確答案也不會太遠。不管如何，這只是分析，考生可以當作重要的參考解題方式，更何況還有各個主角一些「交集」的劇情有待解決，所以我們還是要迅速地將短文看過，以便正確地解題。

　　第一位是瓦烈里先生，34歲，是位商人。他說他以前星期六都要上班，現在也是，該敘述與第11題的題目完全一樣，所以第11題自然選擇 (B)。接著他說晚上在餐廳有個商務洽談，他很滿意洽談的結果，所以，很自然我們要把第17題選給商人 (B)。為了必須維持良好的體型，瓦烈里先生在星期天的早上去健身俱樂部游泳跟健身房，這與第12題的敘述一模一樣поддерживать хорошую физическую форму，所以第12題無疑地要選 (B)。而晚上他則是跟女友去了劇院ходить в театр，要注意，俄語ходить в театр就是「看劇」的意思，如果翻成「去劇院」是沒有意義的，所以第14題要選擇 (B)。

　　第二位是莫妮卡小姐，26歲，是個觀光客。星期六他們去參觀克里姆林宮與紅場。她非常喜歡克宮，但是因為走了一整天的路，所以累了。要注意весь день「整天」是第四格，而ходить пешком為「步行」之意。接著晚上他們去了大劇院，看了「天鵝湖」芭蕾。她渴望看到這著名的劇院已經很久了，давно мечтала увидеть этот знаменитый театр，與劇情敘述幾乎一樣，所以第20題應選擇 (Б)。形容詞знаменитый與известный詞意類似，只是знаменитый的等級應該是очень известный。接下來她補充說她怕她來不及看到大劇院，因為劇院很快就會關閉進行改建。бояться是「害

怕」，通常後接名詞第二格或連接詞＋複合句，例如Антон никого не боится. 安東誰也不怕；Антон боится, что Анна уйдёт от него. 安東害怕安娜會離開他。動詞успевать / успеть「來得及」通常後接原型動詞，表示來得及做某事，但是切記，一定只能接完成體動詞，例如Антон не успеет закончить работу до среды. 安東無法在星期三之前完成工作。名詞реконструкция是外來語，為「改建、裝修」之意。接下來在星期日他們去蘇茲達里旅行，在那裡他們看到了許多修道院及美麗的教堂，看到много монастырей, красивых соборов，所以第19題自然是選 (Б)。

　　第三位是尼古拉，18歲，是個大學生。他跟朋友喜歡去夜店跳舞。星期六他們先去吃飯，然後去跳舞。星期日去同學（однокурсник）的生日聚會。聚會好玩極了！副詞весело「開心、愉快」，形容詞為весёлый。他說，朋友的父母親把所有的東西準備好就離開了。他們喝香檳、啤酒跟葡萄酒。他認為他喝的太多了，動詞кажется的原形動詞為казаться「認為、覺得、似乎」常作為插入語，如有主體，則主體用第三格，例如Антону кажется, что Анна больше не любит его. 安東覺得安娜不再愛他了。之後還跳舞，再來就甚麼也記不得了。當天的結局可不是太好：早上四點才回到家，父母自然很不滿意（родители были очень недовольны），相關的題目是第13題，只是該題敘述較多，但還是只有 (A) 符合劇情。後來呢，他連資訊概要的專題報告都來不及寫，星期一的討論會也遲到，而課連上都沒去上，完全符合第15題не был на лекции (A)。顯然尼古拉對學習的態度是漫不經心的，第18題自然就送給了大學生吧 (A)。

　　我們將所有答案檢查了一遍，發現還有第16題沒有解決，但是我們在三篇短文中都沒有發現莫斯科市中心центр Москвы的敘述，經過合理的推斷，應該是出現在「觀光客」的短文中，理由是題目中所用的動詞時態是完成體動詞過去式понравился центр Москвы，所以應該是第一次到莫斯科的人，才能用「喜歡上」莫斯科的動詞過去式；另外，觀光客文中第二句提到Мне очень понравился Кремль，而克里姆林宮正是位於市中心，所以答案當然就是 (Б)，只是出題老師又是以俄國人的角度出發，並沒有考量到外國人並不一定就知道克宮位於莫斯科市中心，碰到這種題目是難免的，幸好沒有很多。另外，先前所做的答案推斷也完全正確，所以，這是很典型的題目形態，有其邏輯性，只要頭腦清楚，考生可輕鬆並從容應付。

【翻譯】

休假日

　　奧莉嘉在莫斯科大學新聞系就讀。不久前他有個作業，要寫一篇文章給名為「莫斯科大學」的報紙，內容是有關莫斯科人如何做休閒活動。奧莉嘉拿了錄音機，然後前往莫斯科市中心去採訪路人。她問所有人同樣的一個問題：「您是如何打發最近的休假日？」。以下就是他所聽到的答案。

　　瓦烈里，34歲，商人。我以前星期六要上班，現在每個星期六還是要上班。晚上我在餐廳有個商務洽談，我非常滿意洽談的結果，我認為我們的夥伴也是很滿意。為了維持良好的體型，我星期天的早上去了健身俱樂部游泳跟健身。晚上我跟女朋友去看了一齣戲。

　　莫妮卡，26歲，觀光客。星期六我們去參觀克里姆林宮與紅場，我非常喜歡克宮，但是我因為走了一整天的路而感到累。晚上我們去了大劇院，看了「天鵝湖」芭蕾。我期盼看到這著名的劇院已經很久了，我非常害怕來不及看到大劇院，因為劇院很快就要關閉進行改建，當我得知這消息，我馬上就決定前來莫斯科。這真是一個美極了的劇院，而柴可夫斯基的芭蕾我永遠也不會忘記。星期日我們去蘇茲達里旅行，在那裡我們看到了許多修道院及美麗的教堂，我們還去了博物館，在城裡逛了許久。

　　尼古拉，18歲，大學生。我跟朋友喜歡去跳舞、上夜店。星期六我們先去吃飯，然後晚上去跳舞。而星期日去同學的生日聚會，聚會好玩極了！朋友的父母親把所有的東西準備好之後就離開了。我們喝香檳，之後喝啤酒跟葡萄酒。似乎我是喝的太多了，之後還

跳舞，再來就什麼也記不得了。當天的結局可就悲劇了：早上四點才回到家，父母自然是非常不滿意，我來不及寫資訊概要的專題報告，星期一的討論會遲到了，而課連上都沒去上。

接下來我們將這篇文章在上面解析部分中沒提到的重要單詞與詞組摘錄出來，提醒考生，利用時間努力將這些單詞與詞組學會，可利用於口說及寫作上，提昇俄語能力。

- брать интервью у прохожих -「訪問路人」。интервью為外來語名詞，是「訪問」的意思。訪問某人動詞用брать / взять интервью у кого。прохожих是複數第二格名詞，單數為прохожий，是「路人」的意思，形容詞當名詞使用。
- доволен -「滿意」。形容詞短尾形式，陰性為довольна，複數為довольны，後接名詞第五格，例如Антон доволен своей жизнью. 安東滿意自己的生活。
- тренажёрный зал -「健身房」。
- поддерживать / поддержать -「保持、支持」。動詞後接名詞第四格，例如Антон регулярно занимается спортом, поэтому он поддерживает хорошую физическую форму. 安東規律地運動，所以他身材保持得很好。
- ходить пешком -「步行」。Антон ходит в университет пешком. 安東走路上學。
- успевать/ успеть -「來得及」。動詞後接完成原形動詞，表示「來得及做完……事情」，例如Антон всегда успевает закончить работу вовремя. 安東總是來得及準時做完工作。
- вообще -「大體上；總是、老是；本來」。為副詞。詞意甚多，建議考生參考辭典。此處 ...в понедельник опоздал на семинар. А на лекцию вообще не пошёл：「尼古拉星期一的討論課遲到了，而演講課連去都沒去」。вообще一詞在此有「對比」之意，就是說，前面遲到了，但好歹還去了，而後面的課就索性不去了。

第四部分

ЧАСТЬ IV

Художник Карл Брюллов

Недавно Том, Роберто и Франческа были в Третьяковской галерее.

Тому очень понравилась картина художника Карла Брюллова «Всадница». «Всадница» - это значит «девушка на лошади». На картине очень красивая девушка сидит на чёрной лошади. А рядом стоит маленькая девочка и смотрит на неё. Экскурсовод сказала, что это сёстры - старшая и младшая.

Том решил купить в киоске галереи книгу о Брюллове. Это большая, красивая и дорогая книга. В книге не только рассказ о художнике, но и фотографии его картин. Вечером Том решил прочитать её. Конечно, он не всё понял: он недавно начал изучать русский язык. Вот что он узнал о Брюллове.

Известный художник Карл Брюллов（1799-1852）родился в Петербурге.

Он начал рисовать, когда был маленьким мальчиком. Его первым учителем был отец. Это был очень строгий учитель: мальчик мог завтракать только после урока, если нарисовал достаточно много и хорошо.

Когда ему было 10 лет, он начал учиться в академии, где учились художники. Все видели, что мальчик очень талантливый. Брюллов окончил академию с золотой медалью.

Через несколько лет академия предложила ему поехать работать в Италию. В то время только лучшие русские художники могли поехать в эту страну. Там они изучали картины и скульптуры великих итальянских мастеров. 13 лет художник жил и работал в Италии. В Италии Брюллов нарисовал самые известные картины - «Всадница» и «Последний день Помпеи».

Брюллов много ездил по Италии, видел древний город Помпеи, который разрушил вулкан Везувий в I веке нашей эры. 6 лет художник изучал документы, письма, археологические материалы и рисовал картину-катастрофу. На картине - трагический момент гибели людей и города. Красное небо, яркий свет, лица и фигуры людей показывают ужасную трагедию. На картине можно видеть самого художника - это фигура молодого человека, который несёт над головой краски.

Картина имела огромный успех. В Париже, Риме, Петербурге она удивила всех. Картину «Последний день Помпеи» можно увидеть в Петербурге, в Русском музее.

После Италии Брюллов жил и работал в Петербурге. Он стал профессором академии. Но последние годы он прожил в Италии и умер там.

Когда Том прочитал о Брюллове и увидел фотографию картины «Последний день Помпеи», он решил поехать в Петербург и пойти в Русский музей.

21. Том решил купить в киоске книгу, потому что…

   (А) это большая, дорогая и красивая книга

   (Б) ему понравилась картина Брюллова

   (В) он всегда покупает книги

22. Тому понравилась картина, которая называется…

   (А) «Всадница»

   (Б) «Последний день Помпеи»

   (В) «Автопортрет»

23. На картине «Всадница» художник нарисовал…

    (А) двух красивых девушек на лошадях

    (Б) красивую девушку на лошади

    (В) молодого человека с красками

24. Карл Брюллов начал рисовать…

    (А) когда учился в академии

    (Б) когда был маленьким мальчиком

    (В) когда жил в Италии

25. Брюллов поехал в Италию, чтобы…

    (А) изучать итальянскую живопись

    (Б) путешествовать по стране

    (В) участвовать в археологических работах

26. Академия посылала учиться в Италию…

    (А) только лучших художников

    (Б) всех художников

    (В) художников и поэтов

27. Художник жил в Италии…

    (А) 6 лет

    (Б) 10 лет

    (В) 13 лет

28. Картину Брюллова «Последний день Помпеи» можно увидеть…

    (А) в Третьяковской галерее

    (Б) в Италии

    (В) в Петербурге

29. Последние годы Брюллов прожил…

    (А) в Италии

    (Б) в Москве

    (В) в Петербурге

30. Том решил поехать в Петербург, потому что…

    (А) он хочет пойти в Эрмитаж

    (Б) он хочет посмотреть картину «Последний день Помпеи»

    (В) он никогда не был в этом городе

    我們要記得，**不是先急著閱讀文章本身，而是要先看題目與答案選項**。在這篇文章中共有10個題目，當我們快速的看過題目與答案選項之後，我們就可以清楚掌握這篇文章的主角為何以及所探討的主題。

第21題：湯姆決定要在小店買書，是因為 _____。

    (А) 這是一本大的、貴的、漂亮的書

    (Б) 他喜歡布留洛夫的畫作

    (В) 他喜歡買書

第22題：湯姆喜歡的畫作名為 _____。

    (А) 「女騎士」

    (Б) 「龐貝城的最後一日」

    (В) 「自畫像」

第23題：在「女騎士」的畫作上，畫家畫了 _____。

    (А) 兩位漂亮的女孩在馬上

    (Б) 一位漂亮的女孩在馬上

    (В) 一位拿著顏料的年輕人

第24題：卡爾布留洛夫 _____ 開始畫畫。

　　　　(A) 當他在學院學習的時候

　　　　(Б) 當他是個小男孩的時候

　　　　(В) 當他住在義大利的時候

第25題：布留洛夫去義大利是為了 _____。

　　　　(A) 學義大利的寫生畫

　　　　(Б) 在國內旅遊

　　　　(В) 參與考古的工作

第26題：學院派遣 _____ 去義大利學習。

　　　　(A) 只有最好的畫家

　　　　(Б) 所有的畫家

　　　　(В) 畫家與詩人

第27題：畫家住在義大利 _____。

　　　　(A) 6年

　　　　(Б) 10年

　　　　(В) 13年

第28題：布留洛夫的畫作「龐貝城的最後一日」可在 _____ 看到。

　　　　(A) 特列基畫廊

　　　　(Б) 義大利

　　　　(В) 彼得堡的俄羅斯博物館

第29題：布留洛夫的最後幾年住在 _____。

　　　　(A) 義大利

　　　　(Б) 莫斯科

　　　　(В) 彼得堡

第30題：湯姆決定去彼得堡是因為 _____ 。

　　(A) 他想去冬宮博物館

　　(Б) 他想看看「龐貝城的最後一日」畫作

　　(В) 他從來沒去過這個城市

　　看完了所有題目之後，我們清楚了解本篇文章探討的就是俄羅斯著名畫家卡爾・布留洛夫。在題目中我們看到了許多「關鍵詞」，例如：專有名詞 «Всадница»、«Последний день Помпеи»、«Автопортрет»、в Третьяковской галерее、в Русском музее；人名 Том、Брюллов；地名в Италии、в Петербурге、в Москве；數字 6、10、13年；詞義強烈的詞только。我們依照題目句意，回到文章找到相關的敘述，再確認上、下文的情節，答案自然呼之欲出，如有關鍵詞出現，解題將會更順利。

　　第21題關鍵詞也是主詞Том，動詞是решил купить，受詞是книгу，那麼我們很快地回到文章看看Том為什麼要買書的相關敘述。文章一開始就看到了不僅僅有Том的人名，還有Роберто與Франческа。他們不久前去了特列基畫廊были в Третьяковской галерее。接著，第二段的開始談到Том非常喜歡畫家Брюллов的一幅畫作，畫作名稱為 «Всадница»。«Всадница» 的意思就是「女騎士」，畫中是一位很漂亮的女孩坐在馬上，而旁邊有位小女孩凝視著馬上的女孩。導遊說，他們是姊妹。到此還沒看到為什麼Том決定要買書，只好繼續看下去。下一段的開始，我們終於看到Том決定要買本書了，而他要買的書不是一般的書，而是有關畫家Брюллов的書，所以他買書的理由當然是為了要瞭解Брюллов，而並不是因為這本書很大、漂亮又昂貴才買，所以，我們答案應選 (Б)。

　　第22題在剛剛我們找第21題的答案時，就已經看到，應該選答案 (А)，而答案 (Б) «Последний день Помпеи» 與 «Автопортрет» 在文章中都還未出現。

第23題問說畫家在畫中畫了什麼，我們剛剛也在文章中的第二段就已經看到，畫中是一對姐妹花，姊姊在馬上，而妹妹則在旁看著姊姊，所以照理說應該是畫了兩個女孩，但是答案的選項中並無此選項，所以我們只能選比較接近事實的，所以是答案 (Б)。

　　第24題的主詞是Карл Брюллов，動詞是начал рисовать，所以是問畫家何時開始學畫的，那麼我們就接著看下去。剛剛看完了前三段，所以我們從第四段開始找。第四段只有一句，那就是畫家的出生地點是聖彼得堡。第五段的一開頭就是與題目一樣的用語，而後的敘述是когда был маленьким мальчиком「當他是個小男孩的時候」，所以本題答案選 (Б)。

　　第25題有一個關鍵詞是в Италию「去義大利」，而後有連接詞чтобы「為的是、以便」，所以題目是問畫家去義大利的目的。我們從剛剛的地方往下看：他的第一個老師是他的父親，父親很嚴格，要孩子畫得好才可以吃飯。畫家十歲的時候在學院讀書，大家都看到他非常有才華。後來學院畢業了，得到了金牌獎。過了幾年，學院讓他去義大利工作。至此終於看到了義大利，所以要仔細地找答案。接著說，在那個時代в то время，只有最好的畫家才能去義大利，我們在這裡看到了「詞意強烈」的單詞только，所以一定要特別注意，因為下一題的答案就在這裡。這些最好的畫家在義大利學習義大利偉大大師的畫作與雕刻 изучали картины и скульптуры великих итальянских мастеров，所以畫家到義大利的目的就是學畫，答案要選 (A)。

　　第26題我們在上題的尋找答案過程中已經看到，那就是學院只會選派最好的畫家去義大利，所以答案應選 (A)。再次驗證，隨時要注意「詞意強烈」的單詞。

　　第27題是數字題，我們只要小心求證，通常這種題目是最容易尋找答案且輕易得分的。從剛剛的段落我們知道布留洛夫赴義大利學畫，而後他在義大利生活工作了13年，所以本題應選 (B)。

第28題的關鍵詞是《Последний день Помпеи》「龐貝城的最後一日」，在題目中這關鍵詞為受詞，動詞為можно увидеть，所以我們必須要找到與動詞詞意類似的敘述即為答案。接下來文章提到畫家在義大利到處旅行，看到了龐貝古城。他花了六年研究相關文件、書信、考古資料，後來畫了這幅巨作。直到下一段，我們才看到與題目一模一樣的字句картину можно увидеть в Петербурге, в Русском музее，所以答案是 (B)。

第29題主詞為布留洛夫，動詞為прожил「渡過」，受詞為последние годы「最後幾年」，我們要找的是地點，是義大利、莫斯科，還是彼得堡？我們接著看下一段：在義大利的歲月之後，畫家回到彼得堡工作，他成為了學院的教授。但是最後他還是回到了義大利，並在義大利過世。文章中的敘述完全符合題目，所以答案應選 (B)。

第30題的主角回到了湯姆。他決定要去一趟彼得堡，而題目就是問其旅行的目的。答案在最後一段：當湯姆讀完了有關布留洛夫的書，並看到了「龐貝城的最後一日」畫作的照片後，他決定要到彼得堡，並且要去「俄羅斯博物館」。由此因果關係，我們不難判斷，湯姆此行的目的應該是要親眼看看這幅畫作才是，所以非常合理地選擇 (Б)。

茲將全文翻譯，提供學員參考。

【翻譯】

畫家卡爾‧布留洛夫

湯姆、羅伯特，以及法蘭切斯科不久前去了一趟特列基畫廊。

湯姆非常喜歡畫家卡爾‧布留洛夫名為「女騎士」的畫作。「女騎士」的意思就是「在馬上的女孩」。畫中有位非常美麗的女孩坐在一匹黑馬的背上，而旁邊站著一位小女孩盯著她看。導覽員說，這是一對姊妹。

湯姆決定在畫廊的小舖子買本有關布留洛夫的書。這是本又大、又漂亮，又貴的書，書中不僅僅有有關畫家的故事，同時也有他畫作的照片。晚上湯姆決定要把書給讀完。他當然無法完全了解書中內容，他是不久之前才開始學俄語的。以下就是他所得知的布留洛夫。

著名的畫家卡爾・布留洛夫（1799-1852）生於彼得堡。

當他還是個小男孩的時後，他開始畫畫。他的第一位老師是他的父親，是一為非常嚴厲的老師：如果小男孩畫的夠多且夠好，他才能在課後吃早餐。

他十歲的時候開始在畫家就學的學院唸書。大家都看到小男孩非常有才華，布留洛夫從學院畢業時獲得了金質獎章。

幾年之後，學院給他一個機會去義大利工作。在那個年代，只有最好的俄國畫家才能去這個國家。他們在義大利學偉大義大利大師的畫作及雕刻。畫家在義大利生活工作了13年，布留洛夫在義大利完成了最有名的畫作「女騎士」及「龐貝城的最後一日」。

布留洛夫在義大利到處旅遊。他看到了西元第一世紀被維蘇威火山所毀掉的龐貝古城。畫家用了六年研究文件、書信、考古資料，之後完成了這幅災難畫作。在這畫作上呈現了城市與居民死亡的悲劇瞬間，火紅的天空、亮光、人們的臉龐與身形展現出恐怖的災難。在畫中可以看到畫家本身，這是個年輕人的身形，他帶著顏料放在頭上。

畫作非常成功，它讓在巴黎、羅馬、彼得堡的所有人感到驚訝。「龐貝城的最後一日」畫作可在彼得堡的俄羅斯博物館欣賞到。

布留洛夫在義大利之後回到彼得堡生活並工作，他成為了一位學院的教授。但是最後幾年他是在義大利渡過，並在那裡過世。

當湯姆讀完了有關布留洛夫的書，並看到了「龐貝城的最後一日」畫作的照片後，他決定去彼得堡，去俄羅斯博物館。

- старший -「年紀較長的」。старший брат為「哥哥」，старшая сестра是「姊姊」，與старый「老的、舊的」不同。

- младший -「年紀較幼的」。младший брат為「弟弟」，младшая сестра是「妹妹」，與молодой「年輕的」不同。

- начинать / начать -「開始」。動詞後接受詞第四格，也可接原形動詞，若接原形動詞，則原形動詞應為未完成體，例如Антон начал писать роман. 安東開始寫小說。相關用法動詞還有кончать / кончить -「結束」、продолжать / продолжить -「繼續」。

- строгий -「嚴格的」。

- достаточно -「足夠」。是副詞，形容詞形式為достаточный。

- предлагать / предложить -「表示願意提供、建議」。動詞後加人第三格、加物第四格，例如Антон предложил Анне свою помощь. 安東表示願意幫助安娜。

- скульптура -「雕刻」。陰性名詞。

- разрушать/ разрушить -「破壞、摧毀」。動詞後加受詞第四格，例如Государство решило разрушить старые дома. 政府決定拆毀老舊的房子。

- вулкан -「火山」。陽性名詞。

- эра -「公元、西元」。陰性名詞，例如Он родился в первом веке нашей эры. 他生於西元一世紀；Она родилась во втором веке до нашей эры. 她生於西元前二世紀。

- археологический -「考古的」。

- катастрофа -「災難」。陰性名詞，例如Вчера на Невском проспекте произошла крупная автомобильная катастрофа. 昨天在涅夫斯基大道發生一起重大車禍。

- трагический -「悲劇的、悲慘的」。гибель「死亡」，為陰性名詞、трагическая гибель「慘死」。трагический的名詞為трагедия。

📋 項目四：寫作

考試規則

本測驗共有2題，作答時間為50分鐘。作答時可使用詞典。相關寫作技巧請參閱第一題本中之敘述。

第一題：寫一封信

Вы недавно вернулись из путешествия в другую страну. Напишите письмо вашему другу (подруге) и расскажите о поездке.

（а）Напишите:

- когда вы ездили и с кем,
- на каком транспорте вы ездили,
- где вы жили,
- сколько времени продолжалась ваша поездка,
- что вы видели интересного во время поездки,
- понравилась ли вам еда в этой стране,
- какая была погода,
- понравилось ли вам путешествие,
- хотите ли вы поехать туда ещё раз.

（б）Спросите у него:

- любит ли он путешествовать,
- где он уже был,
- понравилась ли ему поездка,
- куда он хочет поехать,
- что он может вам посоветовать.

В вашем письме должно быть не менее 18-20 предложений.

您不久前從其他國家旅遊後返國。請寫一封信給朋友並敘述您的旅行。

（а）請寫出：
- 您去了哪、跟誰去，
- 搭乘何種交通工具去的，
- 您住在哪裡，
- 您的旅行為時多久，
- 旅行中您看到了什麼有趣的事物，
- 您喜歡這個國家的食物嗎，
- 天氣如何，
- 您喜歡這次的旅遊嗎，
- 您想再去那裡一次嗎。

（б）請問朋友：
- 他喜不喜歡旅遊，
- 他已經去過哪裡，
- 他喜歡那次旅行嗎，
- 他想去哪裡，
- 他可以建議您什麼。

信不得少於18到20個句子。
以下就以實際例子來示範書信的寫作。

Дорогая Маша, здравствуй!

Я давно тебе не писала. У нас были каникулы, и мы с братом ездили в Японию. Там мы были на Хоккайдо и в Токио. Хоккайдо, как ты знаешь, самый северный японский остров, погода там прохладнее, чем на Тайване. Летом воздух там сухой, но часто идут дожди. Там такая красивая природа! Такой чистый воздух! Столица острова называется Саппоро. Это не очень большой город. Он очень удобный и уютный. В окрестностях города много горячих источников, мы купались в источниках и гуляли по горам. Фотографии я тебе отправлю. Из Саппоро мы улетели в Токио. Мой брат мечтал совершить восхождение на Фуздияму, самую высокую гору Японии. Мне больше нравилось любоваться ею издалека. Фудзи находится в 90 километрах от Токио, мы на поезде доехали до горы, погуляли, немного поднялись на гору, устали и пошли обедать. Там в парке много разных ресторанов. Японская еда мне очень понравилась - в основном это лапша - рамен. А Токио - это просто огромный город, но по нему удобно передвигаться, есть хорошее метро. Я люблю природу, море, озёра. Наша поездка с братом мне очень понравилась, но в следующий раз я хотела бы поехать куда-нибудь с моим другом.

А как ты провела каникулы? Куда-нибудь ездила? Напиши мне, пожалуйста. Где за границей ты уже была, мы можем вместе поехать на следующих каникулах, куда ты советуешь поехать?

Обнимаю,

Саша

15/8/2015

此篇的對象為朋友，所以不得使用敬語，而要以ты稱呼對方，我們可以用Дорогая Маша, здравствуй!，既簡單、又完整，希望考生已經學會。整篇文章我們幾乎是按照提綱來發揮，沒有太多的特殊句型或較為艱深的單詞。

　　信的第一段提到假期中與弟弟去了一趟日本。請注意，мы с братом的意思是「我跟弟弟」，而不是「我們跟弟弟」。另外，如果不用с＋名詞第五格用法，則可用я и брат形式。談到「下雨」，我們要知道，一般說天空正下著雨，「雨」應用單數型式，但是如果想表達「下雨很多、很頻繁」，則可用複數 дожди的形式。動詞мечтал совершить「夢想實踐」восхождение на Фуздияму「登上富士山」，名詞восхождение從動詞всходить / взойти「走上、登上」而來，雖然不常用，但是值得學習。但是下一個動詞就一定要學會：любоваться「欣賞」，後接名詞第五格，所以любоваться ею издалека是「從遠處欣賞」之意。詞組в основном「主要是」可當片語背下來，非常好用。動詞передвигаться / передвинуться是「遷移、移動」的意思。

　　信的第二段完全是按照提綱所寫，而結束我們依照先前的做法，用一個慣用俄式的целую（親吻）或是обнимаю（擁抱），當然也可以不用，考生宜自行決定。最後加上署名之後做結束。切記，целую或是обнимаю一定是一個段落的開始，所以要換行，且該單詞之後要用逗點，而非句點，這是習慣。

　　下面再提供1篇範例供考生參考。

 **範例二**

Антон, привет!

Недавно мы с друзьями（нас было 5 человек, две девушки）летали в Макао на несколько дней. Ты знаешь, что это за город? Это бывшая португальская колония, но сейчас он находится под управлением Китая. Наши подруги хотели поехать туда походить по магазинам, а нам было интересно посмотреть, как там сейчас идут дела. О, там замечательно, в центре города пешеходные зоны, можно спокойно гулять весь день. Много уютных ресторанов со вкусной и недорогой едой. Главное место города - это музей истории Макао. Мне особенно понравился в Макао музей вина. Мы попробовали там несколько образцов красного португальского вина - как мы были довольны!

В Макао около старой крепости можно увидеть фрагменты древней крепостной стены, которую построили в 1569 году. Нашим подругам особенно понравился огромный парк на окраине города. Нам очень повезло с погодой - было не очень жарко и солнечно.

Антон, я знаю, ты тоже любишь путешествовать, где ты уже побывал, какие у тебя планы, куда поедешь в следующий раз? Мы с компанией собираемся в следующий раз поехать в Грецию, если будешь свободен, давай с нами! Мои друзья все весёлые, добрые и симпатичные люди. Они будут рады познакомиться с тобой. Добро пожаловать к нам в компанию!

Пиши.

Саша

15/8/2015

第二題：寫一個便條

Вы пришли к другу, а его нет дома. Напишите ему записку и объясните, зачем вы приходили.

В вашей записке должно быть не менее 5 предложений.

您來找朋友，但是他不在家。請寫一個便條給他，並解釋您來找他的原因。

便條不得少於5個句子。
以下就以實際例子來示範書信的寫作。

Дима, привет!

　　Я приходил к тебе в 5 вечера, как мы и договорились, но тебя не было дома. Я подождал тебя 20 минут у дома. Но больше я не мог ждать. Ты просил меня помочь тебе разобраться с компьютерной программой. Свяжись со мной, если тебе еще нужна моя помощь.

Стас

15/8/2015

　　我們先前提過，便條的書寫方式與信件類似，也是要有開頭、主體與結尾。但是如果是寫給朋友的便條，形式可以不需太過拘泥，只需按照題目要求寫出原因即可，無須結尾的祝福語句。

　　開頭。寫便條的對象是朋友，所以自然要用ты來稱呼對方，千萬不可用敬語Вы。

　　主體部分。寫便條的原因是跟朋友解釋來訪的原因：動詞 договариваться / договориться「講定、講好」，通常後接前置詞о＋名詞第六格，例如Друзья договорились о встрече. 朋友講好了要見面。動詞разбираться / разобраться「研究明白、了解清楚」，通常後接前置詞в чём或是с кем-чем，例如 Я не разбираюсь в компьютере. 我對電腦不內行；Антон хорошо разобрался с этим делом. 安東把這件事情弄清楚了。動詞связываться / связаться是「聯繫」的意思，通常後接前置詞с＋名詞第五格，例如Антон связался с мастером, который делает ремонт. 安東已經跟裝修師傅聯繫好了。

　　下面再提供1篇範例供考生參考。

Аня, привет!

Я приходила к тебе в 7 вечера, хотела посмотреть твои учебники японского языка. Недавно я начала учить японский, но не знаю, какие учебники нужны. Я знаю, ты в университете изучаешь японский и я хотела посоветоваться с тобой. Я позвоню тебе завтра. Очень жаль, что тебя не было дома.

Ольга

15/8/2015

項目五：口說

A 版

考試規則

本測驗共有3大題。作答時間為25分鐘。準備第三大題時可使用詞典。

● 第一大題

　　第一大題共有5小題，答題時間至多5分鐘。答題是以對話形式進行，並無準備時間，口試官問問題，您就問題作答。請注意，您的回答應為完整回答，類似 да, нет, не знаю 的回答皆屬不完整回答，不予計分。

1 Скоро у меня день рождения. Как ты думаешь, куда лучше пригласить гостей - в ресторан или домой?

2 Вы не знаете, в какие дни в вашем городе не работают музеи?

3 Скажите, какое ваше любимое блюдо?

4 Посоветуйте, пожалуйста, какие сувениры мне купить в России.

5 Скажите, пожалуйста, на каком транспорте лучше доехать до аэропорта?

1 我的生日快到了，妳（你）覺得邀請客人去餐廳還是到家裡比較好？

2 您知道你們城裡的博物館哪幾天不開館嗎？

3 請告訴我您最喜歡的菜是什麼。

4 請建議我在俄羅斯該買哪些紀念品。

5 請告訴我，去機場最好搭哪種交通工具？

相關答題技巧請參閱第一題本。以下為實際範例。

1 • Скоро у меня день рождения. Как ты думаешь, куда лучше пригласить гостей - в ресторан или домой?

• Думаю, лучше в ресторан. Тебе не придётся готовить для гостей самому. И после праздника не надо убирать и мыть посуду.

2 • Вы не знаете, в какие дни в вашем городе не работают музеи?

• Кажется, в нашем городе музеи не работают только по понедельникам.

3 • Скажите, какое ваше любимое блюдо?

• Я очень люблю лапшу с говядиной - вкусное блюдо и разные овощи.

4 • Посоветуйте, пожалуйста, какие сувениры мне купить в России.

• Из России можно привезти матрёшки. Это самый известный русский сувенир.

• Скажите, пожалуйста, на каком транспорте лучше доехать до аэропорта?

• До аэропорта можно доехать на автобусе. Он отходит каждые 10 минут от центрального вокзала.

以下再提供簡單回答範例，請參考。

1 Я бы пригласила гостей домой. Я очень люблю устраивать праздники и готовить для друзей.

2 В нашем городе все музеи работают каждый день.

3 Моё любимое блюдо - омлет с сосисками.

4 В России можно купить разные сувениры. А я обычно покупаю русскую водку в подарок друзьям.

5 Вы можете доехать до аэропорта на такси или на автобусе. Автостанция находится рядом с вокзалом.

第二大題

第二大題也是共有5小題，考生了解對話背景（場景）之後首先發言、首先展開對話（口試老師不需就您的發言做任何回答）。

6 Вы узнали, что в кинотеатре идёт интересный новый фильм. Пригласите вашего друга (подругу) в кинотеатр.

7 Позвоните в гостиницу и закажите номер.

8 Вашему другу (подруге) трудно изучать иностранный язык. Посоветуйте, что ему (ей) делать.

9 Позвоните в поликлинику. Узнайте, когда принимает зубной врач.

10 Скоро каникулы. Предложите вашему другу (подруге) отдохнуть вместе.

6 您知道現在在電影院正上映著一部有趣的新電影。請邀請您的朋友去看電影。

7 請打電話到旅館訂房間。

8 您的朋友對於學習外語感到困難。請建議他（她）怎麼做。

9 請打電話到醫院。問問看牙醫的看診時間。

10 就快放假了。請向您的朋友提議一起渡假。

相關答題技巧請參閱第一題本。以下為實際範例。

6 Я хочу пригласить тебя в кино. Говорят, сейчас в кинотеатре идёт замечательный фильм. Ты свободна завтра вечером?

7 Здравствуйте, я хочу заказать двухместный номер на три дня с 25- ого по 28-ое июня. Я хочу номер с видом на море, это возможно? Сколько это будет стоить?

8 Тебе, наверное, нужно больше читать на английском языке. Если тебе нужна помощь, я могу позаниматься с тобой.

9 Здравствуйте, скажите, пожалуйста, как сегодня работает зубной врач? Во сколько начинается приём и когда заканчивается? Я хочу записаться на приём.

10 Скоро начнутся каникулы, у тебя уже есть планы? Мы можем вместе поехать в Корею на несколько дней. Ты уже был там?

以下再依各題提供答案，請參考。

6 Ты знаешь, в кинотеатре начали показывать новый американский фильм "Мечта". Ты не хочешь посмотреть? Давай пойдём посмотрим. Мы можем встретиться завтра у кинотеатра в 6 часов вечера, хорошо?

7 Здравствуйте, я хотела бы заказать одноместный номер на одну ночь на 5-ое июля. Сколько будет стоить одноместный номер?

8 Изучать иностранный язык очень сложно, нужно учить грамматику, больше читать, не надо бояться говорить на языке.

9 Здравствуйте, я могу записаться сегодня к зубному врачу? Со скольких и до скольких сегодня работает врач?

10 Давай вместе проведём каникулы, поедем за границу или можем поехать поработать в отель на берегу моря. Там можно и отдыхать, и работать.

● 第三大題

　　第三大題是唯一可以準備的一題。準備時間為10分鐘、答題時間為5分鐘，準備時可以使用詞典。

相關答題技巧請參閱第一題本。以下為實際範例。

Подготовьте сообщение на тему «Как я провожу свободное время».

- Вы любите читать? Какие книги вам нравятся?

- Вы любите кино, театр, музеи, выставки? Как часто вы ходите туда?

- Вы любите спорт? Какими видами спорта вы занимаетесь? Часто ли вы ходите на стадион? Скажите, какие спортивные программы вам нравятся?

- Вы любите смотреть телевизор? Какие передачи вам интересны?

- Вам нравится музыка? Какая?

- Как часто вы ходите в клубы, в рестораны и на дискотеки?

- У вас есть хобби? Вы коллекционируете что-нибудь?

- Вы любите встречаться с друзьями?

- Вы любите путешествовать? Где вы уже были?

- Куда бы вы хотели поехать, что посмотреть?

請準備一篇題為「我如何渡過空閒時間」的報告。

- 您喜歡閱讀嗎？您喜歡哪些書？

- 您喜歡看電影、看戲劇、逛博物館、看展覽嗎？您去的頻率如何？

- 您喜歡運動嗎？您從事什麼樣的運動？您常去體育館嗎？請問您喜歡哪些運動節目？

- 您喜歡看電視嗎？您對哪些節目感興趣？

- 您喜歡音樂嗎？什麼樣的音樂呢？

- 您去俱樂部、餐廳及跳舞的頻率為何？

- 您有嗜好嗎？您有收集什麼嗎？

- 您喜歡約朋友見面嗎？

- 您喜歡旅遊嗎？您已經去過了哪裡？

- 您想去哪裡、看看什麼？

У меня очень мало свободного времени. Я учусь и подрабатываю в фирме.

Я люблю читать книги по моей будущей профессии, книги и журналы о бизнесе. Иногда я читаю классические и современные романы русских и французских писателей.

Три раза в неделю я занимаюсь спортом - бегаю, плаваю в бассейне или хожу в спортивный зал заниматься на тренажёрах.

По выходным мы с друзьями иногда ходим в кино, иногда на выставки. В рестораны или в клубы мы ходим редко, мы все очень заняты. Все мои друзья и учатся, и работают. По телевизору я смотрю новости и спортивные программы - бейсбольные матчи, если у меня есть время.

У меня замечательные друзья, мы вместе отмечаем дни рождения и иногда ездим за границу. В последний раз мы ездили вместе в Таиланд.

以下再提供1篇答案，請參考。

Свободное время я обычно провожу с моей подругой.

Мы вместе ходим по магазинам и на йогу. Мы любим с ней ходить в клубы, модные рестораны и кафе. За границу мы тоже ездим вместе.

В прошлом году мы ездили во Францию, в этом году собираемся поехать в Англию. За границей мы ходим по музеям, выставкам, но и, конечно, по магазинам.

Мы с подругой учимся в одном университете, но на разных факультетах. Иногда мы вместе делаем домашние задания, готовимся к экзаменам. Я не люблю смотреть телевизор, все новости, фильмы, сериалы, книги я получаю из Интернета. В

Интернете можно найти литературу как по специальности, так и художественную литературу. Мне нравится современная литература и детективы.

В детстве я занималась музыкой, училась играть на пианино. Наверное, поэтому я люблю классическую музыку. Когда есть возможность, я хожу на концерты классической музыки. Современная поп-музыка мне не очень нравится.

B 版

●第一大題

1 Скажите, как вы проводите свободное время. У вас есть хобби?

2 У вас есть братья, сёстры? На кого они похожи?

3 Вчера вечером я искала вас, звонила, где вы были?

4 Вы не знаете, какой транспорт идёт до центра города?

5 У меня очень болит голова. Что делать? Вы не знаете?

1 請問您如何渡過空閒時間？您有嗜好嗎？

2 您有兄弟姊妹嗎？他們長的像誰？

3 昨天晚上我找您，也打了電話，您去了哪裡？

4 您知道哪種交通工具到市中心？

5 我的頭非常痛。您知道怎麼辦嗎？

以下為回答的示範。

1 • Скажите, как вы проводите свободное время. У вас есть хобби?

• В свободное время я занимаюсь спортом - плаваю в бассейне. К сожалению, у меня нет хобби.

2 • У вас есть братья, сёстры? На кого они похожи?

  • У меня есть старшая сестра. Она похожа на отца, а я похожа на маму.

3 • Вчера вечером я искала вас, звонила, где вы были?

  • Я работал вчера вечером, а что вы хотели?

4 • Вы не знаете, какой транспорт идёт до центра города?

  • До центра города вы можете доехать на метро.

5 • У меня очень болит голова. Что делать? Вы не знаете?

  • Вам нужно больше отдыхать. Идите домой.

以下再提供簡單回答範例，請參考。

1 В свободное время я люблю общаться с друзьями. Мы вместе ходим в кафе, на выставки, на концерты, в клубы.

2 У меня есть старший брат и младшая сестра. Они похожи на маму.

3 Вчера вечером я ходила с подругой в кино. А что случилось?

4 Автобус номер 33 идёт в центр города. Также можно доехать до центра на метро.

5 Вам нужно принять лекарство. У меня есть таблетки, хотите?

◉ 第二大題

6 Вы хотите поехать в Санкт-Петербург на поезде. Узнайте в кассе, какие есть билеты (сколько стоят, на какой день и время).

7 Ваш друг не пришёл на стадион играть в футбол. Позвоните ему, узнайте, что случилось.

8 Вы приехали в незнакомый город и знаете только, что ваша гостиница называется "Дружба". Узнайте, как до неё доехать.

9 Вы пришли в университет на занятия. В вашей группе новые русские студенты. Познакомьтесь с ними.

10 Вам не нравится ваш компьютер. Объясните, почему вы хотите поменять его.

6 您想搭火車去聖彼得堡。在櫃檯問一下有什麼樣的票（多少錢、什麼日子及時間的票）。

7 您的朋友沒有來體育館踢足球。打個電話給他，問一下發生什麼事。

8 您來到了陌生的城市。您只知道您的飯店叫做「友誼」。問一下飯店怎麼走。

9 您來到了大學要上課。您的班上有新的俄國學生。去認識他們。

10 您不喜歡您的電腦。請解釋您為什麼想換掉它。

以下為回答範例。

6 Мне нужен билет до Санкт-Петербурга на завтра. Сколько стоит билет, во сколько отходит поезд?

7 Алло! Привет, Антон. Мы договорись с тобой поиграть в футбол. Я долго ждал, а ты не пришёл. Что случилось?

8 Извините, вы не знаете, где находится гостиница "Дружба", как до неё доехать?

9 Здравствуйте! Меня зовут Антон, а как вас зовут? Из какого города вы приехали?

10 Я хотел бы поменять мой компьютер, потому что мне нужен мощный компьютер новой модели.

以下再依各題提供參考答案，請參考。

6 Скажите, пожалуйста, есть билеты на поезд до Санкт-Петербурга? На какой день есть билет, во сколько поезд?

7 Алло! Привет Антон! Ты не пришёл сегодня на стадион. Что случилось, ты не заболел? Чем я могу тебе помочь?

8 Как можно добраться до гостиницы "Дружба"? На чём я могу доехать до гостиницы?

9 Как вас зовут? Откуда вы? Меня зовут Анна. Я рада с вами познакомиться.

10 Я хочу поменять мой компьютер на новый, потому что он очень старый и медленно работает.

◉ 第三大題

Подготовьте сообщение на тему «Мой рабочий день».

• Как начинается ваш рабочий день? Когда вы обычно встаёте?

• Вы делаете зарядку каждый день?

• Где и когда вы завтракаете?

• Когда начинаются занятия/работа?

• Вы идёте на занятия/работу пешком или едете на транспорте?

• Сколько времени продолжаются занятия/работа? Что вы делаете?

• Чем вы занимаетесь после занятий/работы? Где вы обедаете? В столовой или дома?

• Сколько времени вы делаете домашнее задание? Что вам нравится делать, а что не нравится?

• Как вы отдыхаете? Как вы проводите вечер?

• Когда вы ложитесь спать?

請準備一篇題為「我工作的一天」的報告。

• 您工作的一天如何開始？您通常什麼時後起床？

• 您每天做早操嗎？

• 您什麼時後、在哪裡吃早餐？

• 什麼時後開始上課／工作？

• 您走路或是搭車去上課／工作？

• 上課／工作的時間多長？您通常做些什麼？

- 您在上課/工作之後做些什麼？您在哪裡吃午餐？在食堂還是在家吃？
- 您花多少時間做作業？什麼是您喜歡的，什麼是您不喜歡的？
- 您如何做休閒？您晚上怎麼渡過？
- 您什麼時後上床睡覺？

Обычный мой учебный день начинается в 7 утра. Я встаю в 7 часов, принимаю душ, одеваюсь, пью кофе и иду к станции метро. Завтракаю я с подругой в кафе в университете. Утреннюю зарядку я не делаю, утром обычно нет на это времени.

Мы с подругой ходим на йогу два раза в неделю. Занятия обычно начинаются в 8 часов утра, иногда в 10, тогда я встаю в 8 утра. В университет я обычно езжу на метро и на автобусе, иногда прямо до университета на автобусе. За 40 минут я обычно доезжаю до университета.

Каждый день у меня самое меньшее 4 часа занятий. После занятий мы с подругой обедаем в столовой. После обеда мы идём в библиотеку заниматься. В библиотеке мы занимаемся 2 часа. Вечером мы с подругой ходим или на йогу, или по магазинам, или в кафе.

Домой я возвращаюсь каждый день в разное время. Вечером я немного смотрю новости по телевизору, сижу в Интернете, читаю. Ложусь спать обычно в 12 часов.

以下再提供1篇答案，請參考。

Я встаю в 6 часов утра, потому что рабочий день начинается в 8 утра. Мне нужен час, чтобы доехать до работы. Офис нашей фирмы находится на другом конце города. я езжу на работу на метро с двумя пересадками. Я не хочу переезжать поближе к работе, потому что мне очень нравится мой район.

По утрам я обычно не завтракаю, только пью кофе. Около здания, где я работаю, есть несколько небольших кафе, там всегда можно вкусно и недорого поесть. Обедаем мы с коллегами тоже здесь. Обеденный перерыв у нас на фирме с 12 до 13.30. За это время я успеваю пообедать и погулять. Заканчивается мой рабочий день в 6 вечера.

После работы я иногда встречаюсь с друзьями или занимаюсь спортом, два раза в неделю я хожу на занятия по английскому языку, раз в неделю хожу в спортзал заниматься на тренажёрах. Вечером я смотрю телевизор, занимаюсь домашними делами и в 11 или в 12 ложусь спать.

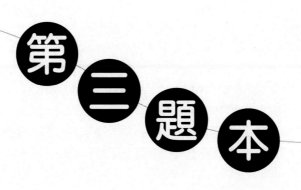

第三題本

項目一：詞彙、文法

考試規則

本測驗有四個部分，共100題，作答時間為50分鐘。作答時禁止使用詞典。拿到試題卷及答案卷後，請將姓名填寫在答案卷上。

將正確的答案圈選於答案卷上。如果您認為答案是Б，那就在答案卷中相對題號的Б畫一個圓圈即可；如果您想更改答案，只需將答案畫一個圓圈就好，並將原來您認為是錯的選項打一個X即可。請勿在試題紙上作任何記號！

●第一部分

第1-26題：請選一個正確的答案

Завтра у меня … (1) экзамен. На экзамене мы будем … (2) маленький рассказ.

選項：(А) письмо (Б) писать (В) письменный (Г) записка

分析：選項 (А) письмо為中性名詞，為第一格或第四格。若為第一格則當作主詞，若是第四格則為及物動詞後之受詞。選項 (Б) писать為動詞，後通常接人 +第三格，接物＋第四格，例如 Антон часто пишет большие письма родителям. 安東常常寫給父母親很長的信。選項 (В) письменный是形容詞，當作「書面的、書寫的」解釋，例如У Антона есть очень хороший письменный стол. 安東有一張很棒的書桌。選項 (Г) записка是陰性名詞，為第一格，是「便條」的意思。根

據句意，第1題應選形容詞來形容名詞экзамен，而第2題應選動詞，因為後接形容詞加名詞第四格，作為受詞。

★ Завтра у меня *письменный* экзамен. На экзамене мы будем *писать* маленький рассказ.

明天我有一個筆試，我們在考試的時後將要寫一個小故事。

А.П. Чехов ... (3) в городе Таганроге в 1860 году. В 1876 году ... (4) А.П. Чехова переехали в Москву.

選項：(А) родители (Б) родина (В) родился (Г) родной

分析：選項 (А) родители為複數名詞第一格，詞意為「雙親」，例如Родители Антона работают на заводе. 安東的父母親在工廠工作。選項 (Б) родина為陰性名詞第一格，為「祖國」的意思，例如Россия - родина Антона. 俄羅斯是安東的祖國。選項 (В) родился為原形動詞родиться的第三人稱單數陽性過去式，動詞後通常接表示時間或地點的詞組，例如Антон родился в Москве в 1985 году. 安東在1985年出生於莫斯科。選項 (Г) родной是形容詞，意思是「親生的、親近的」，例如Антон любит свой родной город. 安東喜愛自己的家鄉；Русский язык - это его родной язык. 俄語是他的母語。根據句意，第3題缺乏動詞，所以應選動詞родился；而第4題的句子則是沒有主詞，動詞為過去式的複數形式，故主詞應為名詞的複數形式。

★ А.П. Чехов *родился* в городе Таганроге в 1860 году. В 1876 году *ролители* А.П. Чехова переехали в Москву.

1860年契訶夫出生於塔干洛科城，在1876年契訶夫的雙親搬到莫斯科。

В выходные дни мне нравится отдыхать … (5). Друзья с
удовольствием приходят ко мне … (6).
選項：(А) дом (Б) дома (В) домашний (Г) домой

分析：選項 (А) дом是陽性名詞，可為第一格或是第四格，為「房
子」之意，例如Мне нравится наш дом. 我喜歡我們的房
子；Наш дом построили недавно. 我們的房子不久之前蓋
好了。選項 (Б) дома如為名詞，則是單數第二格或是複數
第一格及第四格；若為副詞，則是「在家」的意思，例如
Антон любит заниматься дома. 安東喜歡在家念書。選項 (В)
домашний為名詞дом的形容詞。選項 (Г) домой是副詞，為
「回家」之意，例如Антон часто приходит домой поздно.
安東常常晚回家。

★ В выходные дни мне нравится отдыхать *дома*. Друзья с
удовольствием приходят ко мне *домой*.
我喜歡在休假的時後待在家休息，朋友很樂意來家裡找我。

Если вы не … (7) плавать, ходите в бассейн. Там вы … (8)
научиться.
選項：(А) можете (Б) знаете (В) интересуетесь (Г) умеете

分析：選項 (А) можете的原形動詞為мочь，意思是「能夠、可
以」，通常動詞後接原形動詞，例如Антон не может взять
учебник в библиотеке, потому то он забыл студенческий
билет. 安東不能在圖書館借課本，因為他忘了學生證。選
項 (Б) знаете的原形動詞為знать，意思是「知道」，通常用
在複合句中或是後接受詞第四格，例如Антон знает, когда
будет экзамен. 安東知道什麼時後要考試；Антон хорошо

знает родителей своей подруги. 安東對女友的父母親很熟。
選項 (В) интересуетесь的原形動詞為интересоваться，意
思是「對……有興趣」，用法為動詞後加名詞第五格，例
如 Антон интересуется современной музыкой. 安東對現代
音樂有興趣。選項 (Г) умеете的原形動詞為уметь，意思是
「會」，動詞後面通常加原形動詞，表示技能，例如Антон
умеет кататься на велосипеде. 安東會騎腳踏車。

★ Если вы не *умеете* плавать, ходите в бассейн. Там вы *можете*
научиться.
如果您不會游泳，就去游泳池吧。在那裡您可以學會的。

> В университете мы ... (9) русскую литературу. Мы часто ... (10)
> стихи русских поэтов.
> 選項：(А) учимся (Б) изучаем (В) учим (Г) занимаемся

分析：選項 (А) учимся的原形動詞為учиться，表「學習、唸書」
之意，通常後面接表示時間或地點的詞組，鮮少用名詞第三
格，例如Антон учился в Москве. 安東以前在莫斯科唸書。
選項 (Б) изучаем的原形動詞為изучать，意思是「學習、
研究」，後加名詞第四格，例如Антон учится на первом
курсе. Он изучает английский язык. 安東是一年級生，他學
英文；如果安東已經是博士生的話，動詞不宜翻譯為「學
習」，而是「研究」。選項 (В) учим的原形動詞為учить，
意思也是「學習、背誦」，後面也是加名詞第四格，例
如Антон учит новые слова. 安東學習新的單詞。所以，
изучать後面的受詞「層次」較高，類似學科，而учить之後
的名詞就只是一般需要學習與背誦的資料，程度有所不同。
選項 (Г) занимаемся的原形動詞為заниматься，意思是「從

事……」，如果後不加名詞，則為「用功、唸書」，如後加名詞第五格，則是「從事這第五格的事務」，例如Антон любит заниматься в библиотеке. 安東喜歡在圖書館唸書；Антон часто занимается спортом. 安東常常運動。

★ В университете мы *изучаем* русскую литературу. Мы часто *учим* стихи русских поэтов.

我們在大學學習俄羅斯文學，我們常常背誦俄國詩人的詩。

Пожалуйста, ... (11) свою страну на карте и ... (12) о ней.
選項：(А) покажите (Б) скажите (В) объясните (Г) расскажите

分析：選項 (А) покажите的原形動詞為показать，為完成體動詞，其未完成體動詞為показывать表「展現」之意，通常後面接人加第三格、加物第四格，例如Антон показал мне самые интересные места в Москве. 安東帶我去看了莫斯科最有趣的幾個地方。選項 (Б) скажите的原形動詞為сказать，為完成體動詞，其未完成體動詞為говорить是「說、告訴」的意思，通常後面接人加第三格、加物第四格，例如Антон сказал мне правду. 安東把事實告訴了我。選項 (В) объясните的原形動詞為объяснить，為完成體動詞，其未完成體動詞為объяснять是「解釋」的意思，通常後面接人加第三格、加物第四格，或是用在從屬句當中，例如Антон объяснил нам новые правила. 安東對我們解釋了新的規則。選項 (Г) расскажите的原形動詞為рассказать，為完成體動詞，其未完成體動詞為рассказывать，是「敘述」的意思，後面通常接人加第三格、加物第四格或加前置詞о＋名詞第六格，例如Антон часто рассказывает о своей работе. 安東常常談自己的工作。

★ Пожалуйста, *покажите* свою страну на карте и *расскажите* о ней.

請在地圖上指出自己的國家並且敘述一下。

- Иван, ты можешь ... (13) мне купить телефон?
- Тебе надо ... (14) Андрея пойти с тобой, у него есть время.

選項：(А) говорить (Б) попросить (В) помочь (Г) спросить

分析：選項 (А) говорить是「說、告訴」的意思，完成體動詞為 сказать，例如Антон немного говорит по-китайски. 安東會 說一點中文。選項 (Б) попросить為完成體動詞，而未完成 體動詞為просить，是「請求」的意思，通常動詞後加名詞 第四格，例如Антон попросил меня помочь ему. 安東請求 我幫助他。選項 (В) помочь是完成體動詞，為「幫助」的意 思，其未完成體動詞為помогать，動詞後通常加人第三格， 例如Антон помог мне закончить эту работу. 安東幫助我完成 這個工作。選項 (Г) спросить是完成體動詞，未完成體動詞 為спрашивать，意思是「問」，通常後接人第四格，例如 Антон спросил меня, когда будет экзамен. 安東問我什麼時 後考試。

★ • Иван, ты можешь *помочь* мне купить телефон?
- Тебе надо *попросить* Андрея пойти с тобой, у него есть время.
- 伊凡，你可以幫我買電話嗎？
- 你應該要拜託安德烈跟你去，他有時間。

Я ... (15) у подруги фотоаппарат. Я сделала фотографии и ... (16) их по электронной почте своей подруге.

選項：(А) послала (Б) получила (В) взяла (Г) дала

分析：選項 (А) послала的原形動詞為послать，是完成體動詞，未完成體動詞為посылать，通常後接人用第三格、接物用第四格，是為「寄送、派遣」的意思，例如Антон послал Анне ящик книг. 安東寄了一箱書給安娜。選項 (Б) получила 的原形動詞為получить，是完成體動詞，未完成體動詞為получать，是「獲得、收到」的意思，後接名詞第四格，為受詞，如果是從某人那裡收到的，則用前置詞от＋人第二格，例如Антон получил письмо от Анны. 安東收到一封安娜寄來的信。選項 (В) взяла的原形動詞為взять，是完成體動詞，未完成體動詞為брать，後接接物用第四格，詞意必須依據句意判斷，可為「拿、取、借、買」的意思，例如Антон взял журнал в библиотеке. 安東在圖書館借了一本雜誌；Антон взял ключи и вышел из дома. 安東拿了鑰匙然後出門了。選項 (Г) дала的原形動詞為дать，是完成體動詞，未完成體動詞為давать，通常後接人用第三格、接物用第四格，是為「給予」的意思，例如Антон дал Анне хороший совет. 安東給了安娜一個好的建議。

★ Я *взяла* у подруги фотоаппарат. Я сделала фотографии и *послала* их по электронной почте своей подруге.

我跟朋友借了照相機，我拍了照片，然後把照片用電郵寄給了朋友。

Если Ольга отлично ... (17) экзамены, отец обязательно ... (18) ей новый айфон.

選項：(A) получит (Б) сдаст (В) подарит (Г) возьмёт

分析：選項 (A) получит是完成體動詞получить的未來式形式，請參考上題。選項 (Б) сдаст是完成體動詞сдать的未來式形式，未完成體動詞為сдавать，完成體動詞為「考試通過」的意思，而未完成體動詞為「參加考試」的意思，例如 Антон все экзамены сдал отлично. 安東高分通過所有的考試。選項 (В) подарит是完成體動詞подарить的未來式形式，未完成體動詞為дарить，後接人為第三格、接物為第四格，例如Антон подарил Анне дорогие часы. 安東送了一支貴重的手錶給安娜。選項 (Г) возьмёт是完成體動詞взять的未來式形式，未完成體動詞為брать，相關敘述請參閱上題。

★ Если Ольга отлично *сдаст* экзамены, отец обязательно *подарит* ей новый айфон.

如果奧莉嘉高分通過考試，父親一定會送給她一支新的哀鳳。

- Пойдём в театр! Там сегодня ... (19) спектакль.
- Конечно, пойдём, мне ... (20) посмотреть.

選項：(A) интересный (Б) интересная (В) интересно (Г) с интересом

分析：選項 (A) интересный是形容詞陽性，是「有趣的」，例如интересный человек「有趣的人」。選項 (Б) интересная是形容詞陰性，例如интересная работа「有趣的工作」。選項 (В) интересно是副詞，例如 Мне интересно работать с Антоном. 我跟安東一起工作感到有趣。選項 (Г) с интересом是前置

詞加上名詞第五格的詞組，用法及意思與副詞類似，例如 Антон с интересом смотрит новости. 安東興高采烈地看著新聞。

★ • Пойдём в театр! Там сегодня *интересный* спектакль.

• Конечно, пойдём, мне *интересно* посмотреть.

• 我們去看劇吧！今天有部有趣的舞台劇。

• 當然好啊，走吧，我有興趣看看呢。

Посмотри - ... (21) Алексей Иванов! Мне очень нравится ... (22) артист.
選項：(А) этот (Б) эта (В) эти (Г) это

分析：本題的答案選項為「指示代名詞」，選項順序分別為陽性、陰性、複數、中性。另外，選項 (Г) это除了是中性的指示代名詞之外，它也是「指示語氣詞」，請注意，試比較：Это Озеро Солнца и Луны. Антон очень любит это озеро. *這是日月潭，安東非常喜歡這個湖。*

★ Посмотри - *это* Алексей Иванов! Мне очень нравится *этот* артист.

你看，這是阿列克謝，伊凡諾夫呢！我非常喜歡這位演員。

• Дайте, пожалуйста, ... (23) книгу! Сколько она стоит?

• ... (24) книга стоит 100 рублей.

選項：(А) с этой (Б) эту (В) этой (Г) эта

分析：本題考的是指示代名詞эта的變格。選項 (А) с этой是前置詞＋第五格，代表「帶著」的意思。選項 (Б) эту為第四格。選

項 (B) этой為第一格及第四格之外的其他各格。(Г) эта 為第一格。

★ • Дайте, пожалуйста, *эту* книгу! Сколько она стоит?
  • *Эта* книга стоит 100 рублей.
  • 請給我這本書！她值多少錢？
  • 這本書一百盧布。

Виктор - мой друг. Я начал дружить ... (25) ещё в школе. Я обязательно расскажу вам ... (26).
選項：(А) с ним (Б) о нём (В) у него (Г) ему

分析：本題考的是動詞的用法。動詞дружить「與……交朋友」，通常用前置詞с＋名詞第五格；而動詞рассказать「敘述」通常後面是о＋名詞第六格。

★ Виктор - мой друг. Я начал дружить *с ним* ещё в школе. Я обязательно расскажу вам *о нём*.
維克多是我的朋友，還在中學時我們就是朋友了。我一定會跟你們說說他的事。

● 第二部分
第27-56題：請選一個正確的答案

1

Татьяна Устинова - популярная московская писательница, она пишет ... (27). Устинова родилась в семье ... (28). После окончания ... (29) Татьяна думала, где учиться дальше. Она выбрала технику и поступила ...(30). Этот институт ... (31) не нравился, ей было неинтересно учиться там. Она плохо училась. Однажды профессор спросил ... (32), зачем она поступила в этот институт. Татьяна ответила, что обещала ... (33) поступить туда. Бабушка очень хотела, чтобы Татьяна стала ... (34).

27. (А) современные детективы
    (Б) современных детективов
    (В) современным детективам
    (Г) современных детективах

28. (А) инженеры
    (Б) инженеров
    (В) инженерам
    (Г) инженерами

29. (А) московская школа
    (Б) в московскую школу
    (В) московской школы
    (Г) из московской школы

30. (А) технический институт
    (Б) в техническом институте
    (В) техническим институтом
    (Г) в технический институт

31. (А) Татьяна
    (Б) Татьяны
    (В) Татьяне
    (Г) Татьяну

32. (А) девушку
    (Б) девушке
    (В) девушки
    (Г) девушка

33. (А) свою бабушку
    (Б) своей бабушке
    (В) своей бабушки
    (Г) со своей бабушкой

34. (А) отличный инженер
    (Б) отличного инженера
    (В) отличному инженеру
    (Г) отличным инженером

第27題。關鍵是動詞писать，它是「寫」的意思。動詞之後接人＋第三格或名詞第四格，例如Антон пишет родителям письма. 安東寫信給父母親：родителям為第三格、письма為第四格。所以本題答案應選擇 (А) современные детективы。

第28題。關鍵是名詞в семье，後面應接表示職業意義的名詞第二格，為「在……的家庭」的意思。所以詞組родилась в семье инженеров應譯為「出生在工程師的家庭」，所以本題應選擇 (Б) инженеров。

第29題。基本的第二格表示從屬關係的題目。名詞окончания（第一格為окончание）因為在前置詞после（……之後）之後，所以為第二格。後接第二格московской школы表從屬關係「從莫斯科的中學畢業之後」，所以本題應選擇 (В) московской школы。

第30題。動詞поступила的原形動詞為поступить，未完成體動詞為поступать是「進入、考取、考上」的意思。動詞之後通常加前置詞 в或на＋名詞第四格，例如Антон поступил в МГУ в прошлом году. 安東去年考取了莫斯科大學。本題答案應選擇 (Г) в технический институт。

第31題。作答的關鍵在於動詞нравиться「喜歡」：被喜歡的人或物要用第一格，而喜歡的人則用第三格，是為主體，並非主詞，例如Антону нравится Анна. 安東喜歡安娜。本題的第一格為этот институт，所以要選的答案應是主體第三格，故應選 (В) Татьяне。

第32題。動詞спросил的原形動詞為спросить，未完成體動詞為спрашивать，是「詢問」的意思，後接受詞第四格，例如Антон спросил Анну, любит ли она его. 安東問安娜是否愛他。答案應選 (А) девушку。

第33題。動詞обещать後接名詞第三格 + 原形動詞，表示「承諾某人做某事」，所以答案為 (Б) своей бабушке。

第34題。關鍵是動詞стать，未完成體動詞為становиться，兩個看似毫無任何關係的動詞，其實是一對未完成體動詞／完成體動詞，是「變成、成為、開始」之意，後接名詞第五格或原形動詞，例如Антон стал интересоваться современной музыкой ещё в школе. 安東早在中學時就開始對現代音樂感興趣；Антон стал врачом после университета. 安東大學畢業之後成為了一位醫生。所以要選的答案應是名詞第五格，故應選 (Г) отличным инженером。

2

Когда Устинова закончила ... (35), она ни одного дня работала инженером. Она работала секретарём на телевидении, потом начала переводить ... (36). Она работала очень много и не только на телевидении, но и ... (37). Ей было очень интересно, но трудно. Именно в это время Татьяна Устинова написала ... (38). Она говорит, что все герои ... (39) - реальные люди. Устинова встретилась ... (40). Все ситуации, ... (41) она пишет - тоже реальные, она бывала в таких ситуациях. А ещё в детективах Татьяны Устиновой всегда есть ... (42). Все её книги, был капитаном команды и знал о футболе всё. Потом он серьёзно занимался рисованием и хотел стать ... (43). Сейчас ... (44) уже 26 романов. Обычно она пишет свои книги ... (45). Она работает ... (46).

35. (А) трудную учёбу
   (Б) о трудной учёбе
   (В) к трудной учёбе
   (Г) трудной учёбой

36. (А) иностранными программами
   (Б) иностранные программы
   (В) иностранных программ
   (Г) иностранным программам

37. (А) другие места
   (Б) с другими местами
   (В) в других местах
   (Г) из других мест

38. (А) в своём первом романе
   (Б) свой первый роман
   (В) своего первого романа
   (Г) своим первым романом

39. (А) эта книга
   (Б) эту книгу
   (В) этой книгой
   (Г) этой книги

40. (А) эти люди
   (Б) этих людей
   (В) к этим людям
   (Г) с этими людьми

41. (А) о которых

    (Б) которые

    (В) из которых

    (Г) с которыми

42. (А) любовь

    (Б) любви

    (В) с любовью

    (Г) в любви

43. (А) счастливый конец

    (Б) к счастливому концу

    (В) со счастливым концом

    (Г) счастливого конца

44. (А) писательница

    (Б) у писательницы

    (В) с писательницей

    (Г) о писательнице

45. (А) на компьютере

    (Б) компьютер

    (В) с компьютером

    (Г) компьютера

46. (А) с каждым днём

    (Б) каждого дня

    (В) каждому дню

    (Г) каждый день

第35題。動詞заканчивать / закончить「結束、完畢」為及物動詞，後接名詞第四格，例如Антон закончил работу и ушёл. 安東結束了工作之後就走了。本題答案選 (А) трудную учёбу。

第36題。動詞переводить / перевести「翻譯」也是及物動詞，後接名詞第四格，另可接前置詞 с＋А語言第二格＋на＋В語言第四格，表示「從А語言翻譯為В語言」，例如Антон перевёл эту статью с русского языка на китайский язык. 安東將這篇文章從俄文翻譯成中文。答案為 (Б) иностранные программы。

第37題。關鍵在動詞работать「工作」，之後接第六格на телевидении「在電視台」，所以後面的答案也要選第六格，所以答案是 (В) в других местах。該句的片語не только, но и「不僅僅……，也是……」值得再次複習。

第38題。動詞писать / написать「寫、創作」為及物動詞，後接名詞第四格，如果後接人，則人是第三格，例如Антон написал письмо Анне. 安東寫了一封信給安娜。安娜為第三格、信為第四格，所以答案為 (Б) свой первый роман。

第39題。考的是從屬關係。名詞герои「主角」後接名詞第二格，表示從屬關係「這本書的主角」，所以應選答案 (Г) этой книги。

第40題。關鍵詞是встречалась，原形動詞為встречаться，完成體動詞為встретиться，後接名詞第五格之前必須加前置詞c，表示「與某人見面」之意，例如Антон встречается с Анной. 安東與安娜正在交往。本題答案為 (Г) с этими людьми。

第41題。考關係代名詞который。在有關係代名詞的從句中，主詞為она，動詞為пишет，所以關係代名詞在此必須依照動詞選擇前置詞о＋關係代名詞第六格，表示「關於所有的情節」，所以答案是 (А) о которых。

第42題。есть之後接第一格。本句的意思是：在偵探小說中（в детективах）總是有愛情故事（есть любовь）。答案為 (А) любовь。

第43題。考的是固定用法，考生應趁此機會學習該用法。「這是有快樂結局的書」，俄文說法是：Это книги со счастливым концом. 一般考生會覺得是以第二格來表示從屬關係，然而並不是，請特別注意，答案應選擇 (В) со счастливым концом。

第44題。表示「誰有……」應用前置詞у＋人第二格，所以答案要選擇 (Б) у писательницы。

第45題。主詞是она，動詞是пишет，受詞是名詞第四格свои книги，要選的答案是作家如何寫書，所以要選 (А) на компьютере「用電腦寫作」。

第46題。送分題。考生如果本題不會的話，表示完全不符合本考試等級的基本要求。答案是 (Г) каждый день。值得一提的是，каждый день作為第四格使用，前面不得加前置詞。

3

У Татьяны Устиновой ... (47). Её муж - ... (48). Они познакомились во время ... (49) в институте, поженились и вместе уже много лет. В семье два ... (50). Все живут в большом старом доме недалеко ... (51). Бабушка Татьяны купила ... (52) в 1946 году. Устинова говорит, что больше всего она любит отдыхать дома, ... (53). Иногда Татьяна ... (54) путешествуют. Устиновы с удовольствием путешествуют ... (55), потому что ... (56) не нравятся жаркие страны.

47. (А) дружную семью
    (Б) дружная семья
    (В) о дружной семье
    (Г) из дружной семьи

48. (А) учёный
    (Б) учёного
    (В) учёному
    (Г) учёным

49. (А) занятия
    (Б) занятий
    (В) занятиями
    (Г) занятиям

50. (А) взрослых сына
    (Б) взрослым сыновьям
    (В) взрослые сыновья
    (Г) взрослых сыновей

51. (А) в Москве
    (Б) от Москвы
    (В) в Москву
    (Г) к Москве

52. (А) этого дома
    (Б) в этом доме
    (В) с этим домом
    (Г) этот дом

53. (А) удобный диван
    (Б) удобного дивана
    (В) на удобном диване
    (Г) на удобный диван

54. (А) с мужем
    (Б) от мужа
    (В) муж
    (Г) к мужу

55. (А) Россия   56. (А) они

    (Б) по России   (Б) их

    (В) в Россию   (В) с ними

    (Г) из России   (Г) им

　　第47題。送分題。前置詞y＋名詞第二格，表示「有……」。本句是說作家有個和諧的家庭，故答案應選第一個名詞（Б）дружная семья。

　　第48題。句子中間以破折號分開，代表符號的左、右兩邊為同謂語。左邊её муж為第一格，所以右邊亦為第一格，應選答案（А）учёный。

　　第49題。關鍵在詞組во время「在……的時後」，其後接名詞第二格，所以答案應選（Б）занятий。

　　第50題。此題值得特別注意。陽性名詞數量1：形容詞單數第一格＋名詞單數第一格，例如взрослый сын；陽性名詞數量2-4：形容詞複數第二格＋名詞單數第二格，例如2 взрослых сына；陽性名詞數量5（含5以上）：形容詞複數第二格＋名詞複數第二格，例如5 взрослых сыновей。若是陰性名詞，數量1：形容詞單數第一格＋名詞單數第一格，例如красивая девушка；數量2-4：形容詞複數第一格＋名詞單數第二格，例如2 красивые девушки；數量5（含5以上）：形容詞複數第二格＋名詞複數第二格，例如5 красивых девушек。本題答案為（А）взрослых сына。

　　第51題。考的是與副詞連用的前置詞固定用法。副詞недалеко「不遠」必須與前置詞от連用，例如Антон живёт недалеко от университета. 安東住的地方離大學不遠。應選答案（Б）от Москвы。

　　第52題。送分題。關鍵詞動詞покупать / купить，該動詞之後如接人為受詞第三格、接物為受詞第四格，例如Антон купил Анне хорошую машину. 安東買了一輛好車給安娜。本題答案為（Г）этот дом。

第53題。動詞отдыхать / отдохнуть後接表示где的第六格詞組或是副詞，為在哪裡「休息、渡假」的意思，例如Антон часто отдыхает на Чёрном море. 安東常在黑海渡假。作者喜歡在家、賴在沙發上休息，所以答案是 (B) на удобном диване。

第54題。動詞為путешествуют「旅遊」，是第三人稱複數形式，所以主詞必須符合這語法形式，所以答案是 (A) с мужем。其他答案無法表達複數形式。

第55題。考的是固定用法。動詞путешествовать後通常接前置詞по＋名詞第三格，所以答案應選擇 (Б) по России。

第56題。已經考過很多次了句中有動詞нравиться的句型。再說一次：喜歡的人是主體，用第三格，而被喜歡的人或物才是用第一格，例如Анна нравится Антону. 安東喜歡安娜。安娜是被喜歡的，所以用第一格，安東是主體，用第三格，所以答案要選擇 (Г) им。

【翻譯】

1

塔琪揚娜・烏斯奇諾娃是一位受歡迎的莫斯科作家，她寫現代的偵探小說。烏斯奇諾娃出生於工程師家庭。中學畢業之後塔琪揚娜考慮要在哪裡繼續就學。她選擇了技術工程專業，並且考上了科技大學。塔琪揚娜並不喜歡這個大學，她覺得在那裡讀書無趣，她讀得並不好。有一次教授問這女孩，為什麼她考上這所大學。塔琪揚娜回答說她答應奶奶要考取那裡，奶奶非常希望塔琪揚娜能成為一位傑出的工程師。

2

當烏斯奇諾娃結束了困難的學業之後，她一天都沒當過工程師。她在一家電視台當祕書，後來開始翻譯外國的節目。她工作勤奮，她不只在電視台任職，也在很多其他地方工作。她當時感到有

趣，但是並不容易。也就是在這個時後，塔琪揚娜・烏斯奇諾娃寫了第一本小說。她說，這本書的所有角色都是真實的人物。烏斯奇諾娃常與這些人物見面。所有她所描寫的情節都是真實的，她親自經歷過那些情節。另外在塔琪揚娜・烏斯奇諾娃的偵探小說中總會有愛情故事。她所有書的結局都是好的，這些是有著快樂結局的書。現在作家已經有26部小說。她通常用電腦寫作，她每天都要工作。

3

塔琪揚娜・烏斯奇諾娃有個和諧的家庭。她的先生是位學者，他們在大學上課時認識的。他們結婚後在一起已經很多年了。家中有兩個成年的兒子。他們全家住在離莫斯科不遠的大棟老宅中。塔琪揚娜的奶奶在1946年買了這棟房子。烏斯奇諾娃表示，她最喜歡賴在家的沙發上休息。有時候塔琪揚娜跟先生去旅行，他們快樂地在俄羅斯旅遊，因為他們不喜歡天氣熱的國家。

◉ 第三部分
第57-71題：請選一個正確的答案

　　Моя старая подруга Светлана очень любит ... (57) . Я была очень рада, когда она ... (58) мне интересную книгу. Через несколько дней я ... (59) пойти в книжный магазин, чтобы купить ещё несколько книг. В магазине я случайно ... (60) со Светланой. Она очень удивилась, что я ... (61) интересоваться литературой. Раньше я ... (62) только о спорте. Она ... (63) , что я выбираю книги. Я долго ... (64) своей подруге, что люблю и спорт, и книги, и кино. А завтра, может быть, я ... (65) старинные здания нашего города. Мне всегда ... (66) разные занятия. Светлана ... (67) меня. Мы ... (68) очень долго. Подруга ... (69) мне, что много увлечений - это несерьёзно. У человека должно быть одно серьёзное хобби. А я точно ... (70) , что нужно попробовать всё. Я хочу ... (71) , какое занятие для меня самое интересное.

57. (А) читает
    (Б) прочитать
    (В) читать

58. (А) дарила
    (Б) подарила
    (В) подарит

59. (А) решила
    (Б) решала
    (В) решу

60. (А) встречалась
    (Б) встретилась
    (В) буду встречаться

61. (А) начать
    (Б) начинала
    (В) начала

62. (А) думаю
    (Б) подумала
    (В) думала

63. (А) не поверила
    (Б) не верит
    (В) не поверит

64. (А) объяснила
    (Б) объясняла
    (В) объясню

65. (А) буду фотографировать
    (Б) сфотографировала
    (В) фотографирую

66. (А) нравились
    (Б) понравились
    (В) понравятся

67. (А) не слушает
    (Б) не послушает
    (В) не слушала

68. (А) поспорили
    (Б) спорили
    (В) будем спорить

69. (А) сказала
    (Б) скажет
    (В) сказать

70. (А) узнаю
    (Б) знаю
    (В) буду знать

71. (А) понимать

　　(Б) поняла

　　(В) понять

　　第57題。本句主詞為Светлана，動詞為第三人稱單數現在式 любит，是「喜歡、愛」的意思，後面可接受詞第四格或是未完成體原形動詞，例如Антон любит смотреть телевизор. 安東喜歡看電視。本題答案應選擇 (В) читать。

　　第58題。為複合句句型，前句動詞為過去式，所以後句的動詞也應為過去式。根據句意，後句動詞應用完成體動詞表示動作的一次性。書已經「送了」就是送了，並無反覆進行的意思，所以答案應該選 (Б) подарила。

　　第59題。解題的思考方向與第58題相同。主角決定要去書店買書，「決定」的動作是一次性的，並不是反覆「猶豫不決」，所以動詞必須是完成體動詞。而根據句意必須為過去式動詞，所以應選 (А) решила。

　　第60題。與上題相同，動作也是一次性的，句中並無反覆「見面」的意思，所以宜用完成體動詞，必須選擇 (Б) встретилась。

　　第61題。主詞為я，動詞必須選擇完成體，因為在過去時間當中的一個點主詞對文學「開始」有興趣，這個「開始」是時間進行中的一個點、而非一個面，所以一定要用完成體動詞，畢竟，這個動作的開始就是開始了，一次性的，應選 (В) начала。

　　第62題。與上題恰巧相反。本題的關鍵詞為副詞раньше「以前」。「以前」是時間的一個面、而非一個點，表示過去的一段時間，所以在過去的一段時間中所進行的動作，應該是反覆的、而非一次性的，所以應該用未完成體的過去式動詞，所以本題應選 (Б) думала。

　　第63題。完成體動詞表示動作的一次性。背景是女主角的朋友非常驚訝女主角開始對文學有興趣，因為女主角以前滿腦子都

是運動，自然「不相信」女主角現在喜歡看書，所以我們一定要知道，這種的「不相信」是在書店中朋友相遇後所產生一瞬間的動作，絕非「重複性」或是反覆發生的，所以本題答案要選 (A) не поверила。

第64題。關鍵詞為副詞долго「久」。句中有此副詞，動詞宜用未完成體動詞。因為是「久」，是一個動作的面、而非一個點，表示過去的一段時間，所以答案為 (Б) объясняла。

第65題。關鍵詞是時間副詞завтра「明天」，所以動詞應用未來式，而三個答案選項中只有一個選項是符合的，那就是 (A) буду фотографировать。

第66題。關鍵詞是頻率副詞всегда。句中有這個頻率副詞的話，動詞必須用未完成體動詞，這是基本觀念，考生一定要知道。本題應選 (A) нравились。

第67題。句子的背景為過去，所以動詞應選擇過去式。本題應選 (В) не слушала。

第68題。關鍵詞是副詞долго「久」，請參考第64題，本題毫無疑問應選未完成體的動詞，答案是 (Б) спорили。

第69題。句子的背景為過去，所以動詞應選則過去式。本題應選 (A) сказала。

第70題。本句是一般事實的陳述，動詞應用現在式，所以本題應選 (Б) знаю。

第71題。關鍵詞是хочу。有這種「情慾」動詞時，後面接的原形動詞大多為完成體的動詞，表示動作的一次性：「瞭解」就是「瞭解」了，不需要反覆地「想要了解」。本題答案為 (Б) понять。

【翻譯】

　　我的老朋友史薇特蘭娜非常喜歡閱讀。當她送我一本有趣的書時，我非常的高興。過了幾天我決定去書店再買幾本書。我在書店巧遇史薇特蘭娜，她非常驚訝我開始對文學感到興趣。以前我滿腦子只有運動，所以她不敢相信我現在選擇閱讀。我花了很長的時間跟朋友解釋說，我喜歡不只是運動而已，還有閱讀與電影。而明天我或許會去拍一些城裡古老建築物的照片。我以前總是喜歡不同的活動。史薇特蘭娜根本不聽我說，我們爭執了許久。朋友跟我說，有很多興趣是不夠認真的，一個人應該只有一個執著的嗜好。而我堅信，什麼都要試試看，我想瞭解什麼事物對我來說是最有趣的。

● 第四部分

第57-71題：請選一個正確的答案

- Как вы любите отдыхать?
- Мне нравится ... (72) на машине по новым интересным местам.
- А где вы будете отдыхать?
- Летом я ... (73) на Байкал.
- Но на машине вы ... (74) до Байкала очень долго!
- Да, конечно. Но когда я ... (75) туда, я смогу увидеть самое прекрасное озеро в мире.

72. (А) ездить   73. (А) буду ездить
　　(Б) ходить   (Б) пойду
　　(В) идти   (В) поеду

74. (А) ездите   75. (А) приеду
　　(Б) будете ехать   (Б) буду ехать
　　(В) поедете   (В) приехал

第72題。關鍵詞是нравится與на машине。有動詞нравиться的時後，動詞必須用未完成體動詞，如果是移動動詞，則應用不定向的移動動詞。本題應選 (A) ездить。

第73題。根據上句的提問，我們知道問的是未來式，而主角回答稱說夏天將去貝加爾湖，三個答案之中只有 (Б) 與 (В) 符合，但是去貝加爾湖不可能是走路去的，所以只能選 (В) поеду。

第74題。根據句意，移動的方向是定向的，所以 (A) ездить並不符合；另外根據動詞的詞意 (Б) будете ехать是「將會去」，而 (В) поедете是「啟程去」的意思，所以答案應選 (Б) будете ехать。

第75題。根據句意可輕易判斷答案：(A) приеду「抵達」；(Б) буду ехать「將會去」；(В) приехал「已經抵達」。本題應選 (A) приеду。

【翻譯】

- 您喜歡的渡假方式是什麼？
- 我喜歡開車去新鮮有趣的地方。
- 那您將要去哪裡渡假？
- 我夏天要去貝加爾湖。
- 但是您開車去到貝加爾湖會花很多時間啊！
- 是的，當然是的。但是當我抵達那裡的時後，我就可以看到世界最美麗的湖泊。

第76-84題：請選一個正確的答案

В прошлое воскресенье мы с друзьями договорились ... (76) в цирк. Мы встретились у метро, потом ... (77) улицу и пошли к цирку. Сначала мы ... (78) до кассы и купили билеты. Мы ... (79) из кассы и увидели фонтаны. Там было много людей. Мы тоже ... (80) к фонтанам на несколько минут. Через 10 минут все люди, которые были у фонтана, ... (81). Мы поняли, что там тоже надо ... (82) в цирк. Мы ... (83) в зал и сели. Все зрители улыбались и ждали, когда на сцену ... (84) артисты и начнётся представление.

76. (А) пойти
    (Б) уйти
    (В) подойти

77. (А) пошли
    (Б) перешли
    (В) шли

78. (А) перешли
    (Б) вышли
    (В) дошли

79. (А) вошли
    (Б) вышли
    (В) шли

80. (А) подошли
    (Б) перешли
    (В) вошли

81. (А) шли
    (Б) ушли
    (В) вышли

82. (А) перейти
    (Б) идти
    (В) дойти

83. (А) дошли
    (Б) ушли
    (В) вошли

84. (А) пойдут
    (Б) подойдут
    (В) выйдут

　　這個部分的考題是考加前綴的移動動詞。加前綴的移動動詞在基礎級的程度來說，大多是考其詞意，而語法的概念則是非常單純，考生只要分析每個移動動詞的意思，並且根據上、下文的句意，就能輕鬆解題。

　　我們在此不妨先分析每題的移動動詞詞意，並以例句說明，讓考生再次加深對移動動詞的印象，充分掌握移動動詞的用法，從容應付考試。

- пойти：前綴по- 有「出發」的意思，也有一個動作的「開始」之意，例如После занятий Антон пошёл в библиотеку. 安東在課後去了圖書館。

- уйти：前綴у- 是「離開」的意思，而這種「離開」是指短暫時間不會再返回，如果是「步行」的，常常用在「下班」的意思，而如果是用在「需要交通工具」的，則解釋為「離開、離去、遠行」，例如Антон уже ушёл. Он завтра будет в 8 часов. 安東已經走了，他明天八點會到；Антон уехал в Россию учиться. 安東去俄國念書了。

- подойти：前綴по-（подо-, подъ-）有「靠近、駛近」的意思。подойти為步行之移動動詞，而搭乘交通工具的移動動詞為подъехать。該動詞後通常接前置詞к＋名詞第三格，例如Антон подошёл к преподавателю и поздоровался с ним. 安東走靠近老師然後問好。

- перейти：前綴пере- 有「穿越」的意思，後接名詞第四格或是前置詞через＋名詞第四格，例如Антон перешёл улицу. 安東穿越了馬路。動詞перейти還有一個意思是「轉到」，對於考生來說較為貼切，例如Антон перешёл на исторический факультет. 安東轉到歷史系了。

- выйти：前綴вы- 是從一個空間「離開」的意思，它與уйти的不同在於，выйти只是「短暫」的離開，還是回到原來的地方的，例如Антон вышел на улицу покурить. 安東去外面抽菸。

- дойти：前綴до- 是「到達」的意思，後通常接前置詞до＋名詞第二格，例如Антон дошёл до университета за 10 минут. 安東花了十分鐘走到了學校。

- войти：前綴во- 是「進入」的意思，後通常接前置詞в或на＋名詞第四格，例如Антон вошёл в аудиторию после всех. 安東最後一個走進教室。

第76題。根據上下文，朋友們說好了要去馬戲團，所以移動動詞應用有「出發、前往」意思的前綴，所以應用 (A) пойти。

第77題。朋友們在地鐵見了面，然後「過街」前往馬戲團，所以要選 (Б) перешли。

第78題。有個前置詞до，並且根據句意，應選 (В) дошли。

第79題。從一個空間「出來」，並且有前置詞из幫忙判斷，答案需選 (Б) вышли。

第80題。看到了句子有個前置詞к＋名詞第三格，表示「走近」之意，所以要選 (A) подошли。

第81題。本句的意思是：大家都在噴水池附近閒逛，過了十分鐘，大家都「走了」。表示觀賞噴水池的人們都「離開」了噴水池的所在地方，自然應選 (Б) ушли。

第82題。本題值得考生好好記起來這種特殊用法。在副詞надо之後的移動動詞用法與пора在無人稱句當謂語的用法類似，也就是說，後面的移動動詞應用未完成體動詞，例如Пора ехать домой. 該回家了；Надо идти. 該走了。本題答案為 (Б) идти。

第83題。根據句意，主角們要「進入」大廳，後有前置詞в＋大廳第四格，答案應選擇 (В) вошли。

第84題。根據句子的描述，大家都在等演員何時會「走出」舞台，應選 (В) выйдут。

【翻譯】

上個星期天我跟朋友們約好去馬戲團。我們在地鐵碰面，之後過了馬路，然後前往馬戲團。首先我們走到了售票處，然後買了票。我們從售票處走了出來，然後看到了噴水池，那裡有很多人。我們也走近噴水池去晃一下。十分鐘之後，在噴水池附近的人們都離開了，我們瞭解我們也該去馬戲團了。我們進入了大廳，然後坐了下來。所有的觀眾都微笑，並等著看演員什麼時後走出舞台開始表演。

第五部分

第85-100題：請選一個正確的答案

Моему другу очень нравится мороженое. Я ... (85) люблю мороженое. В кафе я купил фруктовое мороженое, ... (86) мой друг купил шоколадное.

選項：(А) а (Б) но (В) и (Г) тоже

分析：選項 (А) а為連接詞，表示對比或是上下內容有接續之意。在複合句中，不同的主詞做的動作不同，則用а連結兩句。建議考生亦可參考辭典解說，例如Антон читает книгу, а Анна слушает музыку. 安東在讀書，而安娜在聽音樂。選項 (Б) но也是連接詞，有「但是、然而」之意，例如Антон хорошо плавает, но он не любит море. 安東游泳游的不錯，但是他不喜歡海。選項 (В) и為連接詞，意思很多，有「與、所以、然後」之意，必須依照上下文來決定意思，例如Антон и Анна познакомились на Тайване. 安東與安娜在台灣認識的；Антон послушал музыку, и лёг спать. 安東聽了一下音樂之後去睡覺了。選項 (Г) тоже為副詞，是「也、也是」的意思，例如Антон тоже хорошо играет на пианино. 安東鋼琴也彈得很好。根據句意，第85應選擇 (Г) тоже，而第86題則應選 (А) а。

★ Моему другу очень нравится мороженое. Я *тоже* люблю мороженое. В кафе я купил фруктовое мороженое, *а* мой друг купил шоколадное.

我的朋友非常喜歡吃冰淇淋，我也喜歡。在小餐館我買了水果口味的冰淇淋，而我的朋友買了巧克力口味的。

- Когда ты приехал в Россию?
- Я приехал ... (87).
- А когда ты уедешь домой?
- Я уеду ... (88).

選項：(A) год (Б) год назад (В) на год (Г) через год

分析：選項 (A) год表示動作的一段時間，它前面並無前置詞，表示某種動作進行的一段時間，在句中為第四格，回答 сколько времени或是как долго的問句，例如Антон пишет письмо уже 2 часа. 安東已經寫信已經寫了兩個小時。選項 (Б) год назад的關鍵在於назад，意思為「之前」，所以該詞運用在句子當中需使用動詞的過去式，以配合詞意，例如 Антон написал письмо 2 часа назад. 安東在兩個小時之前寫好了信。選項 (В) на год的前置詞意思是「去」，後面加一段時間第四格，例如Антон поехал на юг отдыхать на месяц. 安東去南部渡假一個月。選項 (Г) через год的前置詞через為「經過……之後」的意思，句中的動詞可使用未來式，也可使用過去式，例如Антон поедет（поехал）на Тайвань через 2 дня. 安東兩天之後要（已經）去台灣。

★ • Когда ты приехал в Россию?
- Я приехал *год назад*.
- А когда ты уедешь домой?
- Я уеду *через год*.
- 你什麼時後來到俄羅斯的？
- 我一年前來的。
- 那你什麼時候要回家呢？
- 我一年之後離開。

Я думаю, ... (89) самая интересная профессия - актёр. А мои родители хотят, ... (90) я стал врачом.

選項：(А) если (Б) чтобы (В) что (Г) потому что

分析：選項 (А) если是「如果」的意思，是一般的假設語氣，例如Если пойдёт дождь, мы не поедем на море. 如果下雨的話，我們就不會去海邊。(Б) чтобы是「為了是」的意思，要特別注意。чтобы在複合句中之前與之後的主詞若不同，則чтобы之後的動詞應用過去式，例如Антон хочет, чтобы Анна купила хлеб домой. 安東要安娜買麵包回家；如果主詞相同，чтобы後的動詞用原形動詞，例如Антон пошёл в магазин, чтобы купить хлеб. 安東去商店買麵包。選項 (В) что為連接詞，連接兩個句子，沒有特別的意思，例如Антон знает, что завтра будет экзамен. 安東知道明天要考試。選項 (Г) потому что「因為」，表示原因，例如Утром Антон не пошёл на занятия, потому что у него болела голова. 早上安東沒去上課，因為他頭疼。根據句意選擇答案，所以第89題要選 (В) что；第90題應選 (Б) чтобы。

★ Я думаю, *что* самая интересная профессия - актёр. А мои родители хотят, *чтобы* я стал врачом.

我認為最有趣的職業是演員，而我的父母親希望我成為一位醫生。

> Мои родители хотят заработать деньги на путешествие, ... (91)
> они много работают. Они поедут в Индию, ... (92) это интересная
> страна.
> 選項：(А) когда (Б) хотя (В) потому что (Г) поэтому

分析：選項 (А) когда 是疑問詞也是連接詞，是「何時」的意思，
例如Антон не знает, когда будет экзамен. 安東不知道什麼
時候要考試。選項 (Б) хотя 是連接詞，是「雖然、儘管」
的意思，例如Антон пошёл в магазин, хотя идёт сильный
дождь. 儘管下著大雨，安東還是去了商店。選項 (В) потому
что的意思為「因為」，請參考第89題。選項 (Г) поэтому是
副詞，是「所以」的意思，例如Антон всегда носит много
вещей, поэтому у него тяжёлый рюкзак. 安東總是帶很多東
西，所以他的背包很重。根據句意，第91題是表示結果，要
選 (Г) поэтому；而第92題是表原因，故選 (В) потому что。

★ Мои родители хотят заработать деньги на путешествие, *поэтому*
они много работают. Они поедут в Индию, *потому что* это
интересная страна.
我的父母親想要賺錢去旅遊，所以他們工作很勤奮。他們要去
印度，因為那是個有趣的國家。

> Антон давно не был в тех местах, ... (93) он жил раньше. Он ещё
> не решил, ... (94) поедет туда.
> 選項：(А) когда (Б) где (В) чтобы (Г) если

分析：選項 (А) когда 請參考第91題。選項 (Б) где是疑問詞也是連
接詞，是「何處」的意思，例如Антон не знает, где можно
купить велосипед. 安東不知道在哪裡可以買到腳踏車。選項

(B) чтобы 請參考第89題。選項 (Γ) если 亦請參考第89題。
第93題表示地點，所以選 (Б) где；第94題只有 (A) когда符
合句意。

★ Антон давно не был в тех местах, *где* он жил раньше. Он ещё не
решил, *когда* поедет туда.
安東很久沒有去過他以前住的地方了，他還沒決定什麼時候要
去那裡。

Вот, посмотри, это книга, ... (95) я тебе говорил. Я думаю, это
книга, ... (96) обязательно надо прочитать.
選項：(A) которая (Б) которой (B) о которой (Γ) которую

分析：本題為關係代名詞который的考題。此處為陰性которая，
我們只要清楚了解該詞在句中所扮演角色，即可輕鬆解
答。選項 (A) которая為第一格，在句中當作主詞。選項 (Б)
которой可以是第二格、第三格或是第五格，可作為動詞後
之受詞。選項 (B) о которой為第六格，表「有關」之意。
選項 (Γ) которую為第四格，為及物動詞後之受詞。根據句
意，第95題的主詞為動詞為я，動詞為говорил，該動詞通常
接前置詞o＋名詞第六格，故選 (B) о которой。第96題應選
(Γ) которую，因為是作為動詞後之受詞。

★ Вот, посмотри, это книга, *о которой* я тебе говорил. Я думаю,
это книга, *которую* обязательно надо прочитать.
你看，這就是我跟你提過的書。我認為這本書一定要讀。

- Где находится магазин, ... (97) можно купить компьютер?
- Самый хороший магазин, ... (98) я знаю - это интернет-магазин.

選項：(А) в котором (Б) который (В) в который (Г) которого

分析：本題亦為關係代名詞который的考題。選項 (А) в котором為第六格，表示「地點」。選項 (Б) который為第一格或第四格，第一格當主詞，第四格當受詞。選項 (В) в который為第四格，表示「去、到」的意思。選項 (Г) которого為第二格，為否定或「沒有」之意。根據句意，第97題應選 (А) в котором，表示「地點」。第98題主詞為я，動詞為знаю，所以應選則受詞第四格，答案是 (Б) который。

★ • Где находится магазин, *в котором* можно купить компьютер?
- Самый хороший магазин, *который* я знаю - это интернет-магазин.
- 可以買到電腦的商店位於哪裡？
- 我所知道最好的商店是網路商店。

Недавно я встретился с Игорем и Михаилом, ... (99) не видел 10 лет. Это мои друзья, ... (100) я учился в университете.

選項：(А) с которыми (Б) к которым (В) которые (Г) которых

分析：本題亦為關係代名詞который的考題，只是這裡的代名詞為複數形式которые。選項 (А) с которыми為第五格。前置詞с通常與動詞有關，例如знакомиться с＋名詞第五格、встречаться с＋名詞第五格。選項 (Б) к которым為第三格，例如Антон вчера ходил к врачу. 安東昨天去看醫生。選項 (В) которые為第一格，當主詞。選項 (Г) которых為第二格或第四格，在句中當作受詞。根據句中結構，第99題的動

詞為 видел，所以推定主詞為 я，所以關係代名詞的角色為
受詞，應選 (Г) которых。第100題的關鍵詞組為 учился в
университете「在大學念書」，只有 (А) с которыми 合乎
句意。

★ Недавно я встретился с Игорем и Михаилом, *которых* не видел
10 лет. Это мои друзья, *с которыми* я учился в университете.
不久前我跟伊格爾與米哈意爾見面，我有十年沒見過他們了。
我們是朋友，我跟他們以前一起在大學念書。

📄 項目二：聽力

考 試 規 則

聽力測驗共有5大題，作答時間為30分鐘。

作答時禁止使用詞典。拿到試題卷及答案卷後，請將姓名填寫在答案卷上。

每則短訊或是對話播放二次，聽完之後請選擇正確的答案，並將答案圈選於答案卷上。如果您認為答案是Б，那就在答案卷中相對題號的Б畫一個圓圈即可；如果您想更改答案，只需將答案畫一個圓圈就好，原來您認為是錯的選項只需再打一個X即可。

 第一部分

第1題到第5題：聆聽每則短訊，之後選一個與短訊意義相近的答案。

ЧАСТЬ 1

1. В спортивном клубе можно заниматься разными видами спорта.

   (А) В нашем спортивном клубе можно играть в баскетбол каждый день.

   (Б) Сейчас летние каникулы, наш клуб не работает.

   (В) Приглашаем в наш клуб. В клубе можно заниматься плаванием, футболом и теннисом.

　　本題的關鍵是動詞заниматься之後的第五格詞組разными видами спорта「各種運動項目」，重點在考生必須聽懂並瞭解這種固定用法。名詞вид是「樣子、景色、項目」等等不同的意思，考生可參考詞典以得知更詳細的解釋。形容詞разный則是「不同的」的意思，例如Антон часто покупает разные тетради. 安東常常買不同類型的筆記本。本題的三個選項都有不同的訊息：選項 (А) можно играть в баскетбол「可以打籃球」，只能打籃球顯然與「各種運動項目」不符。選項 (Б) клуб не работает「俱樂部不開放」，與事實不符。選項 (В) можно заниматься плаванием, футболом и теннисом「可以游泳、踢足球、打網球」，符合「各種運動項目」的定義，所以本題應選擇 (В)。

1. 在運動俱樂部可以從事各項運動項目。

   (А) 在我們的運動俱樂部您可以每天打籃球。

   (Б) 現在是暑假，我們的俱樂部不開放。

   (В) 歡迎光臨我們的俱樂部。在俱樂部可以游泳、踢足球、打網球。

2. Лекции по литературе мы слушаем каждый вторник в большом
   читальном зале.

   (А) Каждую субботу вы можете слушать лекции по литературе в
       читальном зале.

   (Б) Студенты с интересом слушали лекцию по русской
       литературе XX века.

   (В) Во вторник студенты всегда слушают лекции по литературе в
       читальном зале.

本題最重要的內容應該是каждый вторник「每個星期二」。另
外，及物動詞加名詞第四格слушаем лекции「聽課」是現在式，
表示動作是持續性的。選項 (А) 句子開頭即為каждую субботу「每
個星期六」，與題目內容不符。選項 (Б) 有多處與題目內容不符或
是不相關的訊息：с интересом「有興趣地」、слушали為動詞過去
式、по русской литературе XX века「二十世紀的俄國文學」。題
目內容並無提到「俄國文學」，只有「文學」。另外題目也沒有對
於動詞的描述，所以答案是應選擇 (В)。

2. 我們每個星期二在大閱覽室上文學課。

   (А) 每個星期六你們可以在大閱覽室上文學課。

   (Б) 學生有興趣地上了一堂二十世紀的俄國文學課。

   (В) 學生總是在星期二在大閱覽室上文學課。

3. Я не уверен, что завтра будет хорошая погода.

   (А) Я не знаю точно, какая завтра будет погода.

   (Б) Я точно знаю, что завтра будет хорошая погода.

   (В) Я очень рад, что завтра будет хорошая погода.

本題只考一個形容詞уверенный的陽性短尾形式уверен「確定的」。題目大意為：「我不確定明天會是怎麼樣的天氣」。選項(A) 的точно「精確地、準確地」是關鍵，而я не знаю точно的意思就是「我不確定」。選項 (Б) 恰巧與答案 (A) 相反，敘述為я точно знаю「我確知」。選項 (B) 是я очень рад「我非常高興」。所以只有選項 (A) 是符合題目內容敘述的。

3. 我不確定明天會是怎麼樣的天氣。

   (A) 我不是很確定明天會是怎麼樣的天氣。

   (Б) 我確定知道明天會是好天氣。

   (B) 我非常高興明天會是好天氣。

4. Недавно моя сестра была на экскурсии в Москве.

   (А) Скоро моя сестра поедет на экскурсию в Москву.

   (Б) Моя сестра недавно ездила в Москву на экскурсию.

   (В) Моей сестре очень понравилась экскурсия по Москве.

    本題主詞為моя сестра「我的姊姊（或妹妹）」，動詞為была。請注意，我們在前面就已經提過的重點，那就是過去式был與地點連用時就等同ходил或是ездил。例如Антон был в театре. = Антон ходил в театр. 所以，我們一直呼籲考生在翻譯的時候要將be動詞加前置詞＋名詞第六格翻譯成移動動詞加前置詞＋第四格：「安東去看了劇」，千萬不要翻譯為「安東曾經在劇院」。所以本句大意為：「我的姊姊不久之前去莫斯科旅遊」。答案選項 (A) 與題目的時態不同，為未來式。選項 (Б) 移動動詞ездила代替be動詞была。選項 (B) 句中的動詞為понравилась，已經是原來題目內容沒有提到的「評論」，不符題目的敘述，所以答案應選 (Б)。

4. 我的姊姊不久之前去莫斯科旅遊。

(A) 我的姊姊很快會去莫斯科旅遊。

(Б) 我的姊姊不久之前去莫斯科旅遊。

(B) 我的姊姊很喜歡去莫斯科的旅遊。

5. Я всегда интересовался только современной музыкой.

(A) Недавно я был в клубе на концерте современной музыки.

(Б) Мне очень нравятся русские народные песни.

(B) Современная музыка - моё единственное увлечение.

　　本題主詞是я，動詞是интересовался「對……感興趣」，應該是我們很熟知的動詞了。動詞後面加名詞第五格современной музыкой。句中還有一個非常重要的副詞только「只有」，如同在做閱讀測驗一樣，這種「詞意強烈」的詞一定要特別注意，所以本句大意為：「我只對現代音樂有興趣」。選項 (A) 主詞я，動詞был на концерте「去聽音樂會」，雖然也是現代樂的音樂會，但是與題目主題無關。選項 (Б) 的敘述也與主題無關：「我非常喜歡俄國民謠」。選項 (B) 名詞為увлечение的意思是「愛好」，形容詞為единственное「唯一的」，所以大意為：「現代音樂是我唯一的愛好」，與題目敘述最為接近，故選 (B)。

5. 我只對現代樂有興趣。

(A) 不久之前我去聽了一場現代樂的演唱會。

(Б) 我非常喜歡俄國民謠。

(B) 現代樂是我唯一的愛好。

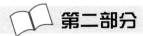 **第二部分**

第6題到第10題：聆聽每則對話並答題。

ЧАСТЬ 2

6. Где говорят эти люди?

- Извините, вы не знаете, где здесь метро?

- Метро совсем недалеко.

- Надо ехать на автобусе или можно дойти пешком?

- Конечно, пешком. Идите прямо по этой улице, станция метро будет справа.

Слушайте диалог ещё раз. Где говорят эти люди?

Они говорят ...

(А) на улице

(Б) в автобусе

(В) в метро

6. 這些人在哪裡談話？

- 請問您知道這附近的地鐵在哪裡嗎?

- 地鐵很近。

- 需要搭公車或是走路就可以到？

- 當然是走路就可以到。您沿著這條街直走，地鐵站會在右手邊。

再聽一次對話，這些人在哪裡談話？。

他們 _____ 談話。

(А) 在馬路上

(Б) 在公車上

(В) 在地鐵站裡

    依據本題先發言的人提問где здесь метро，我們就可清楚知道他想問「地鐵」的位置。這裡再提醒考生一次，где здесь метро的意思就是「這裡附近的地鐵」，所以здесь要當作「附近」解釋，請考生注意。經由對答，我們知道一些關鍵詞，如：недалеко「不遠」、ехать на автобусе「搭公車」、пешком「步行」，而最終的答案關鍵則是在最後路人說的идите прямо по этой улице「沿著這條街直走」，所以答案應該選擇 (А) на улице。

7. О чём говорили эти люди?

- Какой замечательный спектакль!

- Мне тоже очень нравится.

- Какой интересный!

- Да, это мой самый любимый спектакль!

- И актёры в этом спектакле играют такие талантливые.

- Я с вами согласен.

- Когда спектакль закончится, я обязательно подарю им цветы.

Слушайте диалог ещё раз. О чём говорили эти люди?

Они говорили ...

(А) о театре

(Б) о спектакле

(В) о цветах

7. 請聆聽對話，這些人在談論什麼？

- 多麼棒的舞台劇啊！
- 我也非常喜歡。
- 多麼的有趣啊！
- 是啊，這是我最愛的一齣劇。
- 劇中演出的演員是那麼的有才華。
- 我同意您的說法。
- 當戲劇結束的時後，我一定要送他們花。

再聽一次對話，這些人在談論什麼？

他們談論 _____。
(А) 劇院
(Б) 戲劇
(В) 花卉

　　聽完對話之後我們不難發現，主題都是圍繞著спектакль「戲劇」。兩位對談人談到現在正在看的戲劇非常棒，演員也是非常的有才華，所以答案很清楚的就是 (Б)。另外，形容詞短尾形式согласен（а, ы）通常後接前置詞с＋名詞第五格，例如Я согласен с Антоном. 我同意安東。

8. Куда улетает отдыхать Джон?

- Привет, Джон! Что ты делаешь в аэропорту?
- Я через час улетаю отдыхать в Испанию. А ты?
- А я встречаю здесь подругу из Франции.
- Она уже была в России?
- Нет, первый раз.
- Обязательно покажи ей Москву.

- Конечно!
- Пока!
- До встречи!

Слушайте диалог ещё раз. Куда улетает отдыхать Джон?

Джон улетает ...
(А) в Испанию
(Б) во Францию
(В) в Россию

8. 約翰要去哪裡渡假？

- 嗨，約翰，你在機場做什麼？
- 我一個小時之後要去西班牙渡假。你呢？
- 我來接從法國來的女友。
- 她以前來過俄國嗎？
- 沒有，是第一次來。
- 你一定要帶她到莫斯科到處逛逛。
- 當然的！
- 再見！
- 下次見！

再聽一次對話，約翰要去哪裡渡假？

約翰要去 ＿＿＿＿＿。
(А) 西班牙
(Б) 法國
(В) 俄國

對話中約翰的第一次回答就是в Испанию「去西班牙」，其他的國名，如法國、俄國都是煙霧彈，但是不至於影響做答，所以答案很清楚是 (A)。另外要注意動詞встречать，該動詞除了一般當「遇到、碰到」外，亦可當「接送」解釋，後加名詞第四格。

9. Кому Ира уже купила подарок?

- Ира, ты уже купила новогодние подарки своим родителям?
- Ещё нет.
- А что ты хочешь им подарить?
- Я думаю, маме - хорошие духи, в папе - интересный детектив. Но я ещё не купила эти подарки.
- А что ты подаришь сестре?
- Сестре у меня уже есть подарок. Я купила ей красивую сумку.

Слушайте диалог ещё раз. Кому Ира уже купила подарок?

Ира уже купила подарок ...

(А) маме

(Б) сестре

(В) папе

9. 易拉已經給誰買了禮物？

- 易拉，妳已經給父母親買了新年禮物嗎？
- 還沒呢。
- 那妳想送他們什麼呢？
- 我想送給媽媽好的香水，而送爸爸有趣的偵探小說，但是我還沒買這些禮物。
- 那妳要送給姊姊什麼呢？
- 送給姊姊的禮物我已經有了，我買了漂亮的包包給她。

再聽一次對話，易拉已經給誰買了禮物？

易拉已經買了禮物給 _____。
(А) 媽媽
(Б) 姊姊
(В) 爸爸

　　本題如果聽懂了第一句，那麼答案就非常明顯了。第一句是與易拉的對談者問的問題，對談者想知道易拉是否已經買了禮物給父母親。雙親在這句話中是第三格родителям，當作間接受詞，而直接受詞是第四格новогодние подарки。考生一定要知道動詞покупать / купить的使用方式及語法規則。易拉的回答簡單明瞭，稱ещё нет「還沒」，雖然還沒聽到最後，但是已經可以做答，所以自然本題應當選擇 (Б)。

10. Когда они улетают?

- Посмотри, пожалуйста, билеты. Когда наш самолёт?
- Сейчас посмотрю… В шесть часов вечера.
- Хорошо, значит, мы должны выйти из дома в три часа.
- Почему так рано?
- В это время на дорогах много машин, мы будем ехать два часа. Если мы выйдем из дома позже, мы можем опоздать на самолёт.

Слушайте диалог ещё раз. Когда они улетают?

Они улетают …
(А) в 2 часа
(Б) в 3 часа
(В) в 6 часов

10. 他們幾點飛？

- 請看一下票，我們的飛機是幾點的？
- 我現在看一下。是晚上六點的。
- 好，那麼我們應該三點的時候出發。
- 為什麼那麼早？
- 在這時間外面有很多車，我們要搭兩個小時的車。如果我們晚點出門的話，我們會錯過班機。

再聽一次對話。他們幾點飛？

他們 ＿＿＿＿＿ 飛。

(А) 2點

(Б) 3點

(В) 6點

　　這是典型問時間的題目。通常這種題目比較會混淆考生的反應能力，所以仔細地聆聽是件非常重要的事情。這種題目通常會設下小小的陷阱：對話內容一定會出現幾個時間，所以重要的是要抓住對談者說時間的上下文關係。本題的首先發話者問說他們的班機是幾點，我們就要清楚知道，班機的時間就是我們要的答案，因為題目問我們主角是幾點要飛，所以一定要掌握回答者所說班機的時間。回答的人說в шесть часов，也就是六點，當然也是答案，考生應該很容易做答，完全沒有任何混淆的因素，所以本題答案為 (В) 6點。另外，移動動詞выйти在「詞彙與語法」單元已經出現很多次，是「出去」的意思，所以выйти из дома可解釋為「出門、離開」。動詞опаздывать / опоздать「遲到」也順便再學一次。這動詞之後通常接前置詞＋名詞第四格，表示去哪裡遲到了，例如 Антон часто опаздывает на занятия. 安東常常上課遲到。

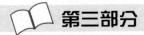 第三部分

第11題到第15題：聆聽莉莎與瓦羅甲的對話之後答題。

ЧАСТЬ 3

- Лиза? … Лиза! Как я рад тебя видеть!

- Ой, Володя! Сколько же мы не виделись после школы.

- Целых два года прошло.

- Мы окончили школу два года назад?! А мне кажется, прошло несколько дней.

- Да, время идёт очень быстро.

- Как у тебя дела? Чем занимаешься?

- Я поступила в технический институт, сейчас учусь на втором курсе. А ты?

- А я учусь в медицинском институте и работаю в больнице. Это для меня хорошая практика.

- Ты что-нибудь знаешь о наших ребятах из класса? Где они? Как?

- Недавно я получила письмо от Маши Ковалёвой. Год назад она вышла замуж и уехала с мужем в другой город.

- Как? Почему они не остались здесь? Маша ведь хотела поступать в театральный институт?

- Вся семья мужа, его родители там живут, поэтому они уехали.

- Если будешь ей звонить или писать, передай от меня привет.

- Конечно, обязательно передам!

Слушайте диалог ещё раз.

11. Диза и Володя не виделись ...

    (А) два года

    (Б) несколько дней

    (В) один год

12. Володя и Лиза хорошо знают друг друга, потому что вместе ...

    (А) учились в школе

    (Б) учатся в институте

    (В) работают в больнице

13. Лиза учится ...

    (А) в театральном институте

    (Б) в медицинском институте

    (В) в техническом институте

14. После окончания института Володя будет ...

    (А) врачом

    (Б) инженером

    (В) артистом

15. Володя попросил Лизу ...

    (А) написать Маше письмо

    (Б) позвонить Маше

    (В) передать привет Маше

- 莉莎？莉莎！真高興見到妳啊！
- 哇，瓦羅甲！中學畢業之後有多久不見了啊！
- 整整過了兩年。
- 我們是兩年前畢業的?!感覺才過了幾天呢。

- 是啊，時間過的好快。
- 你最近好嗎？在忙什麼？
- 我考取了科大，現在念二年級。妳呢？
- 我在醫學院唸書，也在醫院工作，對我來說這是個好的實習機會。
- 妳知道任何我們班上同學的消息嗎？他們人在哪裡？過的如何？
- 我不久前接到瑪莎・科瓦柳娃的來信。她在一年前嫁了人，然後跟先生去了另一個城市。
- 怎會這樣？為什麼他們不留在這裡？瑪莎不是想考戲劇學院嗎？
- 他先生的家人、父母親都住在那裡，所以他們就離開了。
- 如果你要打電話或是寫信給她，幫我跟她問好。
- 當然，我一定會轉達的。

再聽一次對話。

11. 莉莎與瓦羅甲 _____ 沒見到彼此。

　　(А) 2年

　　(Б) 幾天

　　(В) 1年

12. 莉莎與瓦羅甲熟知對方，因為他們一起 _____。

　　(А) 以前在中學唸書

　　(Б) 現在在大學念書

　　(В) 現在在醫院工作

13. 莉莎 _____ 唸書。

　　(А) 在戲劇學院

　　(Б) 在醫學院

　　(В) 在科大

14. 瓦羅甲大學畢業之後將成為 _____。

(А) 醫生

(Б) 工程師

(В) 演員

15. 瓦羅甲請求莉莎 _____。

(А) 寫一封信給瑪莎

(Б) 打電話給瑪莎

(В) 向瑪莎問好

　　本篇對話內容較長，題目較多，但是考生在聽完錄音之後，應該覺得本篇文章的內容敘述平易，並無艱深難懂的詞彙，也沒有答題的陷阱，所以應該是很容易掌握的。對話內容中有些重要的單詞與用法在此再提醒考生，希望考生能藉此機會學會，可利用在口語及寫作中。

- Как я рад тебя видеть：「我是多麼地高興見到妳（你）啊！」。形容詞短尾形式рад（а, ы）後接原形動詞видеть，而動詞видеть後接受詞第四格。

- видеться：動詞後不接受詞，當「看到彼此」解釋。

- сколько же ...：疑問詞сколько之後省略名詞времени（第一格為время）；語氣詞же用來當作加強語氣之用，做「究竟、到底」解釋。

- Время идёт очень быстро：「時間過的非常快」。指時間的流逝除了動詞идти之外，還可用лететь：Время быстро летит, как стрела. 光陰似箭。

- выходить / выйти замуж за＋名詞第四格：意思是「嫁人」，例如Анна вышла замуж за Антона. 安娜嫁給了安東。男生的「娶」為жениться на＋名詞第六格，例如Антон недавно женился на

Анне. 不久之前安東娶了安娜。如果動詞жениться後不接前置詞與名詞第六格，則解釋為男女「結婚」，例如В прошлом году Антон и Анна поженились. 安東與安娜在去年結婚了。

- передавать / передать：「轉達、轉交」。動詞後接人第三格、接物第四格，由某人轉達、轉交則用前置詞от＋名詞第四格，例如 Антон передал Анне новый журнал от меня. 安東幫我轉交了一本新的雜誌給安娜。

　　第11題。答案在瓦羅甲的回答：「Целых два года прошло」，所以要選答案 (A) два года。

　　第12題。延續第11題，兩位主角曾經是高中同學，而現在分別在不同的大學就讀，所以他們很瞭解對方的原因就是他們曾經在高中一起念書，答案選 (A) учились в школе。

　　第13題。Лиза是女生，所以應該很容易判斷她所說的就讀學校，答案應選 (Б) в медицинском институте。

　　第14題。本題是推論題，主角瓦羅甲現在念的是科技大學，所以理當畢業之後不會是醫生，也不會是演員，所以答案應選 (Б) инженером。

　　第15題。本題有一點混淆，因為男生說：「如果莉莎要打電話或是寫信給同學的話……」，動詞звонить與писать就有點「混淆視聽」的作用，所以考生應心平氣和，一定可以聽得懂передать的命令式передай привет。本題應選 (B) передать привет Маше。

 **第四部分**

第16題到第20題：聆聽卡佳與安東的對話之後答題。

ЧАСТЬ 4

- Алло! Привет, Катя! Это Антон!

- А, здравствуй, Антон! Как дела? Как отдохнул?

- Очень хорошо! В каникулы я ездил на Чёрное море к берегу. А ты где была?

- Сначала я хотела остаться дома, в Москве, но потом решила поехать в деревню, к бабушке.

- А тебе не было скучно в деревне?

- Нет, что ты! Я взяла с собой много книг и всё время читала.

- Я тоже взял книги, но у меня совершенно не было времени читать.

- Чем же ты занимался?

- Каждый день мы с друзьями ходили на море, плавали, загорали.

- Каждый день?

- Конечно! Это же море, солнце, хорошая погода…

- А сколько времени ты там отдыхал? Два-три месяца?

- Я хотел поехать всё лето, но был на море только один месяц.

- А почему так мало? Только один месяц?

- В августе у меня были экзамены.

- А что вы делали вечером? Наверное, ходили в кино?

- Вечером мы обычно ходили на дискотеку. Там всегда было очень весело!

Слушайте диалог ещё раз.

16. Катя и Антон говорят о том, …

    (А) что они делали в каникулы

    (Б) как они сдавали экзамены

    (В) как они занимались

17. Летом Антон был…

    (А) в деревне

    (Б) в Москве

    (В) на Чёрном море

18. Летом Катя ездила…

    (А) к брату

    (Б) к бабушке

    (В) к друзьям

19. Антон отдыхал…

    (А) один месяц

    (Б) два месяца

    (В) три месяца

20. Летом Кате не было скучно, потому что она много…

    (А) загорала

    (Б) танцевала

    (В) читала

- 喂，妳好，卡佳，我是安東。
- 嘿，安東，你好！你好嗎？渡假渡的怎麼樣？
- 非常好！放假的時候我去了一趟黑海找哥哥。妳去了哪？
- 我本來想留在莫斯科待在家裡的，但是後來決定去鄉下找奶奶。
- 那妳在鄉下不覺得無聊嗎？
- 才不會呢！我帶了很多書，無時無刻都在閱讀。
- 我也帶了書，但是我完全沒有時間看書。
- 那你到底做什麼？
- 我跟朋友每天去海邊、游泳、曬太陽。
- 每天嗎？
- 當然囉！畢竟是海邊、陽光、好天氣啊！
- 那你在那待了多久？二個月，還是三個月？
- 我想整個夏天都待在那，但是只去了一個月的海邊。
- 那為什麼這麼短？只有一個月？
- 我八月份有考試。
- 那你們晚上都做些什麼？或許是去看電影？
- 我們晚上通常去跳舞，在那裡總是很開心。

再聽一次對話。

16. 卡佳跟安東聊到 _____。

(A) 他們在假期做了什麼

(Б) 他們考試考的如何

(В) 他們怎麼唸書的

17. 安東夏天去了 _____。

(A) 鄉下

(Б) 莫斯科

(В) 黑海

18. 卡佳夏天去找 _____ 。

(A) 哥哥

(Б) 奶奶

(В) 朋友

19. 安東渡假 _____ 。

(A) 一個月

(Б) 二個月

(В) 三個月

20. 夏天時卡佳不覺得無聊，因為她大量地 _____ 。

(A) 曬太陽

(Б) 跳舞

(В) 閱讀

　　與第三部分一樣，本大題的對話內容較長、題目也較多，但是內容生活化，毫無任何艱深難懂的詞彙，對答直接明顯，並無陷阱。以下列出對話內容中較重要的單詞與用法，希望考生能藉此機會學會，可利用在口語及寫作中。

- оставаться / остаться：「停留」。動詞後加表示靜態的地點副詞或是前置詞 + 名詞第六格，例如Все пошли в кино, а Антон остался дома. 所有的人都去看電影了，而安東留在家裡。
- Что ты：「什麼話、哪裡話」，表示對別人的言行感到驚訝、不贊成。當然也可以用敬語：Что Вы!
- совершенно：是形容詞совершенный的副詞形式，意思是「十分、完全」，例如Антон совершенно не понимает, что такое любовь. 安東完全不懂愛情是何物。

- ходить на дискотеку：「去跳舞」或是「去舞廳」。通常做「去跳舞」解釋，「去舞廳」在語意上較不適合，例如Антон редко ходит на дискотеку. 安東很少去跳舞。

第16題。整篇的對話內容環繞著假期打轉，所以答案應選擇 (A) что они делали в каникулы。

第17題。主角安東在對話之初提到他在假期的時候去黑海找哥哥，所以答案應選 (B) на Чёрное море。

第18題。卡佳是女生，所以應該很容易判斷她說他去了鄉下找奶奶，所以答案應選 (Б) к бабушке。

第19題。對話結束前，卡佳問安東在海邊渡假多久，他們兩位都強調說только один месяц，所以答案應選 (А) один месяц。

第20題。安東問卡佳在鄉下不覺得無聊嗎，而卡佳說他因為帶了很多書去鄉下，很多時間都在唸書，所以不無聊。句意清楚，毫無陷阱，本題應選 (Б) читала。

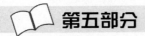

第五部分

第21題到第25題：您決定去俄羅斯。第一個禮拜的旅行將在莫斯科
渡過，導遊會向您介紹旅遊行程。請聽導遊的介
紹並在日記本填寫下來這星期的每一天您將做些
什麼。您應該有五個答案。您有30秒，請專心看
題目。

ЧАСТЬ 5

Уважаемые дамы и господа!

Целую неделю мы будем жить в Москве. Я хочу рассказать вам
о том, куда мы поедем, что увидим в столице России. Итак, вот наш
план.

Завтра утром, в понедельник, у вас будет автобусная экскурсия
по городу. Вы познакомитесь с улицами и площадями Москвы, с её
старинными и современными зданиями.

На следующий день, во вторник вечером, я предлагаю вам
посмотреть балет в Большом театре. Большой театр - это один
из лучших театров мира. И я надеюсь, что русский балет вам
понравится. Спектакль начинается в семь часов вечера, поэтому мы
встречаемся в гостинице в шесть часов, а потом едем в Большой
театр.

На экскурсию в Кремль мы поедем в среду утром, в десять
часов. Вы сможете погулять по Кремлю и увидеть старинные
здания, которые там находятся. На этой экскурсии вы сможете
узнать много нового и интересного о Московском Кремле.

В Москве вы сможете познакомиться не только с историей, но и с современным искусством. В четверг мы отправимся в Московский музей современного искусства, где вы увидите картины молодых художников. В музее вы не только посмотрите картины, но и встретитесь с художниками. Вы сможете поговорить с ними и задать им вопросы.

В пятницу экскурсий не будет. Мы пойдём в цирк. Вы любите цирк? Я думаю, что в московском цирке очень интересная программа. Вам обязательно понравится.

А суббота - наш последний день в Москве. Вечером я приглашаю вас в ресторан нашей гостиницы на прощальный ужин. В этот последний субботний вечер мы сможем поговорить о том, что вам понравилось в Москве больше всего, сможем отдохнуть и потанцевать. Жду вас в ресторане нашей гостиницы в шесть часов вечера.

Слушайте рассказ экскурсовода ещё раз.

答案卷

	21	22	23	24	25
понедельник	вторник	среда	четверг	пятница	суббота
экскурсия					

尊敬的女士們、先生們！

我們整週將住在莫斯科。我想跟你們說說，我們將去哪裡、我們將會在俄國的首都看到什麼。以下就是我們的計畫。

明天星期一的早上你們將會有個巴士的遊城行程。你們可以了解一下莫斯科的街道與廣場，也認識一下莫斯科古老的、現代化的建築。

隔天在星期二的晚上我建議你們去大劇院看芭蕾。大劇院是世界最好的劇院之一，我也希望你們會喜歡俄國的芭蕾。芭蕾舞劇在晚上的七點開始，所以我們六點在旅館碰面，然後前往大劇院。

　　星期三早上九點我們要去克里姆林宮旅遊。你們可以逛逛克里姆林宮，並看看在那裡的古老建築。在這次的旅遊中你們可以得知很多關於莫斯科克里姆林宮的新奇事物。

　　在莫斯科你們不僅可以熟悉歷史，還可以瞭解一下現代藝術。星期四我們將去莫斯科現代藝術博物館，在那裡你們可以看到年輕畫家的畫作。在博物館你們不但可以看到畫作，還可以跟畫家們見面，你們可以跟他們聊聊，並且問他們問題。

　　星期五沒有旅遊行程。我們要去馬戲團。你們喜歡馬戲團嗎？我認為莫斯科馬戲團的節目非常有趣，你們一定會喜歡。

　　而星期六是我們在莫斯科的最後一天。我邀請你們晚上去我們旅館餐廳的惜別晚宴。在這最後一天的星期六晚上，我們可以聊聊你們在莫斯科最喜歡的事物，我們可以放鬆一下、跳跳舞。晚上六點我就在我們旅館的餐廳等你們了。

再聽一次導遊的介紹。

答案卷

	21	22	23	24	25
понедельник	вторник	среда	четверг	пятница	суббота
экскурсия	балет / большой театр	экскурсия в Кремль/ Кремль	музей / встреча с художниками	цирк	ресторан / ужин в ресторане

　　如同先前的詳解，本篇也是考「筆試」，雖然本篇的專有名詞較少，但是想到拼寫的問題也不禁傷腦筋，考生只能盡力而為。以下列舉幾個必須注意的地方：

- Целую неделю мы будем жить в Москве：請注意，целую неделю為第四格，詞組之前不需加上前置詞，表示一段時間，意思是「我們將在莫斯科住一個星期」。

- знакомиться / познакомиться：「認識、瞭解」。動詞後通常加前置詞с＋名詞第五格。請注意，該動詞後不僅可加с＋有生命的名詞，也可以加с＋無生命的名詞，例如Антон давно хотел познакомиться с этим городом. 安東很早之前就想瞭解一下這個城市。

- на следующий день：「隔天」。請注意，該詞組的前置詞為 на，有表示「目的」之意；而「下次」則為в следующий раз，考生可以好好背下來。

- один из лучших театров：「最好的劇院之一」。這個詞組常常出現，考生可以利用於「口說」或是「寫作」當中，是個相當討好的用法。有時候也可以常常看到самых хороших（或是其他形容詞），例如Антон - один из самых лучших студентов нашей группы. 安東是我們班上最好的學生之一。

- не только, но и...：「不僅，還……」。也是個常見的用法，建議考生多多利用在其他考試項目中。Антон не только хорошо учится, но и замечательно играет в футбол. 安東不僅書讀得好，足球也踢得很棒。

- отправляться / отправиться：「出發」。動詞後加前置詞＋名詞第四格，表示「出發到某地」，例如Антон и Анна отправились учиться на Тайвань. 安東與安娜出發到台灣念書了。

📝 項目三：閱讀

考 試 規 則

閱讀測驗有4個部分，共30題選擇題，作答時間為50分鐘。作答時可以使用紙本詞典，有些考場也可以使用電子詞典，但是禁止攜帶智慧型手機。拿到試題卷及答案卷後，請將姓名填寫在答案卷上。

第1-5題。讀完題目的句子後找出題目的「下文」或是「延伸」。

ЧАСТЬ I

1. В последнее время самыми популярными профессиями среди молодых людей стали профессии дизайнера, модельера, флориста.

(А) Модель - самая популярная профессия в наше время.

(Б) Многие молодые люди после школы не хотят учиться.

(В) Социологи считают, что эти профессии сейчас очень нужны людям, потому что люди больше думать о красоте.

題目的敘述最為重要的是самыми популярными профессиями среди молодых людей「年輕人心目中最受歡迎的職業」，因為其中有「詞意強烈」的字詞самые。這裡第五格的原因是因為動詞стали「成為」的關係。另外，дизайнер是「設計師」、модельер所以是「模特兒、服裝設計師」、флорист是「花卉師、插花設計師」，所以本句句意為：「**設計師、模特兒及花卉師最近成為年輕人心目中最受歡迎的職業**」。

選項 (А) 破折號左右同謂語：左邊是модель「模特兒」，右邊是самая популярная профессия「最受歡迎的職業」。另в наше время為「現在」的意思，所以整句可譯為：「**模特兒是現在最受歡迎的職業**」。模特兒只是題目中三個職業之一，並不能代表其他兩個職業，自然也不是題目的「延伸」所以不是答案。

選項 (Б) 的主詞為многие молодые люди「很多年輕人」，動詞為не хотят учиться「不想學習」。整句看來毫無複雜的語法結

構，敘述簡單明瞭：「**很多年輕人在中學畢業之後不想念書了**」。敘述與題目內容並無任何關聯，也不是「延伸」或「下文」，不是答案。

選項 (B) 為複合句，前句的主詞為социологи「社會學家」，動詞為считают「認為」，其原形動詞為считать，此動詞多出現在複合句中，考生應學會利用，藉以提昇俄語程度，例如Антон считает, что надо больше заниматься спортом. 安東認為要多運動。людям нужны為無人稱句，所以「主體」людям為第三格，而эти профессии為第一格。люди стали думать「人們開始想」，所以句子意思為：「**社會學家認為，現在人們非常需要這些職業，因為人們開始用更多時間想美麗的事物**」。這三種職業都與「美」相關，所以符合題目的「延伸」，就是答案。

2. В Москве есть Детский музыкальный театр. В этом театре дети могут послушать оперы и симфонические концерты, посмотреть балеты и музыкальные спектакли.

(А) В Москве есть не только театры для взрослых, но и театры для детей.

(Б) Самый популярный спектакль театра - это сказка «Синяя птица» по пьесе М. Метерлинка.

(В) Недалеко от станции метро «Университет» находятся МГУ имени М.В. Ломоносова, новый цирк и Детский музыкальный театр.

本題敘述簡潔明瞭，沒有複雜的單詞或是艱深的語法概念，考生應該容易掌握內容。詞組Детский музыкальный театр不妨翻譯成「兒童音樂劇院」。孩子們在劇院可以做的事情是：послушать оперы и симфонические концерты「聽歌劇及交響樂」、посмотреть балеты и музыкальные спектакли「看芭蕾及音

樂劇」。整句的翻譯為：「**在莫斯科有個兒童音樂劇院。在這個劇院孩子們可以聽歌劇及交響樂、看芭蕾及音樂劇**」。

選項 (A) 有個出現過多次的片語не только, но и「不僅……，還有……」。名詞взрослых是взрослый的複數第二格形式，因為前有前置詞для，所以用第二格。整句為一個獨立的敘述：「**在莫斯科不僅有成年人的劇院，也有孩童的劇院**」，似乎與題目並無「延伸」或「下文」的關係。

選項 (Б) Самый популярный спектакль театра「劇院最受歡迎的戲劇」，關鍵就在театра的第二格形式，因為該單詞與前面的спектакль為從屬關係，表示是「劇院的戲劇」。而劇院之前或之後的敘述並無說明是哪一個劇院，所以有題目Детский театр的「下文」關係：「**劇院最受歡迎的戲劇是米奇爾林劇本所改編的《藍鳥》**」。

選項 (В) 為一個簡單的敘述，動詞находятся「位於」為第三人稱複數形式，主詞為МГУ имени М.В. Ломоносова, новый цирк и Детский музыкальный театр「莫斯科大學及兒童音樂劇院」。所以本句的意思：「**莫斯科大學及兒童音樂劇院坐落在距離地鐵《大學》站不遠的地方**」。請注意，俄國大多的機關團體都以名人命名，俄文就是имени後接名人的姓第二格，所以莫斯科大學的正式名稱是：「羅曼諾索夫國立莫斯科大學」。

3. Московский университет - один из лучших университетов в России.

(А) Государственным языком в России является русский язык.

(Б) Студенты 4-го курса университета обязательно проходят практику.

(В) Каждый год студентами Московского университета становятся молодые люди из России и других стран.

本題的主題又是「莫斯科大學」。片語один их лучших或是один из самых хороших「最好的之一」一定要學會，對於「口說」及「寫作」程度的提升，很有幫助。題目意思是：「**莫斯科大學是俄羅斯最好的大學之一**」。

　　選項 (A) 的動詞является很重要，原形動詞為являться，在句中通常當做be動詞，是「是」的意思，後接名詞第五格，所以государственным языком就是第五格，當作「國語」解釋：「**俄羅斯的國語是俄語**」，與主題毫不相關，不是答案。

　　選項 (Б) 的主詞為студенты 4-ого курса университета「大學四年級的學生」，動詞是проходят「完成、通過」。其原形動詞為проходить，詞意很多，考生可參考詞典。通常後接名詞第四格практику，第一格為практика，當「實習」解釋：「**大學四年級的學生一定要通過實習**」。純粹是一個獨立的敘述，與題目內容無關。

　　選項 (В) 的主詞為молодые люди из России и других стран「俄國及其他國家的年輕人」，動詞為становятся「成為」。原形動詞為становиться，通常後接名詞第五格，所以студенты變成第五格студентами：「**每年俄國及其他國家的年輕人成為莫斯科大學的學生**」。相較其他兩個答案，本選項較為適合當做題目的「下文」，故為答案。

4. Фильм Никиты Михалкова «Сибирский цирюльник» перевели на многие языки мира.

(А) Во всём мире итальянские фильмы очень популярны.

(Б) Никита Михалков свободно говорит по-русски и по-английски.

(В) И теперь люди в разных странах мира могут смотреть этот фильм.

本題的動詞為перевели，原形動詞為перевести「翻譯」，其用法通常為後接受詞第四格。如果要表達將某種語言翻譯成另一種語言，俄文則是переводить／перевести с＋A語言第二格＋на＋B語言第四格，例如Антон переводит романы с русского языка на китайский язык. 安東將小說從俄文翻譯成中文。題目為：「**尼吉塔・米海爾科夫的電影《西伯利亞理髮師》被翻譯成世界許多的語言**」。

選項 (A) 有個毫不相關的主題：итальянские фильмы「義大利電影」，所以自然不是答案。句子意思是：「**義大利電影在全世界都非常受歡迎**」。應與題目的敘述並無上、下文關係。

選項 (Б) 雖然有主角尼吉塔・米海爾科夫，但是卻與電影毫無關聯：「**尼吉塔・米海爾科夫能說一口流利的俄文及英文**」。

選項 (В) 的開頭連接詞и本身就有「所以、並且」等等的意思，所以是個「延伸」上文的角色，考生應該要有這種「直覺」：「**所以現在在世界不同國家的人們可以觀賞到這部電影**」，正是答案。

5. В Интернете есть очень интересный сайт, который называется «Музеи Москвы».

(А) На этом сайте можно найти интересную информацию об Историческом музее.

(Б) Туристы очень любят посещать выставки в Историческом музее.

(В) К сожалению, в Интернете очень много ненужной информации.

本題為關係代名詞который的複合句。名詞Интернет為「網際網路」、сайт為「網站」，關係代名詞代替前面名詞сайт。動詞

называется「稱為、稱做」，所以本句為：「**在網際網路上有個非常有趣的網站，它叫做《莫斯科博物館》**。

選項 (A) 的開頭即是на этом сайте，非常適合「延續」或「延伸」。動詞найти「找到」後接名詞第四格，是及物動詞。名詞информация「訊息」後通常接前置詞о＋名詞第六格。本句翻譯為：「**在這個網站可以找到有關歷史博物館的有趣訊息**」，完全符合題目的「延伸」，是為答案。

選項 (Б) 主詞是туристы「遊客、觀光客」，動詞любят посещать「喜歡參觀」，動詞посещать為及物動詞，後接名詞第四格。本句意思為：「**遊客喜歡參觀歷史博物館內的展覽**」，與網路或網站沒有關係，自然不是題目的「下文」。

選項 (В) много ненужной информации做「不需要的訊息」解釋。另外，句首к сожалению「可惜」是個好片語，考生一定要學會，以利用在「口說」及「寫作」項目上。本句為：「**可惜在網際網路有許多不必要的訊息**」，是一個獨立的敘述，與主題無關。

第二部分

第6-10題。請看下列廣告。您從廣告中得知什麼訊息？

ЧАСТЬ II

6. Продаю машину MERCEDES. 2001 г. Недорого. Звонить по телефону: 337-81-25.

Вы можете...

(А) продать машину

(Б) купить машину

(В) поехать на машине

　　廣告形式的閱讀題目通常很簡短，內容多與平常生活相關，考生只需細心閱讀，相信一定可以輕鬆答題，安全過關。

　　本題的主詞я省略，動詞是продаю，其原形動詞為продавать，是未完成體動詞（完成體動詞為продать），意思是「賣」，後接名詞第四格машину，為及物動詞。建議考生再次檢視是否掌握該動詞完成體與未完成體的變位，這是基本功夫，不得馬虎。副詞недорого是「不貴」的意思。所以整句我們瞭解是個賣車的廣告，題目是問考生可以做什麼，所以應該選擇選項 (Б) купить машину。

【翻譯】

我賣2001年款的賓士車。便宜。請來電337-81-25。

您可以 _____。

(A) 賣車

(Б) 買車

(В) 開車

7. Внимание! Туристическая фирма приглашает москвичей и гостей столицы на экскурсию по Москве-реке.

Туристы могут поехать на экскурсию...

(А) на автобусе

(Б) на машине

(В) на пароходе

本題主詞為туристическая фирма「旅行社」，動詞是приглашает「邀請」，為未完成體動詞приглашать之第三人稱單數變位。完成體動詞為пригласить，動詞後接名詞第四格，而後接前置詞＋地方第四格，表示「邀請某人去某處」，例如Антон часто приглашает Анну в ресторан. 安東常常邀請安娜去吃飯。請注意，翻譯的時候不要翻成「邀請安娜去餐廳」，因為有言不及義的缺點，去餐廳不如翻為「去吃飯」，就像ходить в бассейн宜翻譯為「去游泳」，而非「去游泳池」。瞭解語法之後，接著看到本句的關鍵экскурсию по Москве-реке「遊莫斯科河」，而題目問的是旅遊的交通工具：(А) на автобусе「搭巴士」；(Б) на машине「搭車」都不可能，因為是「遊河」，所以要選 (В) на пароходе「搭輪船」。考生或許不知單詞пароход「輪船」，但是依照邏輯推理依舊可以正確答題。

【翻譯】

請注意！旅行社邀請莫斯科市民以及首都的貴賓遊莫斯科河。

遊客可以 ＿＿＿＿＿ 旅行。

(А) 搭巴士

(Б) 搭車

(В) 搭輪船

8. Уважаемые пользователи Интернета! Наше интернет-кафе работает ежедневно, без выходных, с 12:00 до 23:00.

Вы можете приходить в кафе...

(А) каждый день

(Б) в субботу и в воскресенье

(В) все дни, кроме субботы и воскресенья

廣告總有一些請讀者注意的地方，像上一則的внимание「請注意」，而本則則是「尊敬的網際網路使用者」。被動形動詞уважаемый為敬語，通常使用於書信的開頭，口語也可以用到，但是較少。名詞пользователи為「使用者」，單數為пользователь陽性名詞。本題的關鍵詞是副詞ежедневно「每天」，其他相關詞，例如ежегодно「每年」、ежемесячно「每月」，建議考生儘早學會。而выходной（複數為выходные）則是「休息日、休假日」的意思，也不能不會。題目問可以到網咖的天數，自然答案要選 (A) каждый день「每天」。

【翻譯】

尊敬的網際網路使用者！我們的網咖每天營業、不休息。營業時間從12點到晚上11點。

您可以 ＿＿＿＿ 光顧網咖。

(A) 每天

(Б) 星期六及星期日

(B) 除了星期六及星期日的每一天

9. Внимание! В городе открылся многозальный кинотеатр. 9 современных комфортабельных залов ждут своих зрителей. Стоимость билета - 200 рублей.

В новом кинотеатре...

(А) 1 кинозал

(Б) 9 кинозалов

(В) 200 кинозалов

本題如為「聽力測驗」，或許還有一點會讓考生迷惑的地方，但是在「閱讀測驗」項目中，相信考生絕對不會犯錯，一定可以正確答題。

廣告內容第一句的主詞為новый многозальный кинотеатр「新的多廳院電影院」，動詞為открылся「開幕」。形容詞многозальный為много「多」以及зал「廳」的複合詞，應該容易理解。第二句的開始即為數字9，是「關鍵詞」，後接複數第二格современных「現代的」、комфортабельных「舒適的」（comfortable）。動詞ждут（原形動詞為ждать），後接名詞第四格зрителей，為陽性名詞，單數為зритель「觀眾」。最

後，名詞стоимость是「價格」的意思。答案顯而易見的是 (Б) 9 кинозалов。

【翻譯】

請注意！新的多廳院電影院在城裡開幕了。9個現代舒適的大廳期待觀眾蒞臨。票價為200盧布。

在新的電影院有 _____ 。
(А) 1個廳
(Б) 9個廳
(В) 200個廳

10. Внимание! «Макдоналдс» предлагает работу молодым людям в возрасте от 16 до 25 лет. Зарплата 25 тысяч рублей в месяц＋бесплатный обед. Встреча с менеджером в среду, в 17:00. Приходите и приводите своих друзей.

Вас приглашают...
(А) бесплатно пообедать в «Макдоналдсе»
(Б) встретиться с друзьями в «Макдоналдсе»
(В) работать в «Макдоналдсе»

本則廣告的第一句即為答案：主詞 «Макдоналдс» 「麥當勞」，動詞предлагает的原形動詞為предлагать「提供」，後接間接受詞第三格молодым людям「年輕人」、直接受詞第四格работу「工作」，所以答案當然是 (В) работать в «Макдоналдсе» 「在麥當勞工作」。其中值得考生注意的地方還有下列各處：表達年紀可用в возрасте от＋第二格до＋第二格，表示「從幾歲到幾歲的人」；陰性名詞зарплата為「薪資」的意思；形容詞бесплатный

「免費的」，反義詞為платный；名詞менеджер「經理」，為外來語。

【翻譯】

　　請注意！「麥當勞」提供16到25歲的年輕人工作。薪資為每個月2萬5千盧布，外加免費午餐。星期三下午5點與經理面談。歡迎你們，並請帶朋友一同前來吧。

您受邀 _____ 。
(A) 在「麥當勞」吃頓免費的午餐
(Б) 跟朋友在「麥當勞」聚會
(B) 在「麥當勞」工作

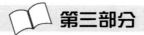

第11-25題。閱讀三篇由雜誌「俄語在中學」節錄的文章，目的是要更詳盡地瞭解在歷史不同階段的人們在俄語發展上所扮演的角色。

ЧАСТЬ III

Александр Сергеевич Пушкин
(1799-1837)

Александр Пушкин родился в Москве, в культурной и образованной семье. В детстве маленький мальчик много времени проводил со своей няней, которую он очень любил. Его няня была простая русская женщина. Она часто рассказывала маленькому Пушкину русские народные сказки, которые он очень любил слушать. Она научила будущего поэта любить русский язык, чувствовать и понимать красоту и богатство русского языка. В доме Пушкиных была большая библиотека, в которой будущий поэт проводил много времени. Он очень рано научился читать, а в 8 лет написал свои первые стихи.

В 12 лет Пушкин начал учиться в лицее, который находился недалеко от Петербурга. Там он написал много стихов и стал первым поэтом лицея, а потом, через несколько лет, - первым поэтом России.

Пушкин писал не только стихи, но и поэмы, повести, романы, сказки. Всё, что он написал, - всё это о России. Он никогда не был в других странах, хотя много раз хотел поехать за границу, но царь не разрешил ему уезжать из России. Пушкин жил в России и любил

Россию, любил русский язык. Все свои произведения он написал красивым русским языком. Поэтому А.С. Пушкина считают создателем современного русского литературного языка. И очень часто люди говорят, что русский язык - это язык Пушкина.

Владимир Иванович Даль
(1801 - 1872)

Владимир Иванович Даль родился в маленьком городе на юге России, в семье врача. Владимир поступил в Морской кадетский корпус (морское училище) в Петербурге, окончил его и стал морским офицером. 7 лет он служил в российском флоте на Чёрном, а потом на Балтийском море. Владимир очень любил русский язык и литературу и в свободное время писал стихи, сказки, много читал, особенно любил читать стихи Пушкина.

В 1826 году Владимир Даль решил поменять профессию и стать врачом, как его отец. Он поступил в университет, получил медицинское образование и стал работать в военном госпитале в Петербурге. Он лечил людей, делал операции и стал известным хирургом. Но всё это время он продолжал заниматься русским языком.

Даль очень много ездил по России. Он слушал, как говорят люди в городе и в деревне, записывал все новые интересные слова. В своих статьях о русском языке он писал, что русский язык очень богатый и красивый язык и мы должны беречь каждое русское слово.

Владимир Иванович Даль создал новый интересный словарь. Он называется «Толковый словарь живого великорусского языка». А люди называют его просто - «Словарь Даля». Создание словаря стало главным делом его жизни. За этот словарь Владимир Иванович Даль получил Ломоносовскую премию.

Михаил Васильевич Ломоносов
(1711-1765)

Михаил Васильевич Ломоносов родился в 1711 году в деревне на севере России, в семье крестьянина. В то время дети крестьян не могли учиться в школе и были неграмотными. Ломоносов сам научился читать и писать. Он очень хотел учиться и получить хорошее образование, но в деревне, где жил Ломоносов, не было школы, поэтому, когда ему было 19 лет, он пошёл в Москву учиться.

Ему было очень трудно, но он поступил в школу, учился в Москве и в Петербурге, а потом продолжил образование за границей. Ломоносов 5 лет учился в университете в Германии. Там он изучал физику, химию, математику и другие науки. За границей Ломоносов изучал иностранные языки. Он хорошо говорил по-немецки, по-французски, по-итальянски и по-английски.

Когда Ломоносов вернулся в Россию, он начал думать о создании университета в Москве. В 1755 году Ломоносов основал первый российский университет. Сейчас этот университет называется Московский государственный университет имени М.В. Ломоносова.

Ломоносов много сделал для развития русского языка. Он создал первую российскую грамматику. Он хотел, чтобы в Московском университете российские профессора читали лекции на русском языке, чтобы русский язык стал самостоятельным языком науки и культуры.

11. Этот выдающийся человек любил читать стихи Пушкина.

12. В детстве этот выдающийся человек любил слушать русские народные сказки.

13. Этот выдающийся человек родился и вырос в крестьянской семье.

14. Этот выдающийся человек родился и вырос в Москве.

15. Этот выдающийся человек был известным хирургом.

16. Этот выдающийся человек написал первое стихотворение, когда ему было 8 лет.

17. Этот выдающийся человек получил образование за границей.

18. Этот выдающийся человек получил Ломоносовскую премию.

19. Этот выдающийся человек знал много иностранных языков.

20. Этот выдающийся человек никогда не был за границей.

21. Этот выдающийся человек написал первую российскую грамматику.

22. Этот выдающийся человек был морским офицером.

23. Один из университетов страны носит его имя.

24. Простая русская женщина сыграла важную роль в жизни этого выдающегося человека.

25. Этот выдающийся человек создал словарь русского языка.

(А) А.С. Пушкин

(Б) В.И. Даль

(В) В.М. Ломоносов

依照先前的答題技巧，我們先要將題目快速地閱讀一遍，除了速度要快，更要精準掌握題目的關鍵，如此才能在文章中有方向性地找出題目中劇情的出處。所以，我們先看題目。

11. 這位傑出的人士喜歡讀普希金的詩。

12. 這位傑出的人士在孩童時期喜歡聽俄國的民間故事。

13. 這位傑出的人士出生並成長在一個務農的家庭。

14. 這位傑出的人士出生並成長於莫斯科。

15. 這位傑出的人士曾經是位著名的外科醫生。

16. 這位傑出的人士8歲的時候寫了第一首詩。

17. 這位傑出的人士在國外受教育。

18. 這位傑出的人士獲得了羅曼諾索夫獎章。

19. 這位傑出的人士懂許多外語。

20. 這位傑出的人士從來沒去過國外。

21. 這位傑出的人士寫了第一部俄羅斯語法。

22. 這位傑出的人士曾經是海軍軍官。

23. 這國家其中一所大學以他的名字命名。

24. 有一位平凡的俄國婦女在這位傑出人士的一生扮演了重要的角色。

25. 這位傑出的人士編纂了一本俄語辭典。

(A) 普希金

(Б) 達禮

(В) 羅曼諾索夫

　　現在，我們就將11-25題的「情節」做詳細的分析。

　　第11題：Этот выдающийся человек любил читать стихи Пушкина. 形動詞выдающийся是「傑出的」的意思。動詞любил後接原形動詞читать，而читать是及物動詞，後接受詞第四格стихи。而第二格的Пушкина則作為стихи的從屬關係，所以本句的意思是：「這位傑出的人士喜歡讀普希金的詩」。根據三篇短文的名稱判斷，本題的劇情應該不是出自第一篇文章，因為第一篇文章的主

角就是普希金本人，如果主詞喜歡讀普希金的詩，那麼句子應該改寫為：Этот выдающийся человек любил читать *свои* стихи。所以我們依據解題技巧，那就從第二篇開始看起。再次提醒，**我們在找劇情的過程中也要順便記住該篇文章的內容，因為題目的情節很多，而且是全部混合在一起的，所以我們最好把看過的文章內容記住，將該篇文章相關的所有題目、情節一網打盡，避免同一篇文章要看很多次的情形、浪費時間。**

我們從第二篇文章的開始看起。**第一段大意：**達禮出生在俄國南部，爸爸是醫生。他考上了海軍中等學校，之後成為海軍軍官，有7年的時間分別在黑海及波羅的海的俄國艦隊服役。他非常熱愛俄文及俄國文學，在空閒時寫詩、寫故事，喜歡閱讀，尤其喜歡讀普希金的詩。第一段的結尾剛好是我們要尋找的劇情，繼續看第二段。**第二段大意：**達禮後來想換職業，之後成為了一位彼得堡的軍醫院醫生。他治療病人，為人們開刀，然後成為了一位知名的外科醫生，但是他這段時間還是繼續研究俄文。**第三段大意：**達禮在俄國四處旅行。他聆聽城市及鄉村人們的說話方式，把所有有趣的單詞都抄了下來。他在自己的文章中提到說，俄文是非常豐富及美麗的語言，我們每個人都應該珍惜每個俄文單詞。第四段大意：達禮編纂了一部有趣的新詞典。編纂辭典的工作成為他生活的重心。後來他以這部詞典獲得了羅曼諾索夫獎章。

【翻譯】

弗拉基米爾・達禮

弗拉基米爾・伊凡諾維奇・達禮出生於俄國南方的小城，父親是醫生。弗拉基米爾考取了彼得堡的海軍中等學校，畢業之後成為了一位海軍軍官。他分別在黑海及波羅的海的俄國艦隊服役7年。弗拉基米爾非常喜愛俄文及俄國文學，所以在空閒的時間寫詩、寫故事，並且大量地閱讀，他尤其喜歡讀普希金的詩。

1826年，弗拉基米爾・達禮決定要換個職業，想跟父親一樣，

成為醫生。他考取了大學，受了醫學教育，之後開始在彼得堡的軍醫院工作。他治療人們、幫病人開刀，然後成為了一位著名的外科醫生，但是這段時間以來他仍持續研究俄文。

達禮在俄羅斯四處旅遊。他去聽城市及鄉下的人們如何說俄語，他把所有有趣的單詞都抄寫下來。在他自己有關俄文的論文中他寫道，俄文是豐富及美麗的語言，所以我們必須珍惜每一個俄語單詞。

弗拉基米爾・伊凡諾維奇・達禮編纂了一部有趣的新詞典。詞典名為「實用偉大俄語詳解詞典」，而人們就稱它為「達禮詞典」。編纂詞典變成他生活中主要的事務。弗拉基米爾・伊凡諾維奇・達禮以這本辭典獲得了羅曼諾索夫獎章。

看完了第二篇之後，我們回到題目檢視出自本篇劇情的題目如下：第15、18、22、25題。依照題目順序，我們接著看第12題：В детстве этот выдающийся человек любил слушать русские народные сказки. 在這裡我們無法判斷本題劇情與第一篇或是第三篇文章有直接的關係，所以我們就按照順序先看第一篇。

第一篇是敘述俄國偉大詩人普希金的文章。**第一段大意：**普希金出生在莫斯科，父母親都是受過良好教育的人。小時候大多時間是跟他心愛的褓母渡過。褓母是個平凡的婦人，普希金很愛褓母說的俄國民俗故事。她教導普希金要熱愛俄文、去體會並明白俄文的美麗與豐富。普希金很多時間都花在自宅中的書房，他很早就學會閱讀，8歲的時候就寫了第一首詩。**第二段大意：**12歲的時候普希金念中學，他在學校寫了很多詩，後來成了中學的第一詩人。過了幾年，普希金成為俄羅斯最偉大的詩人。**第三段大意：**普希金不只寫詩，他還寫史詩、中長篇小說及故事。他寫的都是有關俄羅斯的事物。雖然他有好幾次想出國，但是沙皇不允許，所以他從來沒去過其他的國家。普希金住在俄國，他熱愛俄國、熱愛俄語，他用美麗的俄語寫他所有的作品，所以大家認為普希金是現代俄語的創始

者，而人們常說，俄語就是普希金的語言。第12題我們在本篇文章的第一段中找到答案。

【翻譯】

亞歷山大‧謝爾蓋維奇‧普希金

　　亞歷山大‧謝爾蓋維奇‧普希金出生在莫斯科的一個有文化素養、教育水平的家庭。小時候小男孩大多的時間都是跟他心愛的褓母渡過。褓母是個平凡的婦人，小普希金很愛褓母說的俄國民俗故事，她教導未來的詩人要熱愛俄文、去體會並了解俄文的美麗與豐富。普希金很多時間都花在自宅中的書房，他很早就學會閱讀，8歲的時候就寫了第一首詩。

　　12歲的時候普希金在距離彼得堡不遠的地方念中學，他在學校寫了很多詩，後來成了中學的第一詩人。過了幾年，普希金成為俄羅斯最偉大的詩人。

　　普希金不只寫詩，他還寫史詩、中長篇小說及故事。他寫的都是有關俄羅斯的事物。雖然他有好幾次想出國，但是沙皇不允許，所以他從來沒去過其他的國家。普希金住在俄國，他熱愛俄國、熱愛俄語，他用美麗的俄語寫他的所有作品，所以大家認為普希金是現代俄語的創始者，而人們常說，俄語就是普希金的語言。

　　看完了第一篇，我們應該可以把其他所有的題目解答。如果在第一篇及第二篇未曾出現過的題目情節，那就可以大膽地推測，這些情節應該是出自第三篇文章了。除了第11題及12題之外，其他題目的情節出處如下：

11. 這位傑出的人士喜歡讀普希金的詩：「達禮」

12. 這位傑出的人士在孩童時期喜歡聽俄國的民間故事：「普希金」

13. 這位傑出的人士出生並成長在一個務農的家庭：未曾出現，「羅曼諾索夫」

14. 這位傑出的人士出生並成長於莫斯科：「普希金」

15. 這位傑出的人士曾經是位著名的外科醫生：「達禮」

16. 這位傑出的人士8歲的時候寫了第一首詩：「普希金」

17. 這位傑出的人士在國外獲得了教育：*未曾出現*，「*羅曼諾索夫*」

18. 這位傑出的人士獲得了羅曼諾索夫獎章：「達禮」

19. 這位傑出的人士懂許多外語：*未曾出現*，「*羅曼諾索夫*」

20. 這位傑出的人士從來沒去過國外：「普希金」

21. 這位傑出的人士寫了第一部俄羅斯語法：*未曾出現*，「*羅曼諾索夫*」

22. 這位傑出的人士曾經是海軍軍官：「達禮」

23. 這國家其中一所大學以他的名字命名：*未曾出現*，「*羅曼諾索夫*」

24. 有一位平凡的俄國婦女在這位傑出人士的一生扮演了重要的角色：「普希金」

25. 這位傑出的人士編纂了一本俄語辭典：*未曾出現*，「*羅曼諾索夫*」

雖然我們沒有看過第三篇，但提供文章的翻譯讓考生參考。

【翻譯】

米海易爾・瓦希里耶維奇・羅曼諾索夫

米海易爾・瓦希里耶維奇・羅曼諾索夫1711年出生於俄羅斯北方一個務農的家庭。在這個年代農夫的小孩沒能夠在學校念書，所以小孩們都不識字。羅曼諾索夫自己學會閱讀與寫字。他非常想求學與受良好的教育，但是在他住的鄉下並沒有學校，所以當他19歲的時候他前往莫斯科就學。

當時他覺得很困難，但是他考取了中學，在莫斯科與彼得堡唸書，之後出國繼續求學。羅曼諾索夫在德國的大學念了5年。他在

德國學物理、化學、數學及其他的科學。羅曼諾索夫在國外學了一些外語，他德語、法語、義大利語、英語都說得很好。

當羅曼諾索夫回到俄羅斯，他開始考慮在莫斯科設立一所大學。1755年羅曼諾索夫設立了俄羅斯第一所大學。現在這所大學稱為羅曼諾索夫國立莫斯科大學。

羅曼諾索夫為了俄語的發展做出許多貢獻。他編纂了第一部俄羅斯語法。他希望莫斯科大學的教授用俄語講學，同時希望俄語成為（書寫）科學及文化的另一種語言。

接下來我們將這三篇文章的重要單詞與詞組摘錄出來，提醒考生，利用時間努力將這些單詞與詞組學會，可利用於口說及寫作上，提昇俄語能力。

【第一篇】

- культурный -「文化的」。名詞形式為культура，例如Санкт-Петербург - культурный центр России. 聖彼得堡是俄羅斯的文化中心。
- образованный -「受過教育的、有學問的」。
- в детстве -「在孩童時期」。例如Антон начал играть на пианино ещё в детстве. 安東在孩童時期就開始彈鋼琴。
- проводить / провести -「舉行、渡過」。這動詞的意思比較多，建議考生參考詞典。動詞後面通常接名詞第四格，例如Каждый год Антон и Анна вместе проводят летние каникулы. 每年安東跟安娜一起過暑假。
- няня -「褓母」。為陰性名詞。
- простой -「簡單的、單純的、平凡的」。例如Антон, как простой студент, любит ходить в кино. 安東就像個平凡的大學生，喜歡看電影。
- учить / научить -「教／教會」。動詞後通常接人＋第四格、物＋第三格，或接未完成體原形動詞，例如Антон научил Анну

китайскому языку. 安東教會安娜中文；Антон научил Анну водить машину. 安東教會安娜開車。

- будущий -「未來的」。為形容詞。

- богатство -「豐富」。中性名詞，其形容詞為богатый。反義形容詞為бедный「貧窮的、可憐的」；陰性名詞為бедность。

- лицей -「中學」。

- находиться -「位於」。通常後接前置詞＋地點第六格，例如 Кремль находится в центре города. 克里姆林宮位於市中心。

- недалеко от -「離……不遠」。為慣用詞組，前置詞от後接名詞第二格，例如Большой театр находится недалеко от Кремля. 大劇院位於克里姆林宮不遠處。

- разрешать / разрешить -「允許」。動詞後接人第三格＋原形動詞，例如Антон не разрешает Анне покупать дорогие продукты. 安東不准安娜買貴的食物。

- произведение -「作品」。為中性名詞。例如Антон любит читать произведения Пушкина. 安東喜歡讀普希金的作品。

【第二篇】

- родился в семье врача -「出生於醫生家庭」。這是一種固定的說法，表示一個人出生的家庭背景。要注意，家庭之後的「醫生」用第二格，通常是指「父親」是醫生，若是父母親皆為醫生，則врач用複數第二格врачей。

- служить -「任職、服役」，動詞後接前置詞＋地點第六格，例如 Антон служил в армии два года. 安東在部隊服役兩年。

- госпиталь -「醫院」。該詞與больница類似，但是госпиталь多指「軍醫院」。

- лечить -「治療」。動詞後接受詞第四格。

- хирург -「外科醫生」。為陽性名詞。

- продолжать / продолжить -「持續」。動詞後接名詞第四格或是未完成體原形動詞，例如Антон решил продолжить своё образование в магистратуре после университета. 安東決定在大學畢業後要繼續念碩士班。

- беречь -「愛護、保存」。動詞後接受詞第四格，例如 - Антон, береги себя, не болей. - 安東，好好照顧自己，不要生病了。
- премия -「獎金、獎品、獎章」。為陰性名詞。

【第三篇】

- крестьянин -「農民」。為陽性名詞，其複數形式特殊，為крестьяне。
- конструктор -「設計師、構造師」。陽性名詞。
- неграмотный -「不識字的、沒念過書的」。反義詞則為грамотный。
- основывать / основать -「建立、創立」。動詞後接名詞第四格，例如Антон основал центр китайского языка в Москве. 安東在莫斯科創辦了一個中文中心。
- современный -「現代的」。為形容詞，例如Антон любит современную музыку. 安東喜歡現代樂。
- развитие -「發展」。為中性名詞，其動詞為развивать / развить，後接名詞第四格。
- самостоятельный -「獨立的、自主的」，例如После революции Украина стала самостоятельным государством. 烏克蘭在革命之後成為了一個獨立國家。

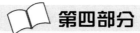第四部分

ЧАСТЬ IV

Дмитрий Хворостовский - один из самых известных оперных певцов и, по оценке журнала «People Magazine», один из самых красивых людей мира. На его концерты трудно купить билеты, потому что тысячи людей хотят увидеть молодого, красивого и талантливого певца и услышать его прекрасных голос.

Весь мир знает Дмитрия Хворостовского. Хворостовский выступает на самых известных сценах мира. Он прекрасно поёт на русском, английском, испанском и, конечно, на итальянском языке.

Дмитрий Хворостовский родился в городе Красноярске в Сибири. Его отец хорошо пел и играл на рояле, поэтому уже в 4 года Дима начал петь.

В детстве Дима хотел стать скульптором и учиться в художественной школе. Но родители решили, что Дима будет музыкантом. И Дима пошёл учиться в музыкальную школу, а потом поступил в Красноярский институт искусств. Там он учился петь. Он был лучшим студентом института. Ему было 23 года, когда он, студент третьего курса, первый раз вышел на сцену Красноярского театра оперы и балета и начал петь. Это был успех. Все поняли, что родился настоящий оперный певец.

В 1989 году Дмитрий участвовал в международном конкурсе «Лучший певец мира». В конкурсе участвовали 200 оперных певцов. Лучшим певцом мира стал певец из России Дмитрий Хворостовский.

Дмитрия пригласили в Москву. Он жил в Москве, пел в Московской консерватории, в Большом театре и даже на красной площади.

Но услышать голос молодого певца хотели не только в России, но и во всём мире. Его приглашали в разные страны. Он пел на самых известных сценах мира. Однажды, когда он первый раз выступал в Женеве, он познакомился со своей будущей женой.

Жена Дмитрия Флоранс - оперная певица. Она итальянка, но она хорошо говорит по-русски, любит русскую литературу, готовит русские пельмени и русский борщ, но она не любит холодную русскую зиму, поэтому вся семья сейчас живёт в Лондоне.

26. Родной язык Дмитрия Хворостовского…

   (А) итальянский

   (Б) английский

   (В) русский

27. В детстве Дмитрий Хворостовский хотел быть…

   (А) певцом

   (Б) скульптором

   (В) музыкантом

28. Первый раз Дмитрий Хворостовский выступал…

   (А) в Большом театре

   (Б) на Красной площади

   (В) в Красноярском театре

29. Жене Дмитрия не нравится…

   (А) русская литература

   (Б) русская еда

   (В) холодная погода в России

30. Сейчас семья Дмитрия Хворостовского живёт…

    (А) в Лондоне

    (Б) в Москве

    (В) в Красноярске

　　我們記得，**要先看題目與答案選項，而不是先急著閱讀文章本身**。在這篇文章中共有5個題目，當我們快速的看過題目與答案選項之後，我們就可以清楚掌握這篇文章的主角是誰以及所探討的主題。

第26題：德米特里‧荷瓦拉斯托夫斯基的母語是 ＿＿＿＿。

    (А) 義大利語

    (Б) 英語

    (В) 俄語

第27題：在童年時期德米特里‧荷瓦拉斯托夫斯基想要成為 ＿＿＿＿。

    (А) 演唱家

    (Б) 雕刻家

    (В) 音樂家

第28題：德米特里‧荷瓦拉斯托夫斯基第一次的演出在 ＿＿＿＿。

    (А) 大劇院

    (Б) 紅場

    (В) 喀拉斯那亞爾斯克的劇院

第29題：德米特里的太太不喜歡 ＿＿＿＿。

    (А) 俄國文學

    (Б) 俄國食物

    (В) 俄國的寒冷天氣

第30題：現在德米特里・荷瓦拉斯托夫斯基一家住在 _____ 。

    (A) 倫敦

    (Б) 莫斯科

    (В) 喀拉斯那亞爾斯克

    看完了題目，我們清楚了解本篇文章的主角是德米特里・荷瓦拉斯托夫斯基。但是我們從題目中並不了解他是何許人也，必須從文章的內容來找到關資訊。

    五個題目當中我們並沒有看到「詞意強烈」的單詞，而較為「引人矚目」的單詞只有少數幾個，例如只有первый раз「第一次」、не нравится「不喜歡」、сейчас「現在」，但是在題目的答案中到是有些專有名詞必須要注意，等等回到文章中找答案的時候要特別注意這些地名或城市名的「專有名詞」：в Большом театре、на Красной площади、в Красноярском театре、в Лондоне、в Москве、в Красноярске。順便一提，這些專有名詞皆是以第六格的形式出現，都是表示「靜止的」地點，等等根據題目的敘述，參考答案選項的專有名詞，然後找到文章中的相關情節，答案自然清楚呈現，毫不困難。其他的問題也是一樣，只要找到相關的敘述，答題決不是難事。

    第26題的關鍵詞是родной язык「母語」。題目就是問我們主角的母語為何，所以我們只要找到有關國籍、出生地的敘述，自然就是答案。我們快速地掃描過文章的第一段及第二段，發現主角是位舉世聞名的「聲樂家」。他到處演唱，他用俄語、英語、西班牙語、義大利語演唱，有「語言」的敘述，但是不是「母語」，所以還不是答案的所在。緊接著看到第三段。第一行的敘述就是答案了：主角出生在西伯利亞名為喀拉斯那亞爾斯克的城市，出生在俄國，自然母語是俄語，應選答案 (B)。

    第27題的關鍵詞是в детстве「在孩童時期」。我們從剛剛的第三段接著找答案：出生在西伯利亞，他的父親也曾演唱並演奏鋼

琴，所以主角在四歲時候就開始學唱歌。學唱歌並不是我們要的答案，因為題目是問主角小時候的хотел быть「願望」，所以要繼續往下找答案。第四段的第一句開頭與題目一模一樣，而動詞有稍稍不同хотел стать，但是意思都一樣，所以我們要選 (Б)「雕刻家」。雖然考生有可能不認識скульптор這個單詞，但是也不影響做答，不是嗎？

　　第28題的關鍵詞是первый раз「第一次」，動詞是выступал「演出」，所以問的是主角在哪裡作了第一次的演出，我們要小心找到演出的場所即可。主角首先在美術學校就讀，但是父母親希望他成為一位音樂家，所以主角就去念音樂學校，後來考取喀拉斯那亞爾斯克藝術學院，專修歌唱。之後我們看到文章中出現了數字的「關鍵詞」，主角在23歲的時候念三年級，「第一次登台開唱」，登台即為「演出」，所以我們應該選擇答案 (B)。

　　第29題的關鍵詞為жене не нравится「太太不喜歡」，所以我們要先找到主角的太太，然後再看看她不喜歡什麼。第五段及第六段的敘述都沒有提到太太這個字眼，所以繼續往下看第七段。在第七段的最後，主角在日內瓦演出的時候結識了她未來的太太「…выступал в Женеве, он познакомился со своей будущей женой」。太太出現了，但是還沒看到她不喜歡的事物，所以還是要繼續往下看。在最後一段我們看到主角太太的名字是Флоранс，是一位義大利的聲樂家，她俄語說得好，喜歡俄國文學，也會料理俄國食物，但是不喜歡俄國的寒冬，не любит在這裡就等於не нравится，所以本題應選 (B)。

　　第30題延續第29題。因為太太不喜歡俄國的寒冬，所以現在全家住在倫敦，答案選 (A)。

　　茲將全文翻譯，提供學員參考。

【翻譯】

德米特里・荷瓦拉斯托夫斯基是最有名的歌劇聲樂家之一。根據「時人」雜誌的評價，他是全世界最美貌的人之一。他的演唱會門票不容易買到，因為有成千上萬想要看到這位年輕貌美及有才華的聲樂家，並且想聽到他美妙的歌聲。

全世界都知道德米特里・荷瓦拉斯托夫斯基。荷瓦拉斯托夫斯基在世界最有名的舞台演出，他完美地用俄語、英語、西班牙語，當然也用義大利語演唱。

德米特里・荷瓦拉斯托夫斯基出生於西伯利亞的喀拉斯那亞爾斯克城。他的父親以前唱得很好，並且演奏鋼琴，所以季馬（德米特里的暱稱）才四歲就開始學唱歌了。

小時候季馬想要當一位雕刻家，想要在美術學校念書，但是父母親決定讓季馬成為音樂家，所以季馬去上了音樂學校，之後考取喀拉斯那亞爾斯克的藝術學院。他在那裡開始學唱歌。他是學院最好的學生。在他23歲念大三的時候，他第一次踏上喀拉斯那亞爾斯克歌劇暨芭蕾廳的舞台，並且開始歌唱。這是一次成功的演出，所有的人都瞭解，一位真正的歌劇聲樂家誕生了。

1989年德米特里參加「世界最佳聲樂家」國際大賽。有200位聲樂家參加比賽，而來自俄羅斯的德米特里・荷瓦拉斯托夫斯基成為了世界最佳的聲樂家。

德米特里受邀到莫斯科。他曾住在莫斯科，在莫斯科音樂學院、大劇院，甚至在紅場演出。

不僅僅在俄羅斯，而在全世界都想聽到年輕音樂家的歌聲。他受邀到各個不同國家，他在全世界最有名的舞台演出。有一次他在日內瓦演出的時候，他認識了未來的太太。

德米特里的太太佛羅蘭斯是一位歌劇演唱家。她是義大利人，但是俄語說得不錯，喜歡俄國文學，會煮俄式水餃及甜菜湯。但是她不喜歡俄國的寒冬，所以現在全家人住在倫敦。

- один из самых известных певцов -「最有名的演唱家之一」。這個片語以前已經多次出現，考生一定要學會運用，在本篇閱讀文章也數次出現，可見其重要性。

- оценка -「看法、評價、分數」。為陰性名詞，例如：Антон получил хорошую оценку за математику. 安東數學得到好分數。

- выступать / выступить -「演出、表演」。動詞後通常接前置詞＋名詞第六格，例如Вчера Антон выступил на конференции с докладом. 昨天安東在會議上發表報告。

- сцена -「舞台」。為陰性名詞。

- рояль -「鋼琴」。通常指的是「演奏鋼琴」，為陽性名詞。

- скульптор -「雕刻師、雕塑家」。為陽性名詞。

- успех -「成功」。為陽性名詞。

- настоящий -「真正的」。為形容詞，例如Антон всегда помогает друзьям. Он настоящий друг. 安東總是幫朋友的忙，他是個真正的朋友。

- участвовать -「參加」。動詞後接前置詞в＋名詞第六格。請注意，不論名詞為何，前置詞只能用в，例如Антон каждый год участвует в международной научной конференции. 安東每年參加國際學術研討會。

- консерватория -「音樂學院」。為陰性名詞。

- пельмени -「俄式水餃」。通常用複數形式。

- борщ -「甜菜湯」。是一種俄國湯品，為陽性名詞。

項目四：寫作

本測驗共有2題，作答時間為50分鐘。作答時可使用詞典。相關寫作技巧請參閱第一題本中之敘述。

第一題：寫一封信

Вы несколько лет не видели своего друга (подругу). Напишите письмо вашему другу (подруге), расскажите новости о себе и узнать новости о нём.

（а）Напишите:

- как живёт ваша семья,
- где вы сейчас живёте,
- где вы учитесь или работаете,
- что вы изучаете,
- что вы делаете в свободное время,
- как и где вы отдыхаете,
- какие у вас друзья,
- какие у вас планы на будущее.

（б）Спросите у него:

- где он живёт,
- чем занимается,
- какое у него хобби,

- есть ли у него друзья,
- хочет ли он (она) встретиться с вами.

В вашем письме должно быть не менее 18-20 предложений.

　　您有好幾年沒見到朋友了。請寫一封信給朋友並敘述您的近況，也問問朋友的訊息。

（а）請寫出：

- 您全家的近況，
- 您現在住哪裡，
- 您在哪裡讀書或工作，
- 您現在學什麼，
- 您空閒的時候做什麼，
- 您去哪渡假、渡假方式為何，
- 您有甚麼樣的朋友，
- 您對未來的計畫。

（б）請問朋友：

- 他住在哪裡，
- 他在做什麼，
- 他有什麼樣的嗜好，
- 他是否有朋友，
- 他是否想跟您碰面。

信不得少於18到20個句子。

以下就以實際例子來示範書信的寫作。

Здравствуй, дорогая Марина!

Мы с тобой не виделись уже два года. За это время я закончила университет, нашла хорошую работу в Тайбэе. Мы со старшей сестрой сейчас живём вместе. Мне очень повезло с работой. Я работаю в частной компании, которая занимается устным и письменным переводом. В основном я перевожу русские тексты на китайский язык. Самое интересное в моей работе - это работа с живыми клиентами, устный перевод. Я помогаю разным людям понимать друг друга - бизнесменам, артистам, художникам. Несколько раз я ездила с клиентами в командировки на выставки в другие страны.

Совсем недавно я вернулась из Германии, где проходила компьютерная выставка. Там я случайно встретилась с нашим общим другом Сергеем. Он сказал, что перешёл работать в вашу фирму. Он собирается приехать в командировку в Тайбэй! Может быть, вы приедете вместе? Ты уже два года не была здесь. Приезжай, пожалуйста. Мы поедем к моим родителям, они по-прежнему живут в Цзяи.

Марина, от Сергея я узнала, что твоя работа очень трудная. А что ещё нового в твоей жизни? Чем ты занимаешься ещё? Ты так же живёшь с родителями? Твой брат уже, наверное, закончил университет? Напиши мне обо всём, пожалуйста! И обязательно приезжай ко мне в гости.

Обнимаю,

Саша

15/8/2015

此篇的對象為朋友，所以不得使用敬語，而要以ты稱呼對方，我們可以用Здравствуй, дорогая Марина!，既簡單、又完整，希望考生已經習慣。整篇文章我們幾乎是按照提綱來發揮，沒有太多的特殊句型或較為艱深的單詞。

　　信的第一段提到兩年沒見到面，動詞用видеться的過去式。「這兩年」我們用за это время「這段時間以來」，筆者已經大學畢業，並且在翻譯公司工作了。動詞повезло是「幸運」，句子為無人稱句，所以主體用第三格мне，而動詞後接前置詞с＋名詞第五格。工作大多為筆譯，但是筆者在工作中最感興趣的是直接與客戶往來、口譯、幫助客戶了解彼此，有時候需要出差в командировки。

　　信的第二段描述剛從德國出差回國，在德國的電腦展上巧遇случайно встретилась с一個共同的朋友общим другом，而朋友打算來собирается приехать台北出差，筆者也邀請朋友是否可以一同前來，後用一個命令式приезжай, пожалуйста，是非常的口語形式，希望考生也會。而по-прежнему是「依舊」的意思。

　　最後一段依照大綱稍微多發揮一些。最後再用我們慣用的結束方式完成信件。大意是筆者從巧遇的朋友得知對方工作很困難，除此之外，問問生活有沒有什麼新鮮事，大多是依據大綱發揮，最後再提醒朋友一定要來台北找筆者做客。

　　下面再提供1篇範例供考生參考。

Алексей, привет!

Я скоро поеду на несколько дней в командировку в Петербург, и я очень хочу с тобой встретиться. Напиши, пожалуйста, когда ты будешь свободен. Прошло уже три года, как я закончил учиться и уехал из Петербурга, а сейчас я собираюсь туда в командировку! Я не могу в это поверить.

Чем ты занимался эти три года? Где ты работаешь? Ты все ещё играешь в баскетбол? Или у тебя новые увлечения? Я сейчас не часто занимаюсь спортом, иногда бегаю и плаваю. Моя работа занимает всё моё время. Но мне очень нравится моя работа.

За то время, что мы с тобой не виделись, у меня появилась любимая девушка. Она очень красивая, у неё очень сложный характер и с ней очень интересно. Мой отец вышел на пенсию и теперь они с мамой часто ездят за границу в путешествия. Они побывали в Австралии, в Америке. В Россию они ездили, когда я там учился. Но они хотят поехать туда опять! Хорошо, не буду много писать, мы с тобой скоро увидимся и поговорим обо всём! До скорой встречи в Петербурге!

Пиши.

Иван

15/8/2015

第二題：寫一個便條

Вы должны встретиться с друзьями, но не можете им дозвониться. Напишите записку друзьям и объясните им, где и когда вы встретитесь.

В вашей записке должно быть не менее 5 предложений.

您應該要跟朋友們碰面，但是您打電話都打不通。請寫一個便條給朋友們，並解釋你們見面的時間與地點。

便條不得少於5個句子。
以下就以實際例子來示範書信的寫作。

Игорь, привет!

　　Я не могу до тебя дозвониться. Помнишь, мы хотели поужинать с моим начальником? Он будет свободен в субботу вечером. Давай встретимся с тобой в субботу в 17:30 на станции метро "Вокзал", выход 2. К субботе я уже буду знать адрес ресторана. Позвони мне, хорошо?

Коля

15/8/2015

　　動詞дозваниваться / дозвониться「打通電話」後可接人第三格，或是接前置詞до＋名詞第二格。再來解釋打電話的原因就是約好要與上司начальник一起吃晚餐，然後就用題目要求我們的把約定見面的時間與地點寫上就行：命令式давай＋完成體動詞的變位希望考生已經學會，這是非常口語的形式，要多多利用。便條結束之前的前置詞к＋時間的第三格表示「在某個時間之前」，所以к субботе是「在星期六之前」的意思，簡單又好用。

下面再提供1篇範例供考生參考。

Лена, привет!

Что случилось? Я не могу до тебя дозвониться. Ты не забыла, что в среду вечером мы с тобой идём в гости к Маше? Она попросила нас купить торт в кафе, которое находится рядом с твоей станцией метро. Давай в среду встретимся в этом кафе в 6, вместе купим торт и поедем оттуда к Маше. Позвони мне.

Анна

15/8/2015

項目五：口說

A 版

考試規則

本測驗共有3大題。作答時間為25分鐘。準備第三大題時可使用詞典。

第一大題

　　第一大題共有5小題，答題時間至多5分鐘。答題是以對話形式進行，並無準備時間，口試官問問題，您就問題作答。請注意，您的回答應為完整回答，類似 да, нет, не знаю的選項皆屬不完整回答，不予計分。

1 Какие иностранные языки вы знаете? Какой язык вам нравится больше?

2 Вы купили такие красивые цветы! Кому вы их купили?

3 Я хочу пригласить вас в театр. Вы согласны? Вам нравится театр?

4 Вы любите спорт? Каким видом спорта вы занимаетесь?

5 Скажите, где вы были в выходные?

1 您懂得哪些外語？您最喜歡哪一個語言？

2 您買的花真漂亮啊！您是買給誰的呢？

3 我想邀請您去看劇。您同意嗎？您喜歡看劇嗎？

4 您喜歡運動嗎？您喜歡做哪種運動？

5 請問您休假日去了哪裡？

相關答題技巧請參閱第一題本之部分，以下僅提供回答的示範。

1 • Какие иностранные языки вы знаете? Какой язык вам нравится больше?

 • Я немного знаю английский язык и сейчас изучаю русский. Английский язык мне нравится больше.

2 • Вы купили такие красивые цветы! Кому вы их купили?

 • Я купил цветы моей бабушке, у неё сегодня день рождения.

3 • Я хочу пригласить вас в театр. Вы согласны? Вам нравится театр?

 • Большое спасибо, я очень люблю театр. С удовольствием схожу с вами в театр.

4 • Вы любите спорт? Каким видом спорта вы занимаетесь?

 • Я занимаюсь плаванием. Хожу в бассейн два раза в неделю.

5 • Скажите, где вы были в выходные?

 • В выходные мы с друзьями ездили на море, купались, загорали.

以下再提供簡單回答範例，請參考。

1 Я изучал английский и японский языки. Мне одинаково нравятся все языки.

2 Я купила цветы для моего дяди, у него сегодня свадьба.

3 Спасибо за приглашение. Я, конечно, согласен. Мне очень нравится театр.

4 К сожалению, я совсем не занимаюсь спортом. Наверное, надо начать бегать.

5 В субботу я встречался с друзьями, мы ходили в клуб. А в воскресенье я отдыхал дома.

● 第二大題

第二大題也是共有5小題，答題時間至多5分鐘。答題是以對話形式進行，並無準備時間。第一大題與第二大題不同之處在於第一大題是由老師問問題，考生回答，而第二大題則是由口試老師說出對話的背景（場景），由考生首先發言、首先展開對話（口試老師不需就您的發言做任何回答）。

6 В книжном магазине вы не можете найти книгу, которая вам нужна. Попросите продавца вам найти её.

7 Вы пришли на курсы русского языка. Объясните, что вы хотите.

8 Летом вы хотите работать. Дайте информацию о себе. Скажите, что вы умеете.

9 Ваши друзья едут на экскурсию в другой город. Вы не хотите ехать. Объясните, почему.

10 Вы хорошо сдали экзамены. Расскажите об этом своим друзьям.

6 您在書店找不到您需要的書。請求店員幫助您找到它。

7 您來到俄語課程班。請解釋您的需求。

8 您想在夏天工作。請提供一些有關自己的資訊，請說說您有哪些技能。

9 您的朋友要去別的城市旅遊。請解釋您為什麼不想去。

10 您考試考的很好。請跟朋友談談考試的事情。

答題技巧請參閱第一題本的敘述。以下為實際範例。

6 Мне нужен русско-английский словарь. Скажите, пожалуйста, где у вас стоят словари?

7　Здравствуйте, я хочу посещать занятия по русскому языку два раза в неделю по вечерам. Сколько это будет стоить?

8　Я могу работать официантом в ресторане. У меня есть опыт, я уже подрабатывал в ресторане.

9　У бабушки будет день рождения. Соберётся вся семья. Я не могу пропустить такое важное событие.

10　Сегодня утром я сдал очень трудный экзамен. Теперь я могу отдохнуть.

以下再依各題提供答案，請參考。

6　Извините, я не могу найти учебник истории. Покажите, пожалуйста, где стоят учебники.

7　Скажите, у вас можно изучать русский язык по выходным? Я могу ходить на занятия только по субботам и воскресеньям. Сколько стоят занятия?

8　Я знаю английский язык. Могу работать в младшей школе, преподавать английский детям.

9　Скоро экзамены, у меня не было времени подготовиться. Поэтому я буду готовиться к экзаменам в выходные дни.

10　Какая я молодец! Я сдала этот экзамен. Поздравьте меня! Было очень трудно.

第三大題

　　第三大題是唯一可以準備的一題。準備時間為10分鐘、答題時間為5分鐘，準備時可以使用詞典。

Подготовьте сообщение на тему «Почему я изучаю русский язык».

- Какой ваш родной язык?
- Какие иностранные языки вы изучаете?
- Когда и почему вы начали изучать русский язык
- Как вы думаете, какой это язык? Трудно ли его изучать? Почему?
- Сколько времени вы изучаете русский язык? Как вы говорите по-русски?
- Что вы читали на русском языке?
- Какие русские фильмы вы смотрели?
- С кем, где и когда вы говорите по-русски?
- Нужен ли вам русский язык в вашей будущей профессии? Когда и где вы можете использовать русский язык?
- Как вы думаете, зачем люди изучают иностранные зыки?

請準備一篇題為「為什麼我學俄語」的報告。

- 您的母語為何？
- 您正在學哪些外語？
- 您是什麼時候及為什麼開始學俄語？
- 您認為俄語是怎麼樣的語言？難學嗎？為什麼？
- 您的俄語學了多久？您的俄語說得如何？
- 您讀過什麼俄文的作品？
- 您看過哪些俄國電影？
- 您跟誰、在哪、何時說俄語？

- 您未來的職業需要俄語嗎？您在什麼時候、在哪裡才會用到俄語？
- 您認為為什麼人們要學外語？

答題技巧請參閱第一題本中的敘述。以下為實際範例。

Мой родной язык - китайский. В школе я начала изучать английский язык и сейчас, в университете, я продолжаю учить английский. В университете я начала изучать русский язык. Так получилось, что я стала учиться на факультете русского языка, поэтому я изучаю русский. Я всегда знала, что это один из самых трудных языков и никогда не думала, что мне придётся учить этот язык.

В этом языке трудно всё, и произношение, и грамматика. Но мне нравится преодолевать трудности. Я хочу выучить русский очень хорошо, чтобы потом использовать язык в работе. Надеюсь, что у меня будет возможность поехать в Россию на учёбу или в командировку, когда я буду работать.

Люди изучают иностранные языки, думаю, по разным причинам. Кто-то хочет пользоваться языком в путешествиях. Кто-то учит языки для работы. Кто-то для того, чтобы общаться с иностранцами. А для кого-то это просто хобби. Наверное, каждый современный человек должен обязательно уметь говорить на иностранном языке.

以下再提供1篇答案，請參考。

Мой родной язык - английский. Сейчас я изучаю китайский и русский языки. Я начал изучать русский язык ещё в школе, так как мне всегда нравилась русская культура. Я думаю, что русский язык - это самый трудный язык в мире.

Я всегда с трудом запоминаю новые слова и грамматические правила. И произношение... Я изучаю русский язык уже 2 года, и я думаю, что я неплохо говорю по-русски. Я пока ничего не читал на русском языке, а также ни разу не смотрел русский фильм. Но я обязательно выучу русский язык, и потом я смогу использовать его в путешествии по России.

В свободное время мы с ребятами из группы ходим на экскурсии в музеи. И в музеях мы обычно разговариваем с экскурсоводом по-русски. Но мы не всегда понимаем друг друга. Я думаю, что люди изучают иностранные языки, чтобы лучше узнать разные культуры и общаться с иностранцами.

B 版

● 第一大題

1 Какое красивое здание! Вы не знаете, что там находится?

2 Вы уже были в Москве? Что вам понравилось?

3 Что вы любите больше - кино или театр? Почему?

4 Где вы хотите жить - в городе или деревне? Почему?

5 Какой подарок вы хотите получить на день рождения?

1 好美的建築物啊！您知道那棟建築物有什麼嗎？

2 您去過莫斯科嗎？您喜歡什麼？

3 您比較喜歡電影還是戲劇？為什麼？

4 您想住在城市或是鄉下？為什麼？

5 您在生日的時候想收到什麼樣的禮物呢？

以下為示範。

1 • Какое красивое здание! Вы не знаете, что там находится?

  • В этом здании находится концертный зал. Здесь можно послушать концерт классической музыки.

2 • Вы уже были в Москве? Что вам понравилось?

  • Да, я был в Москве. Мне понравилась Красная площадь и Москва-река.

3 • Что вы любите больше - кино или театр? Почему?

  • Мне больше нравится кино. Если в театральном спектакле актёры играют плохо, мне неудобно встать и уйти. А с плохого фильма уйти проще.

4 • Где вы хотите жить - в городе или деревне? Почему?

- Я хотел бы жить в городе. Здесь проще найти работу и жить удобнее.

5 • Какой подарок вы хотите получить на день рождения?

- Я хочу, чтобы родители подарили мне на день рождения путешествие в Европу или в Австралию.

以下再提供簡單回答範例，請參考。

1 Это здание исторического музея. Вы ещё не были там? Обязательно посмотрите, там часто бывают интересные выставки.

2 Нет, ещё не была, но очень хочу туда поехать. Ещё я хочу побывать в Санкт-Петербурге.

3 Я редко хожу и в кино, и в театр. Многое можно посмотреть в Интернете.

4 Я привык жить и работать в городе, а в деревне мне нравится отдыхать.

5 Я буду рада любому подарку. Важен не подарок, а внимание и любовь.

◼ 第二大題

6 Вы говорите по телефону с другом. Вы плохо поняли, что он сказал. Попросите его повторить.

7 На улице вы встретили друга, которого не видели несколько лет. Что вы спросите у него?

8 Вы опоздали на тренировку по теннису. Извинитесь перед тренером.

9 Ваши друзья идут отдыхать в парк. Вы не можете пойти с ними. Объясните, почему.

10 Летом вы прекрасно отдохнули в Испании. Посоветуйте друзьям поехать туда.

6 您在跟朋友講電話。您不清楚他剛剛說了什麼，請求他重複一次。

7 您在路上碰到幾年不見的朋友，您會問他什麼？

8 您網球練習遲到了，請跟教練道歉。

9 您的朋友正要去公園晃晃，您無法同行。請解釋為什麼。

10 夏天您在西班牙渡過了美好的假期。請建議朋友去西班牙。

以下為回答範例。

6 Извини, я не понимаю, что ты говоришь. Повтори, пожалуйста, когда ты приезжаешь?

7 Привет, давно не виделись. Как ты поживаешь, где ты сейчас работаешь, как твоя семья?

8 Извините, что я опоздал. У меня сломалась машина.

9 Простите, я не могу пойти с вами, мне нужно заниматься, скоро экзамены.

10 Летом я ездила в Испанию. Там можно хорошо отдохнуть и увидеть много интересного. Если у вас будет возможность, я вам советую поехать туда.

以下再依各題提供參考答案，請參考。

6 Повтори, пожалуйста, свой адрес. Я не поняла

7 Здравствуй, как семья, как родители поживают? Чем ты сейчас занимаешься?

8 Извините, пожалуйста, за опоздание. Утром я была у врача.

9 Извините, сейчас я иду на работу, с вами пойти не могу. В следующий раз обязательно пойду с вами.

10 Если вы думаете, куда поехать отдыхать, я вам рекомендую Испанию. Там можно отдохнуть на море и посмотреть интересные города.

● 第三大題

Подготовьте сообщение на тему «Мои каникулы».

- Когда у вас обычно бывают каникулы?

- Сколько вы отдыхаете?

- Где вы проводите зимние и летние каникулы?

- Какие каникулы вам больше нравятся? Зимние или летние?

- Что вы делаете в каникулы? (музыка, спорт, театр, кино, книги …)

- С кем вы встречаетесь?

- Какой отдых вам нравится больше - пассивный или активный?

- Вы любите путешествовать или отдыхать дома?

- Где вы уже были? Куда ездили?

- Куда хотите поехать в следующие каникулы?

請準備一篇題目為「我的假期」的報告。

- 通常您的假期在什麼時候？

- 您的假期多久？

- 您在哪裡度過寒假與暑假？

- 您比較喜歡寒假還是暑假？

- 您在假期時做些什麼？（音樂、運動、戲劇、電影、書籍等等）

- 您與誰見面？

- 您比較喜歡靜態或是動態的休閒活動？

- 您喜歡旅行還是在家休息？

- 您已經去過哪些地方？
- 下次的假期您想去哪裡？

　　Я учусь в университете на третьем курсе. Каникулы у нас бывают зимние и летние. Зимой мы обычно отдыхаем один месяц, а летом - два месяца. Во время зимних каникул я езжу домой к родителям и провожу этот месяц дома. Иногда вместе с друзьями мы ездим на экскурсии, ходим в кино или вместе занимаемся спортом. На прошлых зимних каникулах я ездил в гости к моему другу в Корею. Он учится в нашем университете. Мы вместе с ним ходим на занятия по английскому языку.

　　На зимних каникулах в Корее я первый раз в жизни катался на горных лыжах. Это были, наверное, самые лучшие каникулы в моей жизни. Во время прошлых летних каникул я работал в ресторане. Я подрабатываю и во время учёбы. В эти летние каникулы в августе я поеду за границу. Я очень хочу посмотреть Европу. А до августа я буду работать.

以下再提供1篇答案，請參考。

　　Мне больше нравятся летние каникулы. Они длятся два месяца. За это время я обычно успеваю и отдохнуть, и поработать, и куда-нибудь съездить. В прошлом году летом я работала в школе с маленькими детьми. На этих каникулах я буду учить детей английскому. Но сначала мы с подругой поедем в Англию на неделю. Я давно хотела поехать в Европу.

　　Во время зимних каникул обычно я езжу к бабушке в Гаосюн. Зимние каникулы длятся один месяц. Там живёт моя лучшая подруга - подруга детства. У неё в это время тоже каникулы.

Мы вместе с ней много гуляем, ездим в горы и на море купаться и загорать. В Гаосюне зимой теплее, чем в Тайбэе. Там можно купаться в море зимой.

Каникулы - замечательное время и жаль, что они всегда так быстро заканчиваются.

附錄一：2015年新版俄語檢定證書

（俄羅斯國立人民友誼大學核發）

Государственная система тестирования граждан
зарубежных стран по русскому языку
Федеральное государственное автономное образовательное учреждение высшего образования
«Российский университет дружбы народов»

Головной центр тестирования граждан зарубежных стран по русскому
языку (ГЦТРКИ)

РУССКИЙ ЯЗЫК КАК ИНОСТРАННЫЙ

Приложение к сертификату

№ 002400027285

выдано

ЦАЙ МИНЬ ЮЙ
(Ф.И.О.)

Китайская Республика
(страна)

По результатам тестирования в объёме уровня «ПЕРВЫЙ (ТРКИ-I/В1)»

Общий балл (в процентах)   80,0

Результаты теста по разделам:

Раздел	Процент правильных ответов
I. Понимание содержания текстов при чтении	70,0
Владение письменной речью	78,8
Владение лексикой и грамматикой	89,7
Понимание содержания звучащей речи	73,3
Устное общение	84,1

Директор ГЦТРКИ
Ю.В. Чебан

«19» января 2015 г.

秀威經典　　　　　　　　　　　　　　　　學語言8　PD0036

俄語能力檢定
模擬試題+攻略・基礎級A2

編　　著 / 張慶國
責任編輯 / 陳佳怡、杜國維
圖文排版 / 賴英珍
封面設計 / 楊廣榕

出版策劃 / 秀威經典
發 行 人 / 宋政坤
法律顧問 / 毛國樑　律師
印製發行 / 秀威資訊科技股份有限公司
　　　　　114台北市內湖區瑞光路76巷65號1樓
　　　　　電話：+886-2-2796-3638　傳真：+886-2-2796-1377
　　　　　http://www.showwe.com.tw
劃撥帳號 / 19563868　戶名：秀威資訊科技股份有限公司
　　　　　讀者服務信箱：service@showwe.com.tw
展售門市 / 國家書店（松江門市）
　　　　　104台北市中山區松江路209號1樓
　　　　　電話：+886-2-2518-0207　傳真：+886-2-2518-0778
網路訂購 / 秀威網路書店：http://www.bodbooks.com.tw
　　　　　國家網路書店：http://www.govbooks.com.tw

2016年5月　BOD一版　　　　ISBN：978-986-92973-1-8
定價：520元
版權所有　翻印必究
本書如有缺頁、破損或裝訂錯誤，請寄回更換

讀 者 回 函 卡

感謝您購買本書,為提升服務品質,請填妥以下資料,將讀者回函卡直接寄回或傳真本公司,收到您的寶貴意見後,我們會收藏記錄及檢討,謝謝!
如您需要了解本公司最新出版書目、購書優惠或企劃活動,歡迎您上網查詢或下載相關資料:http:// www.showwe.com.tw

您購買的書名:＿＿＿＿＿＿＿＿＿＿＿＿＿＿＿＿＿＿＿＿＿＿＿＿

出生日期:＿＿＿＿＿年＿＿＿＿＿月＿＿＿＿日

學歷:□高中 (含) 以下　　□大專　　□研究所 (含) 以上

職業:□製造業　□金融業　□資訊業　□軍警　□傳播業　□自由業
　　　□服務業　□公務員　□教職　　□學生　□家管　　□其它＿＿＿

購書地點:□網路書店　□實體書店　□書展　□郵購　□贈閱　□其他

您從何得知本書的消息?

□網路書店　□實體書店　□網路搜尋　□電子報　□書訊　□雜誌

□傳播媒體　□親友推薦　□網站推薦　□部落格　□其他＿＿＿＿＿＿

您對本書的評價:(請填代號　1.非常滿意　2.滿意　3.尚可　4.再改進)

　　封面設計＿＿＿　版面編排＿＿＿　內容＿＿＿　文/譯筆＿＿＿　價格＿＿＿

讀完書後您覺得:

□很有收穫　□有收穫　□收穫不多　□沒收穫

對我們的建議:＿＿＿＿＿＿＿＿＿＿＿＿＿＿＿＿＿＿＿＿＿＿＿＿

＿＿＿＿＿＿＿＿＿＿＿＿＿＿＿＿＿＿＿＿＿＿＿＿＿＿＿＿＿＿＿

＿＿＿＿＿＿＿＿＿＿＿＿＿＿＿＿＿＿＿＿＿＿＿＿＿＿＿＿＿＿＿

＿＿＿＿＿＿＿＿＿＿＿＿＿＿＿＿＿＿＿＿＿＿＿＿＿＿＿＿＿＿＿

11466
台北市內湖區瑞光路 76 巷 65 號 1 樓

秀威資訊科技股份有限公司　　　收

BOD 數位出版事業部

···

（請沿線對折寄回，謝謝！）

姓　　名：＿＿＿＿＿＿＿＿　年齡：＿＿＿＿　性別：□女　□男

郵遞區號：□□□□□

地　　址：＿＿＿＿＿＿＿＿＿＿＿＿＿＿＿＿＿＿＿＿＿＿

聯絡電話：(日) ＿＿＿＿＿＿＿＿＿＿　(夜) ＿＿＿＿＿＿＿＿＿＿

E-mail：＿＿＿＿＿＿＿＿＿＿＿＿＿＿＿＿＿＿＿＿＿